藏族当代长篇小说译丛

旦巴亚尔杰 著
班丹 译

青海人民出版社

图书在版编目（CIP）数据

遥远的黑帐篷 / 旦巴亚尔杰著；班丹译. -- 西宁：青海人民出版社, 2021.4
（藏族当代长篇小说译丛 / 龙仁青主编）
ISBN 978-7-225-05909-9

Ⅰ. ①遥… Ⅱ. ①旦… ②班… Ⅲ. ①长篇小说—中国—当代 Ⅳ. ① I247.5

中国版本图书馆 CIP 数据核字 (2021) 第 028047 号

藏族当代长篇小说译丛

龙仁青　主编

**遥远的黑帐篷**

旦巴亚尔杰　著　班丹　译

| | |
|---|---|
| 出 版 人 | 樊原成 |
| 出版发行 | 青海人民出版社有限责任公司 |
| | 西宁市五四西路71号 邮政编码：810023 电话：（0971）6143426（总编室） |
| 发行热线 | （0971）6143516 / 6137730 |
| 网　　址 | http://www.qhrmcbs.com |
| 印　　刷 | 陕西龙山海天艺术印务有限公司 |
| 经　　销 | 新华书店 |
| 开　　本 | 890 mm × 1240 mm　1/32 |
| 印　　张 | 11.5 |
| 字　　数 | 200 千 |
| 版　　次 | 2021 年 4 月第 1 版　2021 年 4 月第 1 次印刷 |
| 书　　号 | ISBN 978-7-225-05909-9 |
| 定　　价 | 58.00 元 |

版权所有　侵权必究

上　卷

很多年前冬季的一天，旺钦带着自己的儿子占堆朝北部无人区走去。

寒风呼啸着，有时被风卷起的雪粒与天上的乌云交织在一起，黑压压一片，仿佛天地融为一体，分不清东南西北，只得原地站立。有时风儿稍稍停歇下来，阳光就从贫苦牧民破烂皮袍一般的云缝中探出头来，映射出几缕黄灿灿的光焰，俨然给大地打了零碎的补丁。

今天是离开家乡的第十六天。

不管天气变化多大，多么寒冷，父子俩一个劲儿地朝前走着，半步都没有后退。他们走啊走啊，累得受不了了，便蹲在磐石上稍事休息，喘口气，又一步步往前走。

旺钦从嘴里哈出的气，在眉毛和胡子上凝结成一层厚厚的白霜。他的狐皮帽的系带在风中飘动着，仿佛在鼓励他继续往前走。他背着一支叫作察仁南嘉的杈子枪，系在枪把上的红色翼旗，成了这个令人惊惧的白色世界里一种极其威严的颜色。

旺钦有时眨巴着眼睛，毫无目标地眺望远方；有时仰望天空。他把头转过去瞧一眼儿子，发现儿子的脸冻成了紫红色，一双眼睛也因充血而发红。然而，儿子咬紧牙关，一步一步地向前挪动着，没有表露出丝毫无所适从的神情，这给了旺钦以很大的信心。

在这片荒凉的雪地上，最具精气神儿的当属那五条猎狗。它们要么蹿跑着走到前头，要么追逐打闹着嬉戏，好像它们没有被自由和快乐抛弃。

天稍稍放晴后，旺钦用袖口把一块牦牛死尸一般大的石头上厚厚的积雪扫了扫，坐在上面，抖出一指甲盖鼻烟，歇脚。

儿子占堆坐在父亲身旁，从怀里掏出口弦琴，吹起了《强盗[1]之歌》。

旺钦跟世上所有父母一样，出于对孩子的宠爱，默然抱起心爱的儿子，试图将他的身体焐热。其实占堆已是15岁的大小伙子了。

旺钦从怀里拿出一个糌粑团塞进儿子手里，把那一指甲盖鼻烟猛地吸进鼻子，不知是因为鼻烟太多的缘故，还是吸得过猛，打了个震天响地的喷嚏。喷嚏声回荡在山间野地，使得身

---

[1]强盗：文中"强盗"，实则为侠盗。译者注。

体发热，口水、鼻涕、眼泪同时从黝黑的脸上淌了下来。旺钦习惯性地用拇指和食指抹一下脸，又倒上一指甲盖鼻烟，啥也不说，执意把鼻烟塞到儿子的鼻孔里。由于他儿子从来没有吸过鼻烟，鼻子一呛，连打三个喷嚏，身子一热，浑身都变得暖乎乎的，口水、鼻涕和眼泪也流作了一团，但他擦都不擦一下，就与糌粑团一起送入了腹中。

旺钦再次倒上一指甲盖鼻烟，手贴着胸口，望着儿子。

五条猎狗把头埋入胸口，蜷缩着身子，睡在他俩身边。听它们发出一声又一声的鼻息，就知道它们睡得很香，似乎并没有受到寒冷的侵袭。旺钦把儿子背着的毛织口袋拿过来，打开，取出一块绵羊肩胛骨，把肉吃得干干净净，用火药在骨头上画一个拇指大的黑点，立在百步之外的地方，然后取下杈子枪察仁南嘉，用袖口悠然地揩拭数次。看他那欣赏杈子枪的模样，似乎在对枪说："这个倒霉的家伙，让你也受累了。"又像是在说，"有你这么个伙伴，我是不会退缩的。"当他把枪叉架在地上，随着导火索冒出的缕缕青烟瞄准靶子时，只能隐约看见肩胛骨。他只瞄了一小会儿就开了枪。随着"嗒"的一声枪响，恐怖无边的雪海飘起一股香甜的火药味。枪声响彻山谷，给人以消释心头郁闷烦恼的感觉。五条猎狗也从梦乡醒转过来，竖起耳朵，环视四周。他从地上站起身来，嘴角勾出惬意的微笑，说："把肩胛骨靶子拿过来，我看一下。"

占堆立马跑过去。他喊着"打中靶心了，打中靶心了"，把肩胛骨递给父亲。旺钦接过肩胛骨靶子，嘴角堆出比刚才好看的微笑，点点头道："神枪，神枪，战神来了。"说完，他把肩胛骨靶子立在原地，往枪膛里装上火药和铅弹，不声不响地把枪交到占堆手里。

儿子把枪叉架在地上，瞄起来。这是他第三次打枪。虽然心里有点儿紧张，但他静下心来，把气憋在胸口，将准星对准肩胛骨上的黑点。然而，在他准备扣动扳机的当儿，因过度憋气，"砰"的一声，不由得放了个响屁，使得枪口微微颤动起来。

旺钦抬起脚，朝儿子的屁股踹一脚，说："小子，我叫你打枪，并没有叫你放屁啊。你连自己的屁股都管不住，还算得上是个男子汉吗？"他稍稍放低声音，"好汉需要配好枪，好枪需要配火药。管好屁股，打枪吧。"说完，又给儿子的屁股补了一脚，站在一旁，等他射击。

儿子长叹一声，憋住气，定睛瞄准靶子，"嗒"地打完一枪，呼出呼哨一般响亮的一口气，站了起来。

旺钦马上迈开大步走到靶子跟前，看一眼说："差一点儿你也把靶子打穿了。你真行，你真行。"他竖起大拇指，边夸着儿子边走过来，坐在磐石上，又倒上一指甲盖鼻烟，"枪法好啊，差那么一丁点儿就把靶子打穿了。现在那些混蛋来找我们，也没法儿算卦①。"

过了那么多天,还没有走到天边。占堆觉得奇怪。他抬头望着父亲说:"阿爸,我们俩走了这么多天,怎么还到不了天边呢?"

旺钦说:"啊,要想到达蓝色的天边,得骑马走18天的路程。"

"到了真正的天边会是啥样的?"

"到了真正的天边,就是天涯海角。走不过去,被天挡着。"

"那么,天是地的盖子吗?"

"是的。"旺钦不假思索地说着,无意识地抬起头,望了一眼天空。一片片雪花飘然而降,雪粒掉落到眼睛里。"倒霉的天。"他骂了一声,用手揉了一下眼睛,把指甲盖上的鼻烟吸了个干净。

天上乌云滚滚,风力渐渐减弱,下起了暴风雪。雪下得比刚才大,但寒气比刚才稍微小了一点儿。

旺钦把肩胛骨立在磐石上的积雪中说:"就算那些混蛋来找我们,也算不成卦。"说着,背起枪走了。

肩胛骨立在雪中的磐石上,像一个特殊的标记,格外醒目。

旺钦掉转头一看,暴风雪使得三百步以外的地方什么也看不见。

旺钦本来就背着一杆枪,还把儿子背着的毛织口袋背上,大步朝前走。枪叉上的翼旗和狐皮帽的系带飘飞着。任凭凛冽

---

① 算卦:过去用羊的肩胛骨算卦的一种习俗。但是,如果肩胛骨有洞孔或者破损,就不能用来算卦。

的风雪肆虐,他毫不屈服地放开喉咙唱了起来:

尊贵的花部落头人:

你不要跟我过不去,

如果你跟我过不去,

回头权子枪会"接见"你们。

花部落别跟我过不去,

如果花部落跟我过不去,

回头骏马群会追击你。

仅凭他唱的歌词和曲调就不难看出,他似乎横下一条心,不打算再回到自己的部落。

歌谣的内容占堆听得明了,但他最担心的是今天能不能在天黑前穿越可怕的雪海。他毕竟年纪不小了,所以类似于要是不能穿越,今晚能不能活得下来,今后怎么生存,很多这样的问题在他的脑海里翻腾。他想自己的父亲旺钦是一个身怀六种技艺的人,肯定已经想出了办法。于是,他也唱了起来:

山顶又高又寒冷,

不是牧人的去处。

水流又浑泥又多,

不是取水的源头。

头人位高法令严,

不是弱者立身地。

听了儿子唱的歌,旺钦心头的仇恨一下消遁了。他把自己心爱的儿子搂在腋下,抚摸几下被冻肿的脸蛋儿道:"要想投转男儿身,得有一身好胆气;要想具有好胆气,应该具备好计策。"

旺钦把背上的枪放下,习惯性地用衣袖把枪擦拭几下,装上火药,"嗒"的一声朝天放了一枪。他那擦枪的姿势好不优美。这一枪既像是为他俩穿越寒冷而无垠的雪海,走向未知的地方壮胆,又像是用来消除充满怨恨的心病。

"嘎嘎!"四只乌鸦同时被来路不明的枪声惊扰,扇动着双翼,朝另一个方向飞去。

旺钦望着凭借高超的技艺急速飞翔的四只乌鸦,对儿子道:"朝乌鸦飞过的方向走去,肯定会是一个没有雪的地方。这会儿太阳也一定移到西边了吧。"他抬起头,看了看太阳。这时天空中暴风雪翻卷起乌云,不要说太阳,连一道光亮也不见。他叹口气说,"我们俩要是不快点儿走,就会死在雪中。今晚一定要走出这片雪地,想办法赶到没有雪的地方。"

占堆望着渐渐飞远的四只乌鸦,心想,要是人也像飞禽一样有一双翅膀该有多好。这样就不会遇到这么大的困难,而且可以游遍全世界，观赏到各种风景。他的心被搅得乱七八糟，充满了幻想。

旺钦拍一下儿子的肩膀："儿子，你在想什么？"

占堆这才从幻想中挣脱出来道："阿爸，要是用双脚走路的人也长出翅膀该有多好啊。这样走到天边也没有什么可难的。"

旺钦摇摇头说："喂，你获得了人生却还不明白事理，为什么要羡慕蠢笨的动物呢？你从妈妈肚子里生下来，绞断脐带的时候，问是男的还是女的，得知是男孩，亲人的心里乐滋滋的，好比阳光照到雪山上；仇人的心里悲凄凄的，就像岩石山罩上了阴影。投胎男儿身，皮袍搭在膝盖头，黑亮的头发系上象征英雄的发穗，你心里却还想着愚蠢的动物，亏你有脸坐在男人席上。快点儿走吧。"说完，拉起占堆的左手就走。

这时雪停了，漫山遍野宛若涂抹银粉一般，白茫茫一片。狂风卷起的雪粒在空中飘飞，一如天地翻了个个儿，沉入暴风雪的黑暗之中。父子俩走在雪花漫飞的、无边无际的雪地里的身影，犹如两条还没有失去动弹之力的虫子，在昆虫学家面前的检测盘里挣扎。

五条猎狗全是脱离了人间苦难的自由者。它们摇头摆尾，相互争斗着，嬉戏着。

面对难以忍受的寒冷，父子俩不屈不挠地一步步前行。脸颊被冻肿了，色如肝脏。胡子和眉毛上凝结着更为厚重的白霜，足有一指长。像连接天地的柱子一般的暴风雪,将父子俩裹起来摔在地上,他们咬紧牙关站起身,继续往前走,而不是站在原地歇息。这是生活在青藏高原上的藏族人民与生俱来的崇高精神之所在。

冬季里,草原的气候变幻莫测,跟魔术师变魔术没啥两样。这会儿风停歇了,前进路上的阻力减小了,使父子俩感到释然,一如套在脚上的沉重的脚镣被砸碎了。约莫半个钟头的工夫,他俩连跑带蹿地走了250多米路,但连巴掌大的未被白雪覆盖的地方都没有找到。好在这一带的积雪略微薄一些,这使他俩感觉比刚才舒坦多了。五条猎狗把尾巴弯成环套一般,在地上嗅了嗅。也许它们凭借着特殊的鼻功(嗅觉)嗅到了什么。

从西面的天边看到了失去光亮的悲凄的残阳。残阳已与西边的山头挨得很近,估计离天黑只有一小时了。

父子俩用手掌把脸上厚厚的白霜揩净,吸足寒气。旺钦抬高嗓门儿,唱起了《强盗之歌》:

强盗我没有帐篷,
蓝天是强盗的帐篷。
强盗我没有伙伴,
杈子枪是强盗的伙伴。

强盗我没有坐骑,

白唇野驴是强盗坐骑。

强盗我没有伙伴,

蓝色铅弹是强盗伙伴。

　　唱毕,旺钦瞅一眼儿子的脸,弄得儿子也从头到脚仔细瞧了几遍父亲。他的父亲今天唱了两次《强盗之歌》,此前他没有听父亲唱过《强盗之歌》。过去别说是占堆,就连旺钦也没有干过响当当的强盗勾当,也没有必要把心交于箭、刀、矛三样兵器,从而拥有神气的骏骥和锋利的兵刃。我虽然不是一个牛羊遍及草原的显贵牧主,但棚圈从来没有闲置过;我虽然不是一个家藏璁玉、珊瑚、珍珠等珠宝的宝藏之主,但食物袋子不曾空过;我家虽然不是茶、酒、奶三样饮品源源不断的头人、官宦人家,但我家有来自汉地的茶叶,从来没有缺过盐和酥油。然而未来的命运会是什么样的,恐怕连遍知三世的佛陀也难以预测,甚至是否能活下去都很难说。一想起过去和未来的命运,旺钦的心头燃烧起仇恨的火焰,不由得攥紧铁一般的拳头,用牙齿紧咬住嘴唇。

　　他俩坐在一个土包上歇脚,占堆把头靠在父亲的怀里。因过于疲惫,不一会儿他就睡着了。

　　旺钦缓缓地从怀里掏出鼻烟壶,倒一指甲盖鼻烟,瞧起儿子的脸蛋来。他发现儿子面色如肝，眼睛和腮帮子红肿，嘴唇皲裂，渗出血来，便打心底里涌动起难以忍受的悲哀。吸完一指甲盖鼻烟，他用又粗又硬又黑的手抚摸一下儿子的脸。儿子睁一下眼睛，又睡了过去。他的双脚陷入积雪里了。旺钦想，如果这样长时间睡着了，双脚会冻伤的，便喊了起来："儿子，不要再睡了，脚会冻伤的。别睡了，起来吧。"说着说着，抚摸起儿子的脸蛋来。

占堆慢慢睁开眼睛，"嗯"了一声，揉揉眼睛，抬头看着父亲说："今天会不会走到一块没有雪的地方呢？"

旺钦说："这一带雪薄一些，再往前走走，或许能走到一个没有雪的地方。"

占堆抚摸了几下躺在面前的一条猎狗的脑袋。

旺钦掏出鼻烟壶，在脚上拍了拍问："吸不吸鼻烟？"

"不吸。"

"吸鼻烟后打出喷嚏，身上就会发热的。"他往大拇指指甲盖上倒一点儿鼻烟，把手朝占堆的鼻子伸过去。

占堆闭上眼睛，使劲一吸，"阿嚏"一声打了个喷嚏，使得眼泪和鼻涕同时流了出来。他把拇指伸向父亲："再……再……再给……一点儿。"

旺钦往儿子大拇指指甲盖上倒上少许鼻烟，给自己也倒了一点儿。

占堆又闭上眼睛，用力吸一鼻子鼻烟，把头一仰，嘴朝向天空，"阿……阿……阿嚏、阿嚏、阿嚏"地连打几次喷嚏，使得身体更加发热。

他把口水、鼻涕和眼泪揩干净，说："阿爸，我们走吧。"

旺钦父子俩脱掉冰冻的鞋子，抖干净，说着"烤火后冷如水，摸水后暖如火"，用雪把脚搓干净，穿上鞋子，系紧腰带，出发了。这回走起来比之前轻松了些，脚也变热了。

还真的像牧民所说，"系紧靴带如绊脚绳，勒紧腰带像马儿"。没过多久他俩就走出很远，天黑前就走到了一块草滩上。这里的洼地积雪厚点儿，但所有山包都像是被厉鬼的舌头舔舐过，黑乎乎的，连指甲盖大的雪地也没有。他们意识到能够活下去，于是脚步随之变得更加轻盈，身体也变得更加灵巧了。

五条猎狗蹦蹦跳跳地跑着，到一块洼地后不见踪影了。

父子俩快速跟在五条狗屁股后头，来到一处又深又宽的沟谷。这条沟谷四周布满片状石和岩石，由野兽獠牙般的山包围着。这些山峰悬垂着雪白的宝冠，如同大将军戴着银盔。谷底没有一点儿雪。五条猎狗正在像赤狐脊背似的纳扎草中舔水。

父子俩从片状石山上往下滑，天快黑下来时，方才到达谷底。

不知是因为临近死亡边缘才来到莲花生预示的秘境般的沟谷而兴奋，还是因为离开父辈走过的地方、后辈生长的地方、自己出生的故土，长时间背负怨恨与悲哀、饥饿与劳顿，最终死里逃生,来到这条沟谷,父子俩把所有痛苦都抛至脑后,一阵笑声在谷底回荡着。

他俩仰面而躺,稍事休息后,猛地吸一口气,站起身,往前走。这里有一眼清澈、干净的泉水,宛若神话故事中出现的天界的饮品。泉水伴着叮咚的声响,从冰川下面流过。泉眼周围只结了薄薄一层冰。这里可以说是一个奇异的地方。

这条沟谷深不可测,仿佛走进了井底,只能望见一小片蓝天。说这里一丝风都没有,恐怕一点儿也不为过,一如钻进一个地洞,远离寒冷的侵袭,只觉得浑身暖烘烘的。

旺钦暗自庆幸道,托了上师、本尊和三宝的福,我们父子俩得以逃离死亡线,勉强走到这里。这地方不能不说是邬坚白玛(莲花生大师)点化的秘境。这次幸免于难,来到这个地方,活了下来,往后一定会兴旺发达。

他俩用手指将泉水弹向空中敬神:"敬供啰,敬供啰,敬供啰,向救星辅佐者、护法疾驰者、菩萨居士诸尊敬供啰。"吟唱完毕,把随身行囊卸下,准备在此过夜。

五条猎狗也知道要在这里过夜,它们都蜷缩成铁环似的,趴卧在包袱四周。

占堆看见离他们不远处有一只金色的狐狸连蹦带跳地跑了过去,便低声喊道:"阿爸,阿爸,看,有一只狐狸。"

旺钦立马朝那个方向看过去,随即往枪里装上火药,全神贯注地瞄准后，开了一枪。随着"嗒"的一声枪响，狐狸的身子缩成弓箭一般，朝天空一蹿，坠落到地上，到另一个世界观赏风景去了。

"你去把那只狐狸捡过来，我拾牛粪烧茶，我们俩喝晚茶。"旺钦让占堆去捡狐狸尸体，自己撩起袍裾去捡牛粪。

旺钦捡了三大衣兜牛粪，将牛粪在三石灶炉膛里垒成一圈，又把一些牛粪掰碎，堆在中间；然后取下别在腰间的火镰，选出一块好看的燧石，用火镰擦火，把小小的火种放进碎牛粪中，趴在地上吹气。于是，在静寂的沟谷里燃起充满生气的火焰，蹿起青龙般飞腾的烟云。

旺钦把一口盛满水的小陶锅坐在火堆上，放入一把茶叶。从远处看，那口小陶锅像一只落在火堆上的乌鸦。旺钦往炉膛里添上一些牛粪，蹲在灶边，看似在欣赏熊熊燃烧的火堆。

"看呀，打中胸脯了。"占堆扛着狐狸在喊叫。那只狐狸尸体特大，尾巴拖在地上。

"这下好了，狗也有吃的了。你坐在火堆旁烤火吧。"旺钦说着，从儿子手里把狐狸要过来，将枪口对准狐狸尸体上的弹着点说，"食肉的猎手吃肉，饮血的枪口喝血。"①说完，他把狐

---

① 食肉的猎手吃肉，饮血的枪口喝血：是说猎人吃野兽的肉，但不喝其血，假装枪是饮血者。打到头一个猎物后，猎人为了实现常有野兽肉吃的愿望，便说着这话，将猎物的血涂在枪口上，此为一俗。

狸尸体上的弹着点的血抹到枪口上,之后剥掉狐狸皮,把狐狸尸体喂给了狗。

五条狗争抢着把狐狸肉吃了个精光,然后舔着嘴巴和鼻子,蹲在他们父子俩身旁。

五条狗蹲着。它们巴望着还能得到肉。可是连一块肉都没有了。看它们最终把被汗水浸湿的鼻子埋进胸口,发出"嘶嘶"的声响睡觉的样子,似乎没有受到冬季雪地里寒气的侵袭。有时还能听到火堆里发出的石头被烧爆的声音,它们也只是动一动耳朵而已。

没过多久,天完全黑了下来。抬头一看,四面高低不平的雪地犹如锯齿或水池里的波纹。没有一丝云彩的天空,像盖在沟谷上方的罩子。火堆熊熊燃烧着,火苗蹿向高空,火光犹似夕阳,一次次照在父子俩的脸上。

占堆说着"身子暖和了",把鞋子脱下来放在火边烘干。

旺钦给儿子脚上冻肿的地方擦上盐水,搓揉着说:"不要紧,不要紧,投生男儿身,要能对付箭、刀、矛三种兵器。脚冻肿了,没有什么大不了的。"

占堆问道:"阿爸,我们俩明天到哪儿去?"

"明天……明天上哪儿,明天再说吧。"

"不知道这地方有没有出口?"

"水往哪儿流,哪儿就一定有出口。"

"这个地方太暖和了。"

"托了三宝的福,今晚我们来到了这里。"

"从这里走出去,会到什么地方?"

"我不知道。"

"儿子,茶快烧开了,今晚要喝个够,睡个好觉啊。"旺钦说着摸摸儿子的头,"往炉膛里添几块牛粪。"

"茶烧开了,茶烧开了。"陶锅里的茶烧得直冒灰白的气泡。旺钦用袖口抓起陶锅,把茶放到地上,把茶新洒向天空,敬给自己家乡的地神并祈祷。

他们拿出碗,倒上糌粑,搁上酥油,喝起了茶。多日来,别说是热茶,连一口热水也没有喝到的父子俩,这会儿喝到一口热茶,就觉着舒坦,眼睛都发亮了。旺钦吹开浮在上面的酥油星子,喝一大口,张大嘴,"啊"的一声朝天喊道:"我这辈子还从来没有喝过这么香的茶,也没有喝过比今天更浓的茶。干脆管这个地方叫作浓茶谷吧。"

占堆一连喝了五碗茶,用手抹一抹嘴角的糌粑和茶叶渣说:"啊呀呀,太香了。"

为了防止夜间受到野兽的袭击,临睡前他们俩从附近捡来很多牛粪,用火将四周围住后躺了下来。火的温度驱散着寒气,父子俩一躺下就跌入了梦的世界。

由于多日来过度劳累,次日醒来时都快到中午了。阳光把他俩晒得全身暖融融的,不想起来,也就索性仰面躺着。

五条猎狗有的蹲着,有的蜷缩成环状睡着,有的嗅着地面走来走去。旺钦身子一缩,说:"起来,我们俩该烧茶了。"

"阿爸,再睡一会儿吧。"占堆不愿意起来。

旺堆说:"要不你再睡一会儿,我来烧茶。"

占堆说:"我睡一会儿再烧茶。阿爸,你就睡着吧。"

"那我吸一指甲盖鼻烟。"旺钦坐起身,拿过鼻烟壶,打开,闭上一只眼,往鼻烟壶里瞧瞧。"噢,鼻烟不多了。"他自言自语地往左手大拇指指甲盖上倒一点儿鼻烟,吸了起来。他的两个膝盖红扑扑的。

占堆躺了一会儿,喊一声"啊若呀(啊呀呀)",伸个懒腰,从被窝里坐起来,环视四处。一幅惊人的奇景出现在他眼前:一群野牦牛在山谷深处片状乱石中悠闲地漫步。他指着野牦牛所在方向惊呼道:"阿爸,阿爸,你看,那不是野牦牛吗?"

旺钦眨巴着眼睛望去,发现片状乱石中黑黝黝的物体正是野牦牛:"啊,真的是野牦牛,你数数看有几头!看来今天可以吃上香喷喷的肉了。"

"1、2、3……有13头野牦牛。"

他们俩一下子睡意全无,便起来烧茶。青烟飘向天空,犹如腾空而起的青龙。充满生命活力的青龙般的炊烟与云彩融为一体。占堆到清泉边取来一陶锅水,把陶锅坐在三石灶上。父亲取一把茶叶放进陶锅,还朝黑乎乎的茶袋里瞧了瞧,估算剩下的茶叶只能熬十余次茶。他将额际的皱纹缩作一团,猛地把脑袋歪向了一边。

"阿爸,要不以后我们俩就喝珠穆坨恰茶①……"占堆往灶中添着牛粪,把脸朝向父亲。

旺钦严肃地望着儿子的脸说:"对,对。不过珠穆坨恰茶喝多了,血压会升高的。"说着微微一笑,抚摸起儿子的脑袋来。

儿子说:"我从今天起不喝茶了,喝水就可以。再说小孩儿哪有喝茶的!"

他们俩不约而同地望向野牦牛群。那群野牦牛还待在刚才那地方。

吃过早饭,他们俩又烧了一陶锅茶,喝了个痛快。"现在我们俩去打野牦牛吧。今天吃一顿可口的野牦牛肉。要是有母野牦牛就更好吃了。"旺钦说完,往枪里装好火药,然后把枪叉架在地上,磨起腰刀和两人的胁刀来。他往一块平滑的石板上吐上口水,抓起一把灰烬撒在上面,优哉游哉地磨了很长时间后,用大拇指摸摸刀口,看是否开刃了,说:"磨得跟剃头刀似的。"说着,把刀在袖子上揩干净,插入了刀鞘。

他俩摸向野牦牛群。

---

① 珠穆坨恰茶:一种状如人参果叶的羌塘野生茶。

他俩过去见过野牦牛,却没有杀过。特别是占堆,只是从远处见过野牦牛。他俩悄悄地从一条沟谷靠近野牦牛群。当他俩走到离野牦牛群约五百步远的地方,悄悄地从谷底看过去时,发现有的野牦牛正躺着,有的来回走动,却没有一头吃草的,就像一句俗语所说:"饿不食白昼的草,这是黄唇野牦牛的习性;渴不饮白昼的水,这是白嘴野驴的习性。"

这是占堆头一回如此近地看见野牦牛。野牦牛的体形像牦牛,但体格几乎比牦牛大几倍,粗毛晶亮,暴突的双眼露出凶光,使得他惊讶之余不停地颤抖,可他极力抑制着。

坐在沟谷里,旺钦低声道:"儿子,你害怕吗?"

儿子把头歪向一侧,答道:"不怕,我不怕。"其实他心里极度恐惧。一般来说,野牦牛不是野兽,无须害怕。但不知是因为它个头大,还是因为其他什么原因,他心想:这些野牦牛今天会不会把我们父子俩送到见不到阳光的另一个世界?他压低声音道,"阿爸,如果野牦牛向我们冲过来……"

旺钦察觉到儿子害怕了,便说:"儿子,没事,得先干掉那头老牛。"说着,他悄悄地从沟口望过去,又严肃地说,"今天我一定要把那头老牛撂倒,让它再也站不起来。你好好看着啊。要是一枪打不死,它就会向我们反扑。如果它跑过来,我们就得横着往左或往右跑,而不能从野牦牛前面直着跑,不然会被野牦牛顶死的。"

"呀,呀。"儿子点了一下头。

"不要着急,一定要横着跑。"

"知道了。开枪后不能躲在这里吗?"

"如果不能一下子打死它,就有可能会被它用蹄子踩个稀巴烂。世上没有比受伤的野牦牛更暴躁的动物了。"他又一次认真地说。

占堆手持父亲的腰刀。父亲点燃导火索,把脑袋探出沟口瞄准。这时一股冷风迎面刮来,野牦牛没有嗅到火药味,仍安适如常。那头老牛将身体左侧对着他们父子俩站着。旺钦看着儿子点点头,表示在重复刚才说的话。

占堆想起家乡的神山救星辅佐者,便由衷地祈祷了一番。

旺钦将枪口直直地对准老牛的心脏部位,轻轻地扣动了扳机。随着"嗒"的一声枪响,子弹打中了老牛的左肩,老牛顿时上身一歪倒向地面。接着,它重又站起身,忍着疼痛,把头低低地摇着,皱皱鼻头,尾巴朝空中翘起,伸出丈把长的红舌,凝望枪声响起的方向,仿佛在寻找侵害它的敌人。

旺钦又一次给枪装上火药,朝导火索的线头吹吹气,在地上擦一下,使得一股青烟向空中飘荡开来。他把枪叉支在地上,心想着这次要一枪撂倒老牛。他把头慢慢地探出沟口时,恰巧被那头受伤的野牦牛发现了。它疯了似的朝父子俩冲过来。

在羌塘狩猎史上,命丧受伤的野牦牛锋利的犄角、强健的蹄子和又粗又热的舌头的猎人不计其数。在这生死关头,他们一人端枪,一人举刀,从一股旋风般迎面冲过来的野牦牛跟前横穿过去,径直朝北面跑去。

这头野牦牛跑起来快如风,每跳一次相当于人走了约十五步。它撵上占堆,犄角一甩,用角尖勾住占堆的腰带,把他挑起来,摆出一副胜利的架势,走来走去。

旺钦心里着急,心想这回我的宝贝儿子完蛋了。他的双眼噙满泪水,视线变得模糊。

他咬紧下唇,举起枪,准备朝野牦牛开一枪,但两只手像风中的茅草一样在抖动。他犹豫着,心想万一杀不了野牦牛,倒把儿子打中了……也就没敢扣动扳机。

这时,占堆被牛角吊着,腿脚悬在野牦牛的左腮上,落得个不知所措的境地。他带着哭腔惨叫道:"阿爸,我……我……快要……死了。"可是那把腰刀如同与生俱来的,仍然被他紧紧握在手里。

"儿子……我的儿子……把刀子朝野牦牛的眼睛捅。"旺钦在一旁喊着,也不敢靠近野牦牛一步。

这头暴烈的受伤的野牦牛不仅用犄角把儿子挑了起来,而且还要击败他父亲的傲慢。它双眼鼓突突地盯着旺钦,一瘸一拐地朝他走过来。

见状,旺钦心中燃烧起愤怒的火焰,今天要是不能把这头野牦牛打死,我心爱的儿子就要丢掉性命。于是,他往地下一躺,把枪叉撑在地上,瞄准那头野牦牛。

此时父子俩的距离比先前更近了。儿子朝父亲望了一眼,发现父亲正向自己瞄准,导火索的火苗燃得红红的,枪口黑洞洞地对准了自己。他万分惊惧地哭喊道:"阿爸,不要开……开……开枪……会打死我的。"

旺钦仅仅是朝儿子的方向瞄准而已。事实上,那头野牦牛并没有站着,而是瘸着前腿朝自己走过来。出于对儿子安全的考虑,他不敢扣动扳机,却打心底里向上师、本尊和三宝祈祷着。

再怎么等也没有用,那头野牦牛连一小会儿也待不住,时而伸长舌头来回走动,时而拖着瘸腿朝旺钦的方向走过去。其情形像是在与他进行一番生死博弈,大有"你的儿子在我手里,你还敢开枪吗"的架势。

如果能靠近野牦牛,开枪就没有什么障碍。但是这头凶暴的野牦牛肯定会把自己送上西天。要是在远处开枪,不知道能否杀死野牦牛,反而会给自己的儿子造成威胁。他喊道:"儿子……占堆……朝野牦牛的脖颈捅一刀……捅吧。"

"阿……爸……不要……开枪。"

"朝野牦牛的肋骨连接处捅刀子。"

"阿……阿爸……会杀死我……不要开枪。"

"捅刀子……捅野牦牛。"

"阿爸……我的肠子快要断了……哎哟！"

尽管他们之间的距离并不远，但因焦急、紧张，谁都听不见对方的声音。

旺钦胡思乱想着：如果朝野牦牛的腹部开枪，它一蹦，会把我儿子弄得粉身碎骨；如果朝野牦牛的心脏开枪，有可能会打死儿子。但等得太久，儿子的腰就有可能断裂。现在找不到一个两全其美的办法。我们父子俩的家被人侵占，背井离乡，历经艰难困苦才来到这里。而现在宝贝儿子又被挂在野牦牛的犄角上。这会不会是我在前世做了什么坏事而得到的果报？

旺钦站起来："儿子……给野牦牛捅刀子，捅刀子呀。"儿子听到他多次大声喊叫，便用左手抓住野牦牛的犄角，朝它的右眼捅了一刀。野牦牛忍受不了疼痛，使劲蹦跳着，把占堆甩来甩去，甩得他昏天黑地。不过这么一来，占堆的胆子一下子大了起来。他心想，如果能把野牦牛的两只眼睛都抠出来，我就能逃命。于是，他用左手紧紧抓住野牦牛的犄角不放，尽量减轻下坠的身体的重量，一有机会，他就立马朝野牦牛的左眼捅了一刀。野牦牛受不住巨大的疼痛，便胡乱地跳了起来，险些把占堆的肠肚跳断了。

看到这一情景，旺钦愤愤然，紧咬下唇，咬出殷红的血来，弄得他更加惊恐地想到儿子的肠子是否被绞断了，腰椎是否被闪断了。他几次准备扣动扳机，可因那头野牦牛一直在蹦跳，也就不敢开枪了。

野牦牛的两只眼珠从眼窝里掉出来,鲜红的血噗噜噜地往下淌。占堆想到,野牦牛再暴烈也没用,它已经失去了看世界的眼睛,而我也脱离了生命危险。他用尽浑身解数,身子往右一摆,用刀子割断挂在牛角上的腰带,随之整个身子摔到地上。"阿爸……"他哭喊着扑进父亲的怀里。

一时间,父子俩都说不出话来,紧紧地抱在一起痛哭。

过了好一会儿,旺钦抚摸着儿子的脸蛋,从头到脚反复打量着问:"你没事吧?"

"阿爸,你看,我没事。"占堆微笑道。

父子俩平静下来,想到还没杀死这头野牦牛,它还活着,便朝它瞥了一眼。那头野牦牛正没有目标地在原地打转。

"阿爸,我把它的两只眼睛都剜掉了,它现在什么也看不见了。"占堆非常自豪地说。

"是呀,是呀。我看见你拔出刀子,抠掉了它的两只眼珠。男子汉,今天我儿子成了真正的男子汉。生你生对了。"旺钦夸赞道。

"要是不把这头老牛的两只眼睛都挖掉,我就没法儿挣脱它的犄角。"占堆说。

"是的。阿爸怎么瞄准也不敢扣动扳机。这下好了,好汉!"旺钦拿起枪说,"我看它还有什么能耐。"说完,他大步走到暴烈的瞎野牦牛跟前。这头野牦牛虽然什么也看不见,但是它凭着野生动物所具有的特殊嗅觉,发觉身旁有个人,就愤怒地伸长舌头,晃起犄角,疯了似的转着圈,跑来跑去。旺钦拣起一块鸽子大的石头,瞄准野牦牛的犄角砸了下去,使得犄角擦出火花,野牦牛变得更加暴怒,瞎蹦乱跳,前腿掉进一个坑里,仰面一栽,四条腿像被绳索牢牢绑缚似的无法站立,便挣扎着将犄角蹭掉的黑土朝天空扬起。

由于这次出乎意料的遭遇,占堆不敢靠近野牦牛,就喊:"阿爸,快开枪,快打死它。"

旺钦又抱起人头大的石头,向在坑里挣扎着的野牦牛的头部砸了下去。野牦牛疼得受不了,狠劲儿跳了数次才得以翻身,站了起来。可它站不稳,颤悠悠地转起圈来,将尾巴朝空中竖起。

旺钦后退两步,用火镰点燃导火索,走到野牦牛跟前,朝心脏瞄准,"嗒"的一声,这头野牦牛如同山体塌方一般垮了下来。

"阿爸,野牦牛死了没有?"占堆仍立在原地,不敢靠近野牦牛。

"死了。我朝它的心脏开了枪。来,来,过来。"旺钦朝占堆挥动手臂。占堆这才慢慢腾腾地走过来。可是他仍然心有余悸,生怕野牦牛还活着,它一旦从昏厥中苏醒过来,就会伤及他们父子俩的性命。

旺钦用枪叉朝野牦牛的尸体上乱戳,可野牦牛一动不动地躺在地上。他觉得自己已经把野牦牛打发到另一个世界了，于是将枪口对准野牦牛心脏部位的伤口，发出震荡山谷的吼声："食肉的猎手吃肉，嗜血的枪口饮血。"

占堆也喜出望外，欢呼着，雀跃着："愿善神得胜，愿善神得胜。"披在他身上的那袭没有腰带的皮袍猎猎飘荡。

占堆把断成两截的腰带捡起来，打上结，接好，系得紧绷绷的。旺钦把儿子手上的腰刀拿过来，割断野牦牛的尾巴，把它挂在犄角上，念诵一遍猎人狩猎后必须要念诵的咒语：

突儿突儿突儿，

把儿子和马的帽子，

扣在敌人和野牦牛头上。①

然后，他又把枪口对准弹孔，反复说几遍：

愿能绞断肠子等内脏，

取下肩头低陷的肉。②

---

① 扣在敌人和野牦牛头上：此处意为宰杀动物后，把自己和坐骑隐匿起来，不让人发现。即把帽子扣在敌人和野牦牛头上，自己看得见，而别人看不见自己。
② 取下肩头低陷的肉：像是祈愿猎人自己开枪可把猎物的内脏打烂，进而把它杀死，把腿打断的祝词。尚需考证。

说完，拿起上午磨过的腰刀和胁刀：

磨呀磨呀磨呀！
马熊似的乱石岭右角，
乳头似的雪山左角，
受惊的黑黄色长腿膝弯松垮者，
磨呀！磨呀！①

随后，旺钦在一块扁平的石头上吐上口水，象征性地磨一下刀，开始剖野牦牛的腹腔。

五条猎狗把尾巴卷成环状，轻快地在他俩身边跑来跑去，一闻到血腥味儿，就露出惬意的表情。

那群野牦牛因受惊，从原处跑到沟尾，站立着，不肯吃草，仿佛在沉痛悼念一位死于敌人之手的同族兄弟。

占堆把生活用具取来，又捡拾牛粪，将陶锅坐在三石灶上，准备煮肉。

旺钦不等把野牦牛的腹腔剖开，就割下胸脯肉，剁成手一般大小，放入陶锅里。占堆生好火，取完水，就把右边的袖子脱掉，

---

① 磨呀！磨呀：为剥掉经常出没于马熊般的乱石山岭和乳头似的雪山近处，一见猎人便仓皇而逃的黑黄色长腿、膝弯松垮的野牦牛的皮而磨刀之意。

跟父亲一起去收拾野牦牛肉。

仅靠两个人收拾一头野牦牛是一件十分困难的事情。先用绳子把野牦牛的腿缚住，由占堆使出所有力气往一边拽；旺钦抓住剥下来的皮，朝另一个方向扯着，用一块三角石敲打肉和皮的连接处，干了近两个小时，还没有剥掉半张野牦牛皮。他俩耗尽所有力气，汗涔涔地喘着粗气，站着歇息。

炉中的火在熊熊燃烧着。陶锅里冒出白生生的蒸气。占堆走过去看了一眼，发现带着金黄色油脂的大块肉在沸腾的肉汁中翻滚着。

旺钦用手揩一下额头的汗水："肉快煮熟了吧？"

"差不多煮熟了。"占堆回答。

旺钦说："再煮一会儿。"

占堆往炉膛里添几块牛粪，又去剥野牦牛皮。这会儿刀钝了，野牦牛皮更难剥了。他俩坐在地上，在休息的同时，每人拿一块片石，往上面吐唾沫，磨一磨刀子，终于剥下了半张皮子。

"该吃肉啦。"他俩停下手头的活儿，走到炉灶旁。旺钦手里拿着刀，闻了一下肉汁冒出的蒸气："这么香啊！"他坐在炉灶边，用袖口护着手，把陶锅从灶上取下来，用刀尖挑起一块肉递给儿子，再取出一块肉，抓在手上，切下一大块吃起来。这一锅野牦牛肉外面熟了，可里面还是生的，渗出的一滴滴红色肉汁把他俩的手染得红如珊瑚树一般。

他们每人吃过三四块肉,感觉非常惬意,长长地舒一口气,把肉汤舀到碗里喝起来。

旺钦揩一揩嘴角的油,从怀里掏出鼻烟壶,在脚尖上拍三下,把黏在左手大拇指上的肉汁和油脂在皮袍上擦干净,倒一指甲盖鼻烟,喝着肉汤,用刀尖剔着塞入牙缝的肉。

占堆喝着肉汤,两眼盯着那头野牦牛的尸体。

旺钦放下刀,把右手大拇指和食指在皮袍上擦一下,取一点儿鼻烟送入鼻孔。他突然想起刚才那惊险的一幕:"儿子,你刚才是不是吓坏了?"

儿子什么也不说,只是点点头。

"你真的没有受伤吗?"他不相信孩子没有受伤。他解开儿子的腰带,从头到脚反复检查了几遍。由于腰带被野牦牛的犄角勾住,身体的重量下移,腰部被勒出了深深的印痕。除此之外,哪儿也没伤着。旺钦搓揉着孩子的腰部,"不疼吗?"

"不疼。"占堆说。

"这次发生了意外。还好,没有伤着你。今后我们俩一定能够实现所有心愿。要不是托了天王上师的福,今天我儿子的性命就丢掉了。"旺钦颤声颤气地说着,把儿子紧紧搂在怀里。

茶烧开后,父子俩美美地喝过一通,便又收拾起野牦牛的尸体来。经过一番周折,终于剖开了野牦牛的腹腔。他俩把野牦牛的肝、肺、肠子喂给五条猎犬，把肉堆在冰上，用石头围起来。这就表明他们父子俩要在这条深谷中过夜。

太阳落山了。星星越聚越多。两人躺在野牦牛皮上进入了梦乡。这一天，父子俩尽管没有受到饥寒的侵袭，但是经受了与野牦牛搏斗的恐惧和拾掇野牦牛尸体的劳顿。

占堆遇到了未曾预料到的巨大危险，却幸免于难，安然无恙。为此，父子俩感到无比欣喜。几天来，每到吃饭时间，他们就从放在冰上的野牦牛身上割下够吃一顿的肉。每天早晨从被窝里欠起身，生火，熬茶，吃饭。

他俩起床后做的第一件事情是看野牦牛群在哪儿，然后捡几衣兜牛粪。

一天，旺钦把野牦牛皮上的所有粗毛全部剪掉，纺成线，将胁刀递到占堆手上说："你把尾巴上的毛剪掉。"

"阿爸，捻粗牛毛线干什么？"占堆问。

旺钦认真地答道："我们俩早晚要离开这个地方，得想法子生活，没有一顶帐篷怎么行？"

占堆剪着野牦牛尾巴上的粗毛，连连点头。

"我们俩老待在这个地方，吃的只有肉。如果没有糌粑和乳品①，就没法儿待下去。"旺钦继续说。

---

① 乳品：指乳、酪、酥油和奶饼等食品。

占堆环视四周道:"能走出这个地方吗?"

"肯定能走得出去。不然这么多野牦牛是从哪儿来的? 一定能从水流过的地方走出去。"旺钦从沟头至沟尾扫了一眼。

"阿爸,就算能走出这个地方,我们俩连一只山羊也没有,怎么活下去?"占堆问。

旺钦蹙起眉头思索着,却没有回答儿子的问题。

次日,快到中午时分,他俩才从被窝里爬了起来。早饭吃得比往常晚。吃过饭,他们就顺着沟谷里的水流去探寻通往沟尾的路。

令人惊讶的是,这个地方一如极其森严的城墙,四面环山,沟尾两面是由灰白的岩石山构成的狭窄的关隘。因冬季非常寒冷,从沟头流出的水,到了这个关隘,便冰冻成与两面灰白的岩石山高低差不多的冰山,连飞禽都别想打此通过。

一时间,他俩除了抬起头,眼巴巴地看着那座冰山,别无他法,心想,两边的岩石山宛若被刀子劈成两半,十分陡峭,除非有登天的梯子,否则任何一个具有英雄气概的好汉都不得不低头,像个身陷囹圄的人站在那儿,直到冰山被春风融化。

"阿爸,现在是几月份?"占堆问。

"十一月。我们得待到四月份。也没有其他办法。"旺钦把脑袋侧向一边,"这是个奇怪的地方。"

他们谈论着各种话题往前走,心里却总是在想,这儿一定有通向外界的路。然而,意外遇到的冰山使他俩的种种念头被彻底打消了,一如鸟儿飞过不留痕。他俩心忖,只能等到冰山融化。由于无计可施,他俩便耷拉着脑袋返回原处。

回到先前待过的地方,旺钦看了一下糌粑口袋。就算节省到不能再节省的地步,这点儿糌粑也仅够他俩吃十天左右。单靠野牦牛肉过活,虽能充饥,但很难维持。

"这么好的地方没有出口,真是太奇怪了。"旺钦自言自语着长叹一口气,发出呼哨般的声响。

他们坚信这个地方肯定有出口。但因遇到意外的阻力,两人都有些郁闷,连一句笑话也不想说,好像两人为某件事情发生争执,互不相让,谁都觉得自己有理。

他俩躺着,缄默不语。

直到太阳快落山时他俩才起来,四处张望着,心想兴许别的地方有出口。可是绵延不绝的片状乱石山和岩石山一座更比一座高,把他俩围困其中,连一条勉强走得出去的狭窄的路也没有。

他俩从堆放野牦牛肉的地方取来野牦牛头,从嘴部掰成上下两部分,把舌头割下来煮了吃。等到他俩吃完,黑色的天幕降了下来,笼罩四野,满天群星一如繁花。

旺钦抚摸着儿子的脑袋说:"要待到开春。现在睡觉。"他俩头靠着头躺在野牦牛皮上,旺钦把杈子枪立起来,放在自己身边。

这天夜里下了一场小雪,让这里的深谷变成了洁白如象牙的盆子。

五条猎犬将鼻子埋到尾巴下面,蜷缩着身子躺在他们身边,看上去状如耳环。

翌日,旺钦虽已睡醒,但他懒得起床。他从被窝里伸出脑袋,看了一下儿子。

占堆仍旧沉浸在梦乡里,酣然打着呼噜。

旺钦没有睡意,他想吸鼻烟,遂伸了个懒腰,从被窝里坐起来。眺望四周,他看见那群野牦牛黑压压地聚集在谷底白茫茫的雪地上,显得格外扎眼。他找放在枕边的鼻烟壶,发现杈子枪不见了。这是他始料未及的。他不知道究竟是怎么回事。他东看看西瞧瞧,可就是不见枪的影子。枪不会是上天或者入地了吧?他把嘴张得大大的,傻眼了。占堆还没有睡醒。旺钦希望是儿子趁自己睡着,把枪藏起来了,便说:"儿子,儿子,起来,起来。你把枪藏哪儿了?"

"什么?枪……枪……"占堆结结巴巴地回应着,还没有睡醒。他翻了个身,又接着睡。他把脚从被子里伸了出去,脚一触到雪,冻得受不了,就赶忙缩回去,翻个身,背朝旺钦睡了过去。

"喂,儿子,枪不见了,你把它藏哪儿了?"旺钦一边喊一边抓住儿子的肩膀摇了摇。占堆从被窝里坐起身来："什么？你说枪不见了？"他揉着惺忪的眼睛，朝昨晚放枪的地方望了一眼。两个枪叉留下的小洞,活像无助的眼睛。占堆又一次问道："你说枪不见了？"

从表情看得出枪不是占堆搞恶作剧藏起来了。这下旺钦变得更为紧张："不见了，真的不见了。你看，昨晚放在这儿了。"他把手指头戳进枪叉留下的两个小洞里，眼巴巴地望着占堆。

"这个地方是不是还有其他人？"

"奇怪。"

"神了。"

他俩变得越发紧张，随即从被窝里爬起来，穿上鞋子，匆忙系上腰带，探视四周。这时占堆看到几个奇特的蹄痕："阿爸，你瞧，这是什么动物的蹄痕？"

旺钦将身子弯成弓似的查看了一下，发现是马熊的蹄痕。这个蹄痕一直延伸到沟尾。

"这地方是不是有马熊？"说着，他拿起灶石，磨了几下腰刀和胁刀，把头天晚上吃剩的野牦牛舌头切成两份，一份递给占堆，另一份塞入自己嘴里，嚼了起来，说一声"走"，带上陶锅和一点儿干粮，沿着蹄痕追了过去。

多少天来，在暴风雪中历经关乎生死存亡的辛劳，好不容易保住性命，来到这个地方。然而,儿子被野牦牛用犄角挑起来,差一点儿送了命。现在一只不知从哪里冒出来的马熊把我的枪偷走了。哼,如此接二连三地遭遇横祸,难道是我前世做了什么坏事欠下的孽债?他停下脚步,望着沟尾灰白的岩石山峭壁。"那只马熊一定躺在山洞里,今天要是不小心点儿,我们俩会被马熊吃掉的。"他说着顺势从刀鞘里拔出腰刀,在一块扁平的石头上又磨了好几遍。

他俩紧紧追踪马熊的蹄痕。蹄痕最终消失在沟尾右面灰白的岩石山上。他们为那只马熊不知什么时候从哪个山洞里蹿出来而担惊受怕,心想,不论发生什么事儿,非把杈子枪找回来不可。父子俩顺着蹄痕摸向那座灰白的岩石山。这座岩石山上有一条约四米宽的狭窄、弯曲的路,如同一条黑蛇在矫捷地游弋。这条狭窄的隘口准是一条非常难找的路。他俩沿这条险道走了很长时间,终于走到了山顶。多日待在深谷里,现在从山顶眺望,四面空茫,重峦叠嶂,天空辽阔,俨然异域。

掉转头,俯瞰深谷,是一个深不可测的四面环绕着片状乱石山的奇异之地。他俩想道,我们俩好像游荡在黑暗的荒原上,很多天随处游荡,最终来到这么个地方,像是幻觉,也不知吉凶如何。

他们跟踪马熊的蹄痕跑下山来,发现杈子枪横在山脚下广阔平坦而又洁净的草滩上。至此,马熊的蹄痕像飞到天际或者钻入地底下似的不见了。旺钦捡起杈子枪,顿时汗毛耸动。他双手合十，说："这不是一头一般的马熊。它是我们家乡的神山救星辅佐者、格宁伦吉孜莫峰顶（持雪者居士山）的守护神疾速者的化身。居士神的坐骑是一只如同灰白岩石的马熊。救星辅佐者、守护神疾速者、敲打暴君的铁锤、扶持弱者的父母，永世长存。"

占堆以为自己看花眼了，他把枪拿过来，从头至尾仔细一瞧，还真是自家那杆权子枪。他信奉守护神疾速者。一滴滴思念家乡央秋和母亲央姆的泪水簌簌而下。

旺钦抚摸着儿子的头，安慰道："别哭了，男子汉要能迎接刀、枪、矛三种兵器的袭击。不久后我们就能回到老家央秋，取了豁唇赞贵喀消的性命。"

他俩在草滩上歇了一会儿。旺钦给枪装上火药，连同火镰一块儿递给占堆："你去打只野兽。"

"打什么呀？"

"打什么都行。"

占堆背着枪，盲目地去找寻某种野兽。五条猎犬就像忠实的奴仆紧随其后。

走了又走，却连一只兔子也没有遇见。当他经过一座小山垭时，一条青灰色的野狼迎面走来①。他喜出望外，唱起"嗦嗦

---

① 野狼迎面走来：相传，若在途中与迎面走来的狼相遇，就会有好运气。

嗦！自己家乡的所有仇敌都被召到外地，所有外地的朋友都被招到自己的家乡"，或抓住狗的颈部，或用脚踩住狗的尾巴，阻止五条猎犬冲向野狼。

他带着满脸的微笑，朝野狼走过去的地方看一眼，把几块鸽子一般大的石头扔到山垭金字塔形的石堆上，取下背着的枪，用右手拿着，原路返回。

从山垭下来没一会儿，他看见一只兔子趴在一块磐石上，随即把枪叉立在地上瞄准。一股导火索的烟味随风扑入鼻子。对着标尺看过去，那只兔子只有一粒青稞大小。他立马屏住呼吸，扣动了扳机。令他难以想象的是，一个留着披肩发，脸比木炭还黑的人从磐石后面走出来，在空中挥舞着腰刀，喊叫道："喂，你是向我们投降呢，还是要留下尸体？"他吼叫着朝占堆跑过去。由于来不及往枪里装上火药予以反击，占堆就掏出胁刀说："你不怕丢掉马尾巴毛似的小命，不想活在灿烂的阳光和皎洁的月光下，那就来吧。"他大喝一声，准备反击。

那个面如黑炭的人怒吼一声"叽嘿嘿"，毫不迟疑地向他冲了过来。

在这么一个荒无人烟的地方，不曾跟谁发生过纠葛，哪怕是针尖大的事儿。这人到底是干啥的？他是人还是鬼呀？不管是什么，就像俗语所说："与其如狐夹起尾巴跑，不如像虎留着斑纹死。"我要拼到底，直至剩下最后一口气。占堆心里这样想着,也喊着"叽嘿嘿"的口号,毫不犹豫地冲了过去。

两人冲到相距二十来步的地方,那个面目狰狞的人哈哈大笑着停了下来,身子往地上一倒,竖起大拇指夸道:"你是个干练的孩子。"

原来那人不是别人,正是自己的父亲。占堆惊讶地把两眼瞪得更大,问:"阿爸,你在干什么?"

"哈哈,我……我试探一下你的胆量。哈哈哈,哎呦喂。"旺钦把肚子都笑疼了。他用手揉搓着肚子,"你真不愧是个带把儿的。哈哈,刚才你以为我是谁呀?"他说着用袖口把抹在脸上的黑色火药揩了揩。

"我以为我遇上了一个想玩男人游戏的人。我想着即使被他杀了,我也要把他打成伤残。"

"嗯,男子汉就应该是这样的。"

占堆扫视四周:"阿爸,那只兔子现在在哪儿?"

"兔子被你开枪打死了。"旺钦从怀里掏出糌粑皮囊。

"这是什么?"

"这是你打死的兔子。"

"什么?阿爸,你在说什么?你说这是兔子?"

"是的。你的枪法好哦。"

"这……这……这不是汤库①吗?"

"这是被你打死的兔子。"

"为什么拿出汤库,说是兔子?"

"刚才我把汤库放在磐石上,充当兔子,试了一下你的枪法。你把这只兔子打死了,真可怜,唵嘛呢叭咪吽。"旺钦开着玩笑,指了指汤库上的弹孔。

"哦,是这样啊。我还以为是兔子呢。"

旺钦把枪抓过去,欣赏一番,取出火药袋,装上一点儿火药,把一发青灰色铅弹在鞋子上一擦,上膛,没有目标地随意瞄了一下。

突然,五条猎犬俨然同时发射的五颗子弹射向草地。占堆父子俩猜想猎犬们发现了什么,朝它们看了过去。原来是一只红黄色的沙狐摇着尾巴在风中逃窜。

"你看啊,我会让五条猎犬不好意思的。"旺钦趴下来,把枪叉杵在地上瞄准。

他把枪口对准沙狐奔跑的方向。五条猎犬中跑得最快的黑腿箭(达莫娜冈)追上了沙狐。在它咬住沙狐的当儿,随着"嗒"的一声枪响,那只沙狐倒在地上,被打发到另一个世界了。

占堆为父亲如此精准的枪法大吃一惊,一时间连话也说不

---

① 汤库:装、揉糌粑用的绵羊皮囊。

出来，呆呆地望着父亲。

"怎么样？打枪就要这么打。"旺钦说。

"阿爸，要是打不中沙狐，反倒把母狗黑腿箭打死了怎么办？"

"我要不是一直随身带着这杆枪，把它'降伏'了，才不敢开这一枪。"

事实上，他只是为了试试自己的枪法，朝飞奔的沙狐瞄准，却没有十足的把握。他是看到母狗黑腿箭咬住了沙狐的尾巴后，手一抖，触碰到扳机，而不是像心里预想的那样把它打死的。然而，为了让儿子增长勇气和胆识才这么说的。

占堆想，只要跟自己的父亲在一起，就用不着为丢掉性命而恐惧。即使仇敌是天上的飞禽，也没有飞走的机会。他为此而感到高兴和自豪。

五条猎犬有的死咬着沙狐，有的却在一旁闲着。

父子俩走近刚刚断了气的沙狐跟前一看，令人惊愕的是，子弹打中了沙狐的后脑勺儿，弹头从额头正中出来，结果了它的性命。

占堆更加吃惊："妈哟，阿爸，你的枪法真准。"

旺钦什么也没说。他把从沙狐额头上的弹孔里慢慢渗出来的黏稠的血在枪口上擦一下，露出了笑容。

太阳离西面的山峰很近，宝贵的影子投向山脚下的荒滩，在他俩的左右拉开一道长长的黑影，好像在模仿他俩，随他俩移动的身子前行。

当父子俩走到流淌着一汪清泉的岩石山下面时，太阳已然躲到西山背后。西方天地连接处的晚霞照得整个世界反射出金黄色光焰，给人以沉闷之感。占堆忍受不了寒风的侵袭，把脖子缩进了皮袍的领口。

现在不要说是岩崖下的隘口险关，就是普通的平坦道路也能通行。旺钦卸下枪和行囊说："今晚就住在这儿，明天返回去。"

旺钦用三石灶烧起茶来。占堆把沙狐的尸体拽到自己跟前，剥掉皮，把肉分成几块喂给五条猎犬。

坐在三石灶上的那口黑如乌鸦的陶锅里噗噗地冒着热气，一锅酽茶红通通地烧开了。旺钦把陶锅从三石灶上端下来，将头道茶新敬给山神格宁伦吉孜莫：

敬神啰，敬供啰，敬神啰！
格宁伦吉山峰，
远行时护送我的神山，
归来时迎接我的神山，
愿他乡的福气归我处，
愿我方的邪气到他乡。
敬供啰，敬供啰，敬供啰！

他敬献着茶新,把碗里的茶弹向天际。

次日,当占堆从睡梦中醒来时,太阳刚刚从东方升起。旺钦鼾声如雷,还在梦乡里游荡。占堆慢腾腾地从被窝里爬起来,捡来一袍兜牛粪,将一把细碎的牛粪添到炉膛内码成鸟窝样的圆形牛粪堆里,用别在腰间的火镰擦出火,把燃着火苗的艾绒和燧石置于细碎的牛粪堆上,再添一把细碎的牛粪。随着他吹出一口又一口气,烟雾渐渐大了起来,直挺挺地插向蔚蓝的天空。

过了一会儿,旺钦醒来。他伸了个懒腰,从被窝里坐起来,凝望东方。这时,东面山垭后面冒起青龙般的长烟,袅袅飘升,飞向蓝天,像是在跟他俩的炊烟较劲。旺钦用右手遮挡着阳光说:"山那边好像有一户人家。"他双眼微眯,看了好一会儿。

喝过早茶,旺钦说:"现在还早,我们俩去看一下那是个什么样的人家。"

他俩把所有生活用具全都藏在石头下面,朝冒烟的方向走去。一路上,他俩聊着天,谈论各种话题,没多大工夫就到了山顶。远处绵延不绝的群山,一如翻涌的波涛。辽阔的草原偶尔刮起旋风,尘埃宛若柱子,插向云霄。

一群绵羊悠然地徜徉在山脚下的草滩上。羊群旁边有一顶巨大的帐篷。本来这只是一顶普通的小帐篷,但因长久没有看见帐篷,他俩产生了错觉,感觉那顶帐篷非常大。

他俩坐在山口,环顾四处,可就是再也没有瞧见其他人家。

旺钦倒出一指甲盖鼻烟吸了起来:"为什么在这个没有人烟的荒野上居然还有这么一户人家?"

"难道那户人家只有绵羊,而没有牦牛?"占堆问。

"哦,听说上路①的牧民用绵羊驮物,大概是上路运盐的人吧。"他用大拇指和食指夹起一点儿鼻烟,对着右鼻孔,"咝"的一声吸进去,干咳一声,揩一下从两个颧骨上面滴下来的眼泪,"我去看一下,你在这儿等着啊。"

"阿爸,去那儿有啥用?别去了。没准儿又要遇到什么倒霉的事情。"占堆担心地扯了扯父亲的袖口,不让他走。

"不会有事的。我把枪和腰刀都留给你。"旺钦把腰刀取下来放在地上,从兜里掏出火药袋和子弹袋,搁在地上说,"我借口找牦牛,不会有事的。说不定那户人家会成为我俩的邻居。"说完便走了。

占堆生怕自己的父亲遇到灾祸,就往枪里装上火药,目送父亲远去。

帐篷附近连一个人也没有。旺钦走到跟前,"喂、喂"地喊了两声。

这时,一个三十出头的女人从帐篷里走了出来,一头披散的长发遮盖着上半身,她丢了魂儿似的站着不开腔。

---

① 上路:指阿里及附近地区。译者注。

旺钦心想，这个北部荒原上并不是没有人家啊。他东瞅瞅，西瞧瞧，观察了好一会儿，可除了这个女人并没有其他人，即便竖起耳朵听，也没有听到帐篷里有什么说话声。为什么一个女人会独自一人住在这个地方？他上前一步，那女人警惕地后退了一步。

旺钦把一双手搭在膝盖上，装出一副很累的样子道："大姐，我是驮盐的，来找两头走丢的牦牛。"他又一次向前挪了一步。那女人什么也不说，眼睛直愣愣地盯着他又后退了一步。

"很多天没有喝到一口茶，请给我一杯茶。"

那女人没有反应。

"大姐，你不用怕，给杯茶吧，我喝完就走。"

那女人仍然没有反应。

"要是没有茶，给碗水也行。"

那女人仍旧缄默不语。她把旺钦从头到脚打量好几遍后，方才撩起帐篷的门帘，示意他进帐篷。

旺钦怀疑帐篷内有一个用锋利的武器迎接他的男人，那人一定做好充分的准备，在等待着他的到来。他从帐门往里一瞧，发现帐篷里没有一个人，这才放下心来，利利索索地走了进去。

帐篷中间的三石灶上正熬着黏稠的糌粑粥。他俨然回到了自己的家，一屁股坐在最里边一张破烂的皮垫子上问道："你男人上哪儿了？"

那女人什么也不说。

"这个地方除了你,就没有别的人家吗?"

那女人站在帐篷门口,仍旧不吭气。

啊,奇怪!这个女人可能是个哑巴。旺钦想着,掏出鼻烟壶,抖一指甲盖鼻烟,坐在那儿,什么也不说。

旺钦吸掉一指甲盖鼻烟,朝那女人瞧了一眼。涂在脸上的一层层油垢,弄得他看不清那女人原本白里透红的容颜,但看得出她是一位体面而又朴实的女人。

那个女人木然地站在原地,脸上既没有喜悦的神色,也没有悲伤的神情。一个人说话或提问,而另一个人概不搭理,着实是尴尬的局面,也很难打发时间。

旺钦朝帐篷左边瞧了一眼,地上散乱地摆放着一些容器,一个装糌粑的大口袋和两三坨酥油包放在满是油渍、看不清原色的白色被子旁边。他忽然有了拿上糌粑和几坨酥油包离开的念头。恰在此时糌粑粥熬开溢了出来。他立即把锅从灶上端了下来。

他对那个女人动了恻隐之心。他想,抢劫一个女人算不得男子汉。真要那么做的话,今后别说是做事不顺当,而且还有可能招致大祸。在他正准备走的当儿,那女人堵在帐篷门口说:"没有茶,喝糌粑粥吧。"

旺钦大吃一惊:"呀,你不是哑巴啊。我还以为你是一个哑巴呢。"

那女人舀上一碗糌粑粥端给旺钦。他吃着粥问："你叫什么名字？"

那女人答道："我叫沃玛吉。"

旺钦吃完一碗还想吃，就把碗递给了她。

沃玛吉又舀出一碗粥，边递给他边问："那么，你叫什么名字？"

"我的名字嘛，嗯，我叫次仁。"他隐瞒了自己的真实名字。

"你的牦牛丢了多长时间？"

"三天了。"他说着把碗舔干净，"这里就你一个人住着？这一带还有没有其他住户？"

那女人脑袋一歪，长长地叹口气，坐在灶边，往炉膛里加几块牛粪，将自己经历的事情一五一十地讲给他听。

沃玛吉长到20岁的时候，出落成享誉一方的美女。她父母只有她一个孩子，家境殷实，过着幸福美满的生活。她的父亲珠扎打小就跟着爷爷，长年在北部边缘地带游荡，对打猎非常熟悉。他在35岁时来到这个地方，与沃玛吉的母亲玉措相识，并与其过起夫妻生活，就再也没有去北部边缘地带打猎。时间一长，打猎的欲望不可扼制地膨胀，一如汹涌的浪涛，夜里老做打猎的梦，家畜肉吃着也没有味道，只想吃野驴和野牦牛的肉。为了过把打猎的瘾,到了冬季宰杀季节,他通常用箭射死自家要宰的几头牲口。对此,所有邻居都诅咒他道:"唵嘛呢叭咪吽!用箭射杀自己家畜的是魔鬼。"甚至还有人说,跟他用一个碗喝茶,或者坐在一个坐垫上,会使自己的福气和富贵消耗殆尽。最终人们管他家叫魔窟,没有一个人理他们家的人。原来的邻居们陆陆续续搬到较远的地方,把他们家孤零零地撇在那儿。母亲玉措因承受不了由这件事情带来的痛苦而离开了人世。

沃玛吉满 20 岁,也就是到了谈婚论嫁、招郎婚配的年龄时,家乡的小伙子们虽然倾慕她的身材,但考虑到将成为魔鬼家的女婿,势必会落得个魔鬼女婿的名声,在别人面前没法儿抬起头来,所以没有一个小伙子敢对她唱情歌,更没有一个人愿意当她的丈夫。

一天,父亲珠扎把一个不知来自哪个地方的叫作次角的流浪汉带回家里,要他当沃玛吉的新郎,并举行了简单的婚礼,让他们结成了夫妻。

总的来说,次角干活儿没啥问题。可他和岳丈一样,是个非常喜欢打猎的人。

次角和沃玛吉多年同床共衾,努力"奋斗",但事与愿违,没能孕育出骨血之结晶。对此,一些爱嚼舌头的人议论开来,有的说魔鬼家招了个魔鬼女婿,可这个魔鬼女婿不具备男人的功能；又说老魔鬼珠扎把自己的家畜都用箭射死，结果使得唯一一个女儿也生不出孩子来。珠扎听到这些烦人的嘲讽就怒不可遏，举起嵌有松耳石和珊瑚的腰刀，吼叫着冲出来说："不做魔鬼做的事儿，还落下个魔鬼的名声，今天有你们好看的。"他用刀子砍破一些帐篷，像剁肠子似的剁掉一些帐篷的拴绳，弄得小孩儿和老人各个捂着头，惨叫着"妈哟，杀人啦"冲出去，四处逃窜。

次角也跟着岳丈怒吼道："今天要杀掉所有人，撕掉所有搭在地上的帐篷。"

"不要这样，人家说什么都别管。"沃玛吉抓住次角的手加以阻止。

"你要是不把嘴巴闭得像屁股一样严实，我这把刀可不懂什么怜悯。"次角漫骂着，一脚把沃玛吉踢翻在地。

"这就是多嘴多舌得到的'好处'。"珠扎用膝盖压住部落里平时特能说的一个叫朗杰的男人，险些把他的舌头割下来。一位叫作加罗，受到全村人崇敬，只知道念经修佛的单身老僧阻拦道："不要这样，这么做是我们家乡的耻辱，哪有比自相残杀更卑劣的行为？"这才使得朗杰的舌头免遭祸害。

珠扎翁婿二人拿着长刀在头顶挥动着穿过人群。珠扎喊叫道："没有我珠扎发出雷声不下雨的。今天你们可长见识了吧？我怎么宰杀自己的牲畜都不关你们的事儿，听到没有？今天要不是听了老僧加罗的劝,我会让你们所有人迈不出三步,说不出三句话的。"

这个地方的所有人很多天都耷拉着脑袋,长吁短叹,连一句正常的话都不敢说。俗话说,老实人转的是痛苦的轮子,温顺的马儿转的是疾行的轮子。一些老实人白天吃不香,夜间睡不好,整个脑袋像被果实压弯的枝丫垂悬着,手托着腮帮子,如同中风之人,撒泡尿都不敢对着珠扎家的方向撒。一时间,正在爱情的海洋里憧憬幸福的未来,像鱼一样被情歌的钩子勾住的青年男女们相互来往的路也被阻断了,如同断裂的链条。

没出三天,女婿说:"这个鬼地方没法儿待,不如现在就到北部去。"

沃玛吉不想走:"我就是死,也要死在自己的家乡。"

珠扎抚摸着沃玛吉的头劝道:"女儿,我的心肝宝贝,你可别这么说。我吃的盐比你吃的糌粑多。听我的,没法儿待在这里。我和次角因为气得无法忍受,已经把人家搅得不得安宁了。他们人多势众,我们三个人不是他们的对手。"

听了这一席话,沃玛吉心想,这话不是没有道理,部落里的人也不是三岁的小孩儿。他们一旦抱成团,找我们玩起刀枪棍棒来,会把我们的家毁得连灰烬都不剩。想到这儿,她难过地点了点头。

珠扎家把帐篷、简易容器、磨子等驮到牦牛身上,赶着羊群准备迁往北部。

"魔鬼家要搬走了，但愿他们再也别回来。"离开部落时，所有人都从帐篷的门缝里窥视着，没有一个人为他们送行。

只有老僧加罗把他们送了一箭射程远。临别时他叮咛道："不管到什么地方，你们都要遵守当地的规矩。吃当地的水，不守当地的规矩，最终会吃大亏。一定要把我这句话牢牢记在心里啊。"

"是的。我会记在心里的。不过没有人招惹你，你还宽容谁呀？"珠扎说。

"还有一件重要的事情你可得记住啰。你们的羊群里有一只没有犄角、身体纯白、四腿黄色的绵羊，那只羊杀不得哦。如果把它杀了，你家就会遭殃。"老僧嘱咐道。

珠扎再怎么想也想不起自家羊群里有这么一只绵羊，只得认为老僧加罗年纪大了，瞎咧咧，但心里还是记着他的话。

随着光阴的流逝，老僧加罗的嘱咐也像今天看不清昨天的脚印一样，渐渐地被淡忘了。过了半个月，他们到了达茹湖畔。看着这里水草丰美，他们就决定在此小住几天。

正值藏历五月份。草地绿油油一片。眺望远处的山丘，发现光焰里很多大小不一的磐石，宛若众多俗人排着又长又细的队伍在蠕动。

那天中午，挤完母绵羊的奶，珠扎背着枪到湖边放羊。次角和沃玛吉热得受不了,就在帐篷里睡觉。

沃玛吉在梦中听到"哎哟、哎哟"的呻吟声。出于好奇,她立马爬起来,跑出去看了一下,发现父亲珠扎嘴里吐着鲜血,正匍匐着朝帐篷门口移动。

沃玛吉一慌,喊一声"阿爸",把珠扎扶了起来:"阿爸,您怎么啦?"

"我……我……我……"珠扎不能回答。这时次角也醒了。他们俩把珠扎抬进帐篷里,放在垫子上,往嘴里灌水。珠扎待疼痛有所缓减,便望着女儿说:"我……在湖边……睡……睡着了。我听到……几声……嘟嘟的声音,就从睡梦中醒过来。"

珠扎忍受不住疼痛,微闭着双眼,没法儿继续说话。"阿爸,然后……然后……"沃玛吉哭喊着,把一碗水慢慢地灌到父亲嘴里。他又一次醒过神儿来:"我……看见很多湖羊……从湖里出来。我就拉弓……射了一箭,射中了……一只湖羊。"

沃玛吉又让他喝了一点儿水。珠扎接着说:"弓折成……两截……戳到了……我的……心脏……那只湖羊……就是上次……老僧加罗……罗……罗……"话还没有说完,他就昏过去了。

次角撩开珠扎的袍襟看了一下。他没有发现什么伤口,只是心脏部位有一块红色大印痕,嘴里没完没了地流血。由于没有什么治疗办法,只好让珠扎仰面躺着。

这天夜里，当天空布满群星时，珠扎断气了。沃玛吉悲痛欲绝，喊着"阿爸，我的阿爸"，抱着珠扎的尸体哭了很长时间。

"不要哭了。这是没有办法的事情。人会衰老；老了，最终会死的。别哭了。"次角安慰起沃玛吉，揩拭她的眼泪，把珠扎的尸体背到了山上。

在那个地方待了半个月，又往北走了四天。然而，他们越往北走，沃玛吉就越想念家乡。她终于向次角提出了返回家乡的要求。

"哼，净说些没有名堂的话。要回你自己回去好了。我是坚决不回去。"

沃玛吉跪在次角跟前央求："到没有人烟的北部荒原，我们俩没法儿活下去，还不如回老家。这样死了也能安下心来。求求你，我们回去吧。"

"没有你这个不能下崽的女人，我出行方便得多。要回你自己回去吧。"次角用恶毒的语言咒骂沃玛吉。

第二天他赶着所有牦牛，把沃玛吉撇下，无情地走了，如同把一只雏鸟扔在原野上。沃玛吉想回老家，可因为一来没有用来驮物的牦牛，她的帐篷和厨具带不走；二来找不到回家乡的路，因此，她不得不饱尝人间地狱般的煎熬，待在这个地方。她把这一切都毫不隐瞒地讲给旺钦后，长长地叹了一口气。她的脸被泪水润湿了。

旺钦对沃玛吉悲惨的命运生出同情心，差点儿流出泪来。沃玛吉长吁一口气，伤心地说："我一个女人孤零零地住在这里，一旦被疾病折磨，连口水都没人端给我。死后只能躺在这顶破帐篷里，灵魂也没法儿脱离肉体。"

"你到这里多长时间啦？"旺钦问。

"一年半了。"沃玛吉答。

旺钦说："刚才我骗了你，说自己是拉盐的。其实，我是个连家产带奴隶都落入他人之手，逃到这儿的流浪汉。我和儿子看见你的帐篷就过来了。"

"你不要撒谎。"沃玛吉把旺钦从头到脚重新打量一番，往后退了退。

"我没有撒谎。"旺钦往前挪了挪。

"那你离开家乡多长时间啦？"

"我离开家乡快一年半了。"

"你发誓。"

"我向蓝天发誓。"

"身为一个男人，是不能食言的。"沃玛吉把糌粑、酥油和奶渣搁在旺钦面前，"吃糌粑吧。"说着就在他对面坐了下来，"一年半来，我别说跟其他人说话，就连人的影子都没有见过。你就住在这里吧。我一个女人待在这里，连宰畜的人都找不到。除了被狼咬死的绵羊和狼吃剩的，就没有吃到过干净的肉。"她说着，出于羞涩，把头低下来，用手捂住了脸。

他被她悲惨的命运和无奈的请求深深打动："我还有一个儿子。"

"我知道，你刚才说了。"沃玛吉说。

"哦，对，对。刚才我跟你说过有一个儿子。"

"儿子现在在哪里？"

"在西面的山上等着我。"

"把他带来吧。他叫什么名字？"

"叫占堆，今年15岁了。"说完，他就出了门。

沃玛吉把帐篷里面的垃圾扫干净，把坐垫抖了抖，又把炉膛里的灰烬清理掉，把脸洗干净，满脸挂着微笑走到帐篷门口，等候他们的到来。旺钦找到儿子时，发现儿子因为等的时间太长，就在石片上画起牦牛、绵羊、狗等各种各样的图画来。

旺钦问："等久了吧？没有冻坏吧？"

"没有。那户人家说什么？"

"那儿只有一个女人。她到这里……嗯……父亲死后被丈夫甩掉，是个单身女人。她的命运也够惨的。嗯……嗯……她提出了我们两家合并的要求。你看怎么样？"

儿子只是"嗯"了一声，并没有表示同意或不同意。

"她不但有帐篷，而且还有餐具、灶具，绵羊也够多的。可是没有人帮她宰羊。她挺可怜的。"

儿子点了点头。

"走。将来的事情将来再说。暂时就按她的要求跟她合并吧，这样对我们各自都有很大的好处。"说着，他俩就下山，朝沃玛吉的帐篷走去。

"这就是我儿子占堆。"旺钦介绍道。

"呀，呀。我会像你的母亲一样疼你。"

占堆心想我有母亲，用不着你来代替，于是说道："不，没有必要像我妈妈那样疼我，我有妈妈。"

旺钦说："我们三个相互照应就可以了，不必称爸妈。"

他们谈论起各种话题，一直到深夜。

"祝你们好运。你们俩是怎么离开家乡的？"

"哦，刚才我没把自己的真名告诉你。我叫旺钦。"旺钦解释着，忆起了往事。

那个叫作央秋的地方是他们父子俩的故乡，是一个由分散居住的十七户人家组成的北部小部落。

随着央秋的兴衰，旺钦祖上起起落落，也经历过很多次兴衰。当那里夏天雨水充沛、冬季无雪时，牲畜数量像溢出的奶水一般增长；而夏天雨水少，冬季又下雪时，不少家庭的牲畜便死光了，棚圈变得空荡荡的。但是，就像俗语所说，"鸟待在树上舒服，人待在家乡舒服"，还不曾有过背井离乡，到异地他乡寻求生存之路的。

自从旺钦当家后，家业一直兴旺，几乎没有出现过衰败的迹象。特别是他家的牲畜大量繁殖，成了央秋地方有名的富裕户。

那年夏天，央秋的雨水之丰沛，历史罕见。牧业获得了大丰收，两只绵羊的奶能盛满一只奶桶，一头母牦牛的奶可以灌满两只奶桶。

就在那年，一入夏，十二个藏军骑兵到了央秋。过去在央秋不曾设过藏军营地。可那年当兵的在北部巡逻时，偶然来到这么一个好牧场，他们就待在这里，没再往北走。那些戍边军携带着叫杈子枪的武器。这种有两个角、用木头和钢铁打制的武器，当地的牧民别说见，连听都没听说过。这种枪装上火药和铅弹，能打死三箭射程以外的动物。

那些戍边军刚到央秋时，一个人或两个人租住在一户牧民家，不做蹂躏妇女、威胁老实人、抢劫财物等事情，中规中矩地与当地人打成一片，还教男人们如何使用杈子枪：在牦牛肩胛骨上涂上黑色火药，在平坝上打靶；有时还给一些人枪和火药，让他们到山上打黄羊等猎物，以共同享用。

部落里的男人们也接受他们的指挥，并用牛羊肉和酥油茶盛情款待他们。

住在旺钦家的次公如本①、他的仆人嘎玛久美、士兵边巴三人也装出一副安分守己的样子,对旺钦说,以后到了拉萨一定要去他们家,还把一个据说是一位尊贵的活佛的护身结赠予他。

旺钦也真诚地对待他们,每三天宰一只肥实的绵羊,每十五天宰一头强壮的牦牛,好生招待他们。

由于家境殷实,大大小小的事情都由旺钦领着乡亲们做,乡亲们也尊敬他。然而,因为部落历史极短,又与外界隔绝,所以这么一个偏僻的部落,从来没有出现过一个被称作部落长的人。只有十七户人家的央秋,之所以小伙子们能娶到其他部落最漂亮、最贤惠的女子,而姑娘们也能招到身材魁梧、强壮能干的小伙子为夫婿,其原因就在于央秋比其他地方富裕。

其他地方的青年男女把嫁到央秋做媳妇,或者入赘当女婿当作一种美好的愿望。央秋的乡亲们为了使部落势力更加强大,也把青年男女到外乡当新郎、新娘视为可耻的事情,会遭到众人的嘲笑,且没有人会与他们共用一个碗吃饭喝茶。虽然没有订立什么规矩,但自然形成了这么一种习俗。事实上,央秋的青年男女也没有一个愿意舍弃自己美丽的家乡到外乡成家立业。到了谈婚论嫁的年龄,年轻人都会顺从父母的安排。

央秋的人们总是赞美自己的家乡是名副其实的福运天成之

---

① 如本:原西藏地方政府军官职位名。其兵额规定为 250 名。译者注。

地。这十七户人家是由一个种姓发展而来的亲戚。央秋是由一户人家增加到十七户,慢慢发展成一个村落的,至今顶多也就一百年的历史。自旺钦继承祖业以来,形成了一个好的传统,即冬夏两季牧场大家共同使用,家庭贫富相互调剂,男女佣人也不分你我,谁家忙就帮谁家干活。

戍边军的官兵们享用着肉和酥油,吃饱后,为喝不到青稞酒而发牢骚。为了满足他们的愿望,除过年以外没有酿酒习惯的乡亲们都省着吃糌粑,用青稞酿酒供官兵们饮用。为此,次公长官从褡裢里取出一两块糖果给孩子们吃,还给旺钦的妻子一枚嵌有松耳石的精致的戒指,给了旺钦一件白色薄纱汗衫。

旺钦和次公如本俨然同一父母所生之兄弟,一有空闲时间,他们就坐在一张长条坐垫上吃喝,相互交流各种所见所闻;有时面对面地坐着掷骰子、下弟吾芒棋①,其他乡亲和士兵在一旁观看;有时每人骑一匹马,上山打猎。

旺钦想道,我这么一个只认得牲口和野兽,而对其他一切一无所知的愚钝牧人能够认识一个来自圣地拉萨,挎着用火射击的神奇枪支的军官,还与他成为挚友,这是我前世行善积德的结果。

那天,应次公如本的要求,旺钦和他各骑一匹马,到山上

---

① 弟吾芒棋:一种类似围棋的民间棋类。

打猎。旺钦背起嘎玛久美的杈子枪,在雨后绿绒般的草地上,用穿着白色薄纱汗衫的胳膊轻轻扬起鞭子,摆出雄鹰展翅的造型,唱着歌,跑到次公前面:

啊日哦!
头上的狐皮帽是色钦花,
祈愿一生能够身居高位。
腰间的花刀是珠宝库,
祈愿一生能够制伏敌人。
四只蹄子是汉子的彩靴,
祈愿一生压得住白马镫。

次公策马扬鞭,紧跟在旺钦后头。嗒嗒的马蹄声和丁零丁零的铃铛声仿佛在为旺钦的歌唱伴奏,听来十分悦耳。盛开在草地上的红、黄、白三种颜色的花儿,犹似邦典①的彩纹,隐约可见。

走到一块潺潺流淌的河水边的草地上,为取悦次公,旺钦跳下马背,喊一声"如本啦",敬个礼,说道:"我们二人在这儿歇歇脚,怎么样?"

---

① 邦典:藏族妇女所系围裙。译者注。

次公喜出望外，下马说："行，行。正好。这地方太舒服了。我到过很多地方，还从来没有见过比这儿更舒服的。"他观赏着四面的山川，在旺钦身旁坐了下来。

旺钦把褡裢提过来，从里面取出煮好的绵羊肉、糌粑油糕和酸奶，给次公摆了一席他不曾品尝过的午宴。次公捋一捋胡子道："牧区的夏天比我们家乡舒服。"

"今天我跟你这个好朋友在一起，特意准备了这些东西。我们有这样一种说法：孔雀是森林的饰品，客人是家里的饰品，好友是人的饰品。我们没有专门去打猎的习惯，偶尔去一趟，也不会带这么多吃的喝的。"旺钦说着，割下一块块肉递给次公，把一块块糌粑油糕放到次公面前，让他配着酸奶一起吃。

次公吃着喝着，说："把牧民看成傻子很不对。牧民才是真正的知心朋友。我多年巡逻，发现没有比牧民性情更温和、实诚的。"

他俩稍事休息后，把两匹马拴在河边，背起枪，上山寻找猎物。

他俩来到夹在零星的岩石山中的草地上。在汩汩流淌的溪流边，由色钦花、铃铛花、沉香、飞燕草、唐古特虎耳草、红花、紫菀、蒲公英等野花组成的天然花园里，蜜蜂唱着美妙的歌儿在采食，羊角鸡唰啾着，吃着叫作青相子的草甸人参果。

他俩到达山顶后，看见一群黄羊悠然地待在玉盘上镶着白银似的各种磐石中。两人随即用火镰引燃导火索,身子猫成拄拐杖的老人一般,蹑手蹑脚地从磐石后面向黄羊走去。走了两百步左右,旺钦把嘴贴在次公耳边说:"你的枪法好,你打。"他从磐石上面露出半个脑袋盯着。

次公半蹲半坐在磐石后面,把枪口支在牦牛尸体一般大的磐石上,"嗒"地开了一枪。

枪响的同时,一群黄羊受到惊吓,散成两群,逃向不同的方向。其中一只黄羊颓然倒在两群黄羊中间挣扎着。这时,一只被枪声惊吓的马熊从次公支枪的磐石前面一跃,立时掉过头来,把两只前掌贴在胸口,扑到了次公身上。

"天哪!"次公受到惊吓,面临丢掉性命的危险。他在失声惨叫的同时,仰面倒地,失去了知觉。

旺钦那支枪的导火索一开始就置于扳机上,在马熊腾空跃起的一瞬间,他把枪口对准马熊,放了一枪。马熊"啊嗡"一声,收起伸展的四肢,倒在次公身上,随后四条腿的爪子一闪,如同电影里的慢镜头,重又伸开四肢,断了气。

刚才旺钦只是把枪口对准马熊的方向开了一枪,万万没有想到竟然把它给杀了。看着马熊倒地,他一愣,举起枪站立着,直到吁出一口气,方才缓过神儿来,走过去一看,从马熊左侧肋骨间隙的枪眼里流出黏稠的血。

马熊浓稠的血淤在地上,在绿如玉石的草甸上尤为显眼,衬得那里的蓝色花儿越发绚丽。然而，脚粘在血液上，却极力向花的茎干攀爬的那只蜘蛛，变成了一种与草甸、鲜血和花儿不相称的悲哀的风景。

跟羊粪蛋一般大的血，从马熊身上的弹孔里冒出来，流到那只蜘蛛身上，把花的半个茎干染成红色。蜘蛛在血泊中挣扎。旺钦折断一根草，把蜘蛛从血泊中挑起来，放在一块石片上。那只蜘蛛连一点点哪怕是虚假的表示谢意的样子都没有。它竭力跑到另一边，划出几道比棉线还细的弯弯曲曲的红色长线。

旺钦使出浑身力气，把压在次公身上的马熊尸体推到右边，扶住次公的脑袋，连喊三声："次公如本！次公如本！次公如本！"

次公方才醒过来，含含糊糊地重复着"哎哟，旺……旺钦……我……我……"，慢慢睁开了眼睛。他一见旁边的马熊尸体，便大叫一声"阿妈"，抱住旺钦，把脸埋进旺钦的怀里。

"如本，我把马熊杀掉了。"旺钦说。

"杀死了呀？"

"哎，一枪就把它撂倒了。"

"它……它可能没死。"

"死了，你看哪！"

"可能……可能还没死。再开……再开一枪。"

"不用开枪，它真的死了。"

次公把脸从旺钦怀里移开,歪着脑袋看了过去。马熊确实已经死了。但他仍然很害怕,怯生生地往后退了退。

"看,它早就死了。"旺钦说着,抓住马熊的耳朵,往上抬了抬。次公知道马熊已经死了,就气得往枪里装上火药,把枪口对准马熊的额头,"嗒"的一枪,扬起头,"哈哈哈"地笑着朝马熊脑袋踹了一脚。

旺钦拔出刀子,在一块石片上磨起来:"我们俩剥马熊皮吧。"

"剥皮有什么用,这肉能吃吗?"次公问。

"马熊肉吃不得。可是如果把皮子剥下来,鞣好,没有比这更好的褥子(坐垫)了。我把皮子鞣好给您。您要是不用,送给其他官员,会很体面的;卖掉,也能卖个好价钱。啊,还有马熊的胆跟黑熊的胆没啥区别,您回到拉萨后把它卖掉,可以卖出高价。"

次公一听,喜出望外道:"真的吗?哦唷,太好了。我没有比你好的朋友,你还是我的救命恩人。我要是不能报答你的恩情,死后埋在坟墓里,我的灵魂也得不到解脱。"

旺钦说:"别这么说,以后我和老婆、孩子要是有机会到拉萨,就只能靠您了。"

次公说:"你们一定要想办法去拉萨。我想办法在朗孜厦①替你们租房子。"

"朗孜厦是什么,是房子的名字吗?"旺钦问。

"嗳,什么房子哟,朗孜厦是一座漂亮的宫殿,一般人住不进去。不过,如果我把马熊的皮和胆作为礼品送给上级军官,他们可能会让你们一家三口免费住在那儿。"次公说着,心想这些牧民跟野兽一样什么都不懂,不由得暗自发笑,却又装出一副十分严肃的样子。

他俩一起剥掉马熊皮。次公拿上马熊胆,背起黄羊尸体。旺钦带着马熊皮,从草甸上走了下来。

次公装出一副可怜相说:"给你提个要求,回到部落,你能不能说这只马熊是我打的?"

旺钦问:"为什么?"

次公答道:"不这么说……啊……要是说你打死了这只马熊,救了我的命,以后我的手下会嘲笑我的。特别是到拉萨后,把马熊的皮和胆送给其他官员时……"

旺钦把次公的话茬儿接了过来:"哦,我知道了。您放心吧,我会说是您打的。我要是不能答应您这点儿小小的要求,还算得上是您的朋友吗?您不用担心,不用担心。"他说着拍了一下

---

① 朗孜厦:旧西藏地方政府的一所监狱,位于拉萨市八廓街背面。

次公的肩膀。

回到部落,所有人都流露出不满情绪,还有人歪着脑袋说:"马熊打不得呀。我们家乡的救星辅佐者、护法拉格宁山的坐骑是一只污白色马熊呀。"

有的说:"这只马熊的毛色不是污白色,也许不会有事的。"

旺钦也附和着那些人说:"这只马熊是黑色的,大概不会有事的。再说,今天要不是如本开枪打死了它,我可能就被它吃掉了。"

次公厚着脸皮说:"觉仁波齐①,这只马熊太吓人了。好在我事先给枪装好了火药,点燃导火索,随时准备着开枪,要不然我们俩就都完蛋了。"

"的确是这样的。您是我的救命恩人。"旺钦笑着双手合十。

次公摆出一副非常傲慢的样子,当众竖起大拇指道:"哪里,哪里,我不打死它,它就会把我也吃掉的。谁让我们是忠诚的朋友呢!"

他手下的士兵们纷纷议论着,指指马熊皮上的弹孔:"哦啧,这只马熊真大。"

"这只马熊的毛色真亮。"

"这只马熊的脚掌真大。"

---

① 觉仁波齐:释迦牟尼。此处为表示惊讶、诚恳之意。

"我今天头一回看见马熊。马熊的尾巴真短。"

"如本您真行。要是我,一见这么大的马熊准会吓晕的。"

"换了我,一见它就会尿一裤子,拉一裤子。"

"哈哈哈!"在场的人都哄然大笑。

旺钦和次公看着对方的脸笑了起来。

他们把马熊的胆挂在帐篷的拴绳上晾干,把马熊的皮晒在畜圈上。

旺钦的妻子央姆和其他一些女人说:"旺钦,把马熊皮拿开,把这个晾在畜圈上,晚上我们不敢去挤奶。"

几个小孩儿看见没有割断四肢的马熊皮,不禁大叫着"啊喷",逃向别处。

一天,一个藏兵喝得酩酊大醉,朝正在畜圈里挤奶的女人们撒尿,还哼起一首淫荡的歌:

身穿五色皮袍的年轻美丽牧女,
欧……欧……欧罗①虽然喝醉酒了,
……没有喝醉,
请用热皮袍爱抚我。

---

① 殴罗:孩子之意。

女人们听了都又羞又惊道:"哎呀呀,这些畜牲也不知道害臊。"她们小声说着,不敢朝那个方向看。

又有一天,一个士兵在光天化日之下,不知廉耻地把一个正在河边取水的女仆扑翻在地,准备奸污。那个女仆喊叫着,甩手蹬腿,极力反抗,弄得那个无耻的家伙终究未能遂愿。而白花花的精液却流到了她的大腿上。

还有一天,借宿在阿琼家的一个士兵把枪交给阿琼,让他上山打猎,又把阿琼的妻子灌醉,实施了强奸。

得知这些情况后,旺钦十分恼怒,恨不能用锋利的胁刀,结果了那些下流无耻的士兵的小命,把他们的尸体喂狗。但是看在次公如本的面子上,他压住怒火道:"如本,最近一些士兵喝醉酒,把女人……"

次公打断旺钦的话:"什么?他们欺负我们央秋的女人了?哼,我早就料到,让这些混蛋放任自流,就会干出这样的事来。"他从坐垫上站起来,来回踱着步,装出特别生气的样子,左手叉腰,把仆人嘎玛久美喊过来,命令道:"你去把他们带来。今天我要是不给他们每人一百鞭子,就别喊我次公的名字。看他们还敢不敢放肆!"

旺钦急忙阻拦道:"别别别,别这样。您好好说说他们,以后不出这样的事情就可以了。"

次公捋一捋胡须说:"今天看在旺钦友的面子上,免于处罚。

但是我不管管自己的兵怎么行？回到拉萨以后，我非向司令部报告不可。"说完，将拳头朝地上砸了一下，不料，却砸到一块石头上，他疼痛难忍，不禁大叫着"哎哟哟、妈的"，把拳头塞进嘴里。

士兵们跪在次公面前。他两手叉腰，说："你们好好听着，在央秋这个地方，你们要是无法无天，特别是欺负妇女儿童，可别怪我的鞭子不讲情面。你们不懂'饮当地水，守当地法'这句话的道理吗？哼！"他又一次把拳头往地上砸。可这次只是轻轻地砸到柔软的草甸上，避免了疼痛。

次公继续说："今天我听旺钦友的话，没有打你们。哼！要不然你们屁股上的血让狗舔都舔不完。"他当着众人的面儿批评那些士兵，右手把鞭子朝空中一举，用力往地上抽了两下，摆出非常生气的样子。

那天，旺钦鞣好马熊皮，把还没有脱离马熊皮的四肢剁下来。他心想，到了冬季，拿马熊的四肢喂马，很有营养，就把它们用绳子捆住，拴在帐篷的拴绳上。

"求求你，求求你不要这样。"这时旺钦听到妻子央姆从帐篷里发出的声音。他不知道发生了什么事，走进去才发现次公正抓着央姆的手。

见旺钦进来，次公马上松开央姆的手，吞吞吐吐地说："啊……哈哈……我开个玩笑……嗯。"

旺钦虽然气得不知如何是好，但嘴上并没有说什么，只是把脸拉得长长的，坐在炉子边，倒上鼻烟吸了起来。

儿子占堆吹着口弦琴走进来："爸爸，你看，这个是嘎玛久美叔叔做的。"

打那天次公训斥几个士兵起，类似奸淫女性的事件非但没有减少，反而愈演愈烈。有的士兵借口去打猎，奸污放牧的少女。出于无奈，旺钦向次公讨公道："那些当兵的吃得太饱，强奸了我们的妇女。你要是有办法，就该管一管了。不然我们无法容忍。"

次公说："朋友，你可不要这么说。当初我准备给他们每人一百鞭子的时候被你拦住了。如果当时惩罚他们，势必会起到杀鸡给猴看的效果。也难怪，我的士兵离开自己的老婆快半年了。以后你到拉萨的话，我可以给你提供白白嫩嫩的姑娘，啊，像仙女似的，看一眼你就会晕死过去。哈哈哈！"

旺钦心里燃起愤怒的火焰，但他还是极力克制住，给次公如本递了一杯酒："我们在饮食等各方面都满足了你们的要求，还请你多多理解。"

次公喝干一杯酒说："当兵的为了老百姓不惜牺牲性命，老百姓也应该体谅我们。"

旺钦没有心思再听下去。他走出去，想了一遍又一遍。

晚上拴牲口的时候，旺钦对上了年纪的央秋人讲："最近当兵的恩将仇报，一个劲儿地欺负我们的姑娘们。如果不拿出点儿措施来,我们就得不到安宁。"

那些人也气愤难平,纷纷表示:"我们已经忍无可忍,该跟他们拼了。"

他们商议来商议去,最终决定于次日在部落附近的草坪上搭一顶帐篷,用牦牛肩胛骨做靶子,立在离帐篷几百步远的地方,从部落里挑选出十二名男子,让他们跟十二名士兵进行射击比赛。这一提议让那些嗜酒好肉的藏兵们不胜欢喜。他们聚在帐篷里,像饿狼扑食似的抢着喝酒吃肉。

次公如本坐在里面的马熊皮上,捋一捋胡子,扫一眼帐篷里的人,说:"我们走遍各个地方,却没有找到过比央秋更舒服的,也没有遇到过比央秋人更本分厚道的。谁要是不守规矩,干出无耻的事情,谁的屁股就会遭罪的。到那时后悔也来不及了。"他说着,掏出一只配有金塞子的琥珀做的鼻烟壶,倒一指甲盖鼻烟,然后把鼻烟壶递给旺钦,一副傲慢的样子。

从部落里挑选的十二名男子给他们敬酒,把肉一块一块地切给他们吃。士兵们哪里知道他们的怀兜里藏着锋利的、淬火磨砺的怀刀。士兵们稍微有点儿醉意,就嚷嚷着要找侍酒的女子。

旺钦料到他们会提出这样的要求,便把早已准备好的几位盛装的年轻姑娘叫来,让她们敬酒。

士兵们喝醉后欲火中烧,趁姑娘们端起酒杯敬酒之际,直勾勾地盯着她们,在接过酒杯的时候,抚摸姑娘们的手。

旺钦以商量的口吻向次公如本提议道:"我们先进行射击比赛如何?"

次公答道:"好。今天很愉快。你们好好听着,以后不论央秋的什么人到拉萨,都一定要想办法安排在朗孜厦住宿,对不对?哈哈哈!"

"对。哈哈哈!"士兵们哈哈大笑起来。

士兵们端着枪走出帐篷,把枪支在地上,瞄准靶子。导火索冒起了蓝色的烟雾。

妇女和儿童们不敢直视,她们用手捂住耳朵,跑到别处躲了起来。

"嗒嗒嗒……"

"厉害,厉害。哎呀,我们比不过你们。大家请进去吧。"老乡们夸着士兵,把他们重又迎进帐篷,用酒和肉款待他们。

士兵们的枪里已经没有火药了。考虑到不能失去这么好的机会,旺钦用昨晚商量好的暗号说道:"为了给大家助兴,也为了表示庆祝,我唱一首歌,可以吗?我嗓音不太好,请多多包涵!"

大家一致说道:"好。你好好唱,我们听。"

旺钦抬高嗓门儿唱道:

哎——

啊日啰——

哎玛荣——

当我还是孩童时，

不懂得星星狡猾，

羡慕闪亮的星星。

明晃晃的太阳升起时，

蓝盈盈的天空欺骗我。

当我还是孩童时，

不懂得草甸狡猾，

羡慕草甸和花儿。

冬日的寒气袭来时，

狭小的土地欺骗我。

在歌声落下的同时，部落里选出来的男人们掏出锋利的怀刀，扑向士兵，紧紧抓住他们，瞪圆眼睛，激愤地咆哮道："这是对你们无法无天、恩将仇报的还击。"

妇女和孩子们嘴里喊着"哎哟哟"，跑到外面。那些士兵这才从醉酒中醒转过来，求饶道："求求你们，求求你们，饶命啊。"他们只有连连哀求，而无动弹之力。

早已准备就绪的男人们拿出几根长长的粗牦牛毛绳，把这些恶贯满盈的士兵们绑起来,死死地捆成圆溜溜毛线球一般,把他们戴在身上的首饰和怀里的东西"洗劫一空"。

绑得像毛线球似的士兵们忍受着疼痛的煎熬在哀号,有的嘴里吐出白沫,有的脸像吹了气一般肿胀着,有的吓得尿了裤子,拉出屎来,弄得臭气熏天。

看到这一令人作呕的场面,大家嗤嗤地讥笑着,用袖口捂住鼻子。

笑声、歌声响彻云霄,传向沟头沟尾。四面群山发出朗朗的回声。

天空变得更加晴朗。偶有兀鹫张开翅膀,在空中盘旋,看上去像是前来观赏他们的庆功典礼,也有可能是为了享用那些恶毒如野狼的混蛋的血肉。

炽烈的太阳正欲移向西边的天际。清风在广袤无垠的绿色草原上舞动。牧人的歌声离村落越来越近。山雀们也到了回巢的时候。它们张开双翅飞舞着。

勇于扶亲灭敌的人们相聚在一起,他们的酒肉之宴和歌舞之欢仍旧持续着。长辈们边畅饮着青稞美酒边聊天。青年男女们则兴高采烈地唱着喜悦的歌,跳着欢乐的舞。

那些当兵的疼痛难忍,像堕入地狱般地呻吟着,脸色变得如同干瘪的肝脏。次公把眼睛朝上盯着,带着哭腔说:"饶了我……我吧。我……我做得不对。从今往后,好……好好管教。

怨不得你……你们。我错……错了。求求……求求……饶了我……我吧。求求旺钦友……友,念在我俩的情分上,把我放了吧。"

以旺钦为首的年长者斥责道:"我们每三天宰一只绵羊,每半个月杀一头牦牛,像对待宠儿一样照顾你们,像对待上师一样尊敬你们。可你们还不满足,抱怨没有青稞酒。虽然我们没有那么多青稞,但是为了满足你们的愿望,酿造那么多青稞酒供你们喝。可你们还不满足,居然欺侮我们的妇女。这是对你们所干下的许许多多坏事的报应。"

为求得释放,次公抬起头说:"你们说得……说得对。也难……难怪你们。胡作非为的都是我的像狗……狗一样的小喽啰们。他娘的……回到拉萨后……我把他们全都……交给马……马基康①处决。"

旺钦严肃地在次公面前来回踱步,说:"我不知道什么马基康。处决你们的除了我们央秋的人还能有谁?你们以为牧民都是软弱无能的,怎么欺负都不会反抗,这是完全错误的。"说完,他大声地笑起来。

所有当兵的都恐惧地祈求道:

"求求你们,别杀我。我什么也没干。"

---

① 马基康:原西藏地方政府时期藏军的领导机构。

"杀了我，我的妻儿就无依无靠了。"

"我家里还有一位老父亲。杀了我，就没有人养活他了。"

"饶我不死。"

央秋的男人们更加气愤地说："哼，我们也没有办法，实在是无法容忍。你们这些妖魔，走到哪里都只会做坏事。要你们的命是一件对全世界都有利的好事。从现在起，你们这些混蛋插上翅膀，也无处可飞；爪子再尖利，也无地可钻。感谢你们赠给我们这么多马匹和杈子枪！哈哈哈！"说完，帐篷里响起朗朗的笑声。

旺钦把部落里上了年纪的人集中到一块儿，问："次公那个叫嘎玛久美的侍从是个规矩人，把他一个人放了，怎么样？"

得到的回答是："放一个就完了。以后他会带着更多的士兵来报仇的。这次一个人都不能放过。"

旺钦认为这一主张有道理，便点点头，以示同意。

晚上，放牧员们把牲口关进畜圈后，跑到藏军驻地围观。

"呸！恶心！"

"这个长耳朵的嘴里在流血。"

"这个大胡子的右眼珠快掉出来了。"

"这个塌鼻子快要断气了。"

……

吃过晚饭，部落里的男女老少都聚集在草地上，点起很大一堆牛粪火。熊熊燃烧的火焰蹿向空中,火光照得四周红彤彤的,将部落后面被称为格宁伦吉孜莫,可与水晶塔媲美的雪山也映成了红色。

青年男女们手牵着手,围着篝火跳起了圆圈舞:

为免除天界战乱,

大神梵天来助阵。

为免除人间战乱,

格萨尔王来助阵。

为免除龙界战乱,

祖纳仁钦[①]来助阵。

老人们品尝着醇香的茶和酒。他们有着谈不完的话题。

十二名士兵痛苦地呻吟着,哭哭啼啼地求饶。

天空纯净如明镜。群星在闪烁。四周偶尔传来几声猫头鹰和狐狸惊悚的叫声。

旺钦高高举起一碗茶,对大家说:"大家一起向救星辅佐者、护法疾驰者神山格宁伦吉孜莫敬茶。"

男女老少都高举起各自的茶碗,面朝神山格宁伦吉孜莫,

---

① 祖纳仁钦:藏语,头顶珠宝,龙王的异名。译者注。

异口同声地念诵道:

嚓!嚓!
威力无比的靠山,
干净利索的保护神,
格宁伦吉山峰!
愿我的银盔,
在众人之中高出一头;
愿我的坐骑,
在众马之中快一步。
愿他乡的福气归我方,
愿我方的邪气归他乡。

念毕,将碗里的茶敬给格宁伦吉孜莫山。

人们的吟诵声与自居地前急速流淌的央秋河水声融为一体,传向四方。

一阵和风将一股血腥味吹来。大家感到奇怪,说:"这是什么?这是什么?闻到了一股血腥味。"说完,大家便用袖口捂住鼻子。

他们心里想着要把那些恶贯满盈的人沉入央秋河,让他们永无重见阳光之日,便朝那些人所在的地方走去。然而,出乎意料的是，那帮人嘴里喷着殷红的血，上了西天。

很多人说，这次亲眼见到了格宁伦吉孜莫山的地神格宁神用盔旗顶饰装扮黄金头盔，手持长矛，骑着浅棕色、肥壮的马，在人群中来回走了走，就奔那帮人而去。说完大家便双手合十，一遍又一遍地朝格宁伦吉孜莫山磕头。

人们把那些恶魔的尸体抛到湍急的央秋河里，把手洗干净，继续沉浸在晚会的欢乐之中。

很多人从自己家取来酥油包，扔进篝火中，使得火焰燃烧得更旺，蹿向天空。

第二天，为赞颂旺钦以谋略和战术降伏暴徒，众人用白酥油反复涂抹他的两个大拇指①，并将其选为部落长，请他坐到马熊皮上，在他的脖子上挂了很多哈达。

洁白的哈达不仅仅表示吉祥，也表示一颗颗赤诚之心。

首领旺钦喝一碗茶，捋一下胡子，说："为了我们央秋，也就是央德秋莫（聚满福禄的富裕部落），更加充满福泽，更加富裕昌隆，要继承祖上流传下来的优良传统，尊老爱幼，勤奋劳动，使我们的部落成为举世无双的部落。"

有一位把头发束成顶髻的老汉，叫尼玛崩。他到过很多地方，见多识广，是部落里唯一一个识文断字的人。为了表示吉庆，

---

① 用白酥油涂抹大拇指：早期有用白酥油涂抹功勋卓著者的大拇指以示表彰的习俗。

他把自己认识的三十个藏文字母从头到尾大声念了一遍。

几位盛装的少女端着酒碗,向部落长旺钦、老汉尼玛崩等在座的人们唱道:

> 我手中的洁白哈达,
> 今日要献给首领您,
> 向您道声吉祥安康。
> 我手中的甘露佳酿,
> 今日要敬给首领您,
> 向您表达深情厚谊。
> 我口中的歌曲旋律,
> 今日要献给首领您,
> 衷心祝您长命百岁。

之后,旺钦把这些枪分给了家中有男孩、门口有马儿的十二户人家。救星格宁伦吉孜莫山神祇格宁的禅杖、长矛的旗帜是红色的,因此分给各家的权子枪都系着红色翼旗。

一天,部落长旺钦把因很久没有洗而被油垢粘住的长发解开、洗净,然后盘腿坐在里屋的马熊皮垫子上,很有架势地揩了揩权子枪察仁南嘉,自言自语道:"在这片草原上可能没有比我们更强大的部落。"

长久以来，因为受到狐狸和猫头鹰令人毛骨悚然的叫声的困扰，沃玛吉没有睡过一个安稳觉。但是今晚有旺钦父子俩替她驱逐恐惧。因此她热血沸腾地说道："后来怎么样了？继续说呀。"

旺钦说："以后再给你讲。现在都快到午夜了，困得不行。"他把被子扯了扯，蒙住脑袋。

"讲一点儿吧。我很想听你说的这些。"她热得受不了，便把腰部以上裸露在外，双手枕在脑后躺着。

"明天讲不行吗？"旺钦掀开蒙住脑袋的被子，皎洁的月光透过帐篷的天窗照在沃玛吉身上，使两个又白又圆的乳房，宛然鼓凸于雪山峰巅的金字塔形峰峦。

他慢慢地从自己的被窝里爬出来，蹑手蹑脚地走过去，钻进沃玛吉的被窝，小声问道："你今晚为什么睡不着觉？"说着抚摸起沃玛吉的大腿。

"月光多么明亮啊！"

"等一下，因为月光太亮……"

"别揉。我……我……"

明媚的月亮赧颜万状，不好意思看他俩，便躲到乌云后面，帐篷内一下子变得伸手不见五指。

沃玛吉搂住旺钦的脖子亲了一口。

旺钦摩挲起沃玛吉的丰乳……

沃玛吉又亲了一下旺钦,呻吟道:"嗯……嗯……轻点儿……"

完事后,旺钦摸着黑慢慢地退回到自己的被窝里躺了下来。

翌日,吃过早饭,占堆到头一天他们父子俩待过的地方去取生活必需品。

旺钦对沃玛吉说:"今天我得宰一只公绵羊。你很长时间只吃到狼吃剩下的肉,肯定想吃新鲜肉了。"说完,他就拿上一根套索走出去,抓住一只精挑细选的公绵羊,把它拴在帐篷拴绳的桩子上。那只公绵羊知道自己今天要被宰杀,就"咩咩"地叫着朝羊群方向望去,连一秒钟也待不住,不停地围着桩子转着圈,极力想挣脱。

旺钦从挂在自己脖子上的宝盒中取出一点儿神物,放入碗里用水浸泡后,嘴里念诵着嘛呢(如六字真言),灌进那只羊的嘴里。那只羊一时像吃到甘露一般舔起嘴,站在原地望着旺钦。旺钦生出极大的悲悯之心,自言自语道:"啧啧,这只绵羊在想什么呢?"他不禁打了个寒战。

他慢慢地走到那只绵羊旁边,抚摸起它来。那只绵羊已无刚才的硬气,温驯地抬起头,看着他的脸,闻了又闻,还舔了一下他的手。旺钦不敢下手,便喊了两声沃玛吉:"喂,沃玛吉,沃玛吉。"

"哎!"沃玛吉从帐篷门里探出头来应答。

"我不敢宰这只绵羊。"

"怎么啦?"

"你看一下,刚才给它喂神物的时候,它一副津津有味的样子,而且好像跟人完全熟了。"旺钦边说边抚摸起那只绵羊的下巴。那只绵羊非但没有受到惊吓,反而十分温顺地微微闭上双眼反刍着。对此,沃玛吉也心生同情,说:"那就不要宰了,把它放掉吧。"

"呀,呀。这只绵羊可怜得很。"旺钦正要解开绳索,把绵羊放掉时,沃玛吉从帐篷里喊道:"等等,先别急着放掉。"

"这个女妖在说什么呢?"旺钦嘟囔着,抓住套在绵羊脖子上的绳索,朝帐篷里看着问道,"你说什么呢?"

沃玛吉一边绾着红、白、黄三种颜色的线头一边说:"这只绵羊很可爱,把它放生吧。"

旺钦抓住那只绵羊的头,沃玛吉在绵羊的两只耳朵上系上红、白色棉线和红、白色布条,给两只犄角和脸部抹上酥油。旺钦朝一块石头吐上唾沫,将一块红色赭石在那块石头上磨好后,把那只绵羊从颈部到尾巴,以及左右肩膀涂抹一遍,嘴里说着"解脱,解脱,解脱,放生,放生,放生"的吉利话,解开脖子上的绳索,让它回到羊群里。

过了半天,占堆回到家中。五条猎狗躺在帐篷门口。

旺钦从茶袋里抓出一把茶:"今天有茶桶,要喝个香喷喷的茶。"说完,便烧起了茶。

旺钦坐在自家房子左边靠里的皮垫子上。儿子占堆坐在他的一侧。沃玛吉坐在右边靠里的地方,负责倒茶和往炉膛里添牛粪,以及纺绵羊毛线。尽管没有任何表示吉祥的祝词,但是足以表明组成了一个新的家庭。

旺钦把枪放在大腿上,把里里外外都擦拭干净后,挂在帐篷柱子上,然后倒了一指甲盖鼻烟。沃玛吉连连端起茶碗给他,使得一种悲喜交集的情景不由得映现在他记忆的镜子里。

旺钦被任命为央秋的部落长后,尼玛崩老人作了一首歌:

央秋是个福禄之盆,
头人旺钦位比天高,
背一杆巨雷似的枪,
骑一匹雄鹰般的马,
除蛟龙无可惧之敌,
央秋人家幸福美满,
流淌之水全归我们,
生长之草亦归我们,
斩断粗草以黄金论价,
斩断细草以白银论价。

这首歌逐渐流传到邻近部落,使邻近部落的一些人羡慕不已,有的甚至眼红得很难打发日子。

位于央秋部落东面的达塘部落有一个被称为赞贵喀消的单身男人。不论家畜还是家具,他家都超过中等家庭的水平,在部落里是属一属二的。由于他是个豁唇,两颗上牙露在外面,故此得名赞贵喀消。这一生理缺陷导致没有一个姑娘看上他。他的父母想到自己唯一一个儿子有可能因为生理缺陷而打一辈子光棍,就从别的地方找来了一个女乞丐,在快要到达部落时,背着邻居把她带到河边,从头到脚洗干净,换上用水獭皮镶边的羊羔皮袍子,系上彩虹邦典,戴上绿松石、珊瑚和琥珀等头饰,带回家。可是姑娘一见赞贵喀消可怕的容貌,第二天夜里就把绿松石、珊瑚和琥珀从头上取下来,放在睡觉的地方,逃走了。她再穷,也不愿跟一个残疾人过日子。

连乞讨的女人都不想跟他,趁机逃走,这使得他的父母灰心丧气。这个女乞丐逃离赞贵喀消家来到央秋,在旺钦家当了一名佣人。她身材窈窕,面容姣好,性情温和,勤快能干,对主人家忠心耿耿。因此,当考虑到该给旺钦娶媳妇时,他父母就说,与其花费钱财从外地找一个姑娘,倒不如让这个女佣当媳妇。于是她给旺钦当了媳妇。事实上,旺钦心里想的也是这个姑娘,正所谓如愿以偿。

这个女佣本来叫纳达,成为旺钦的媳妇后,她觉得这个名字不好听，就由尼玛崩老人给她改名叫作央姆，表示她是到央秋的女乞丐。

第二年央姆生了个漂亮的男孩。他就是现在已满15岁的占堆。

因为这件事情，达塘的赞贵喀消由最初为找不到媳妇而犯愁，到为媳妇逃走而恼怒，便骂起街来："我家给这个吃不到早饭到海边，吃不到晚饭到山顶的女人穿上羊羔皮袍子，用绿松石、珊瑚和琥珀装扮她那长满虱子和虮子的头，可她偏偏不愿享福，要到外面流浪，那就由着她吧。"他顿了顿，接着诅咒道，"但愿她赤条条地死掉，死后尸体被狗吃掉。"然而，当听到这个女乞丐成为旺钦的媳妇，生下一个漂亮儿子的消息后，就像俗语所说，"生野牦牛的气，打马的脑袋"，对女乞丐的愤怒变成了报复旺钦的悲恨，他用很多天时间磨刀，想与旺钦决斗，但因部落里没有同情他、帮助他的人，因此直到今天都未能付诸行动。这件事都过去十来年了，可他心里的怨怼还没有消除。他连媳妇的影子都没有，而且父母也先后过世了，只剩下他孤零零一个人。

他几次在夜里用糌粑团堵住豁嘴，钻进睡在羊圈旁边的几个女孩的被窝里，使生理需求得到了满足。然而就像格言所说，"披着豹皮的毛驴，因吃庄稼丢性命"。有关他用糌粑团堵住豁嘴，钻女孩被窝的事情很快就被睡在畜圈周边的女子发现，以后再也没有人搭理他。

有一次，吃过晚饭，他揉一团糌粑，补上嘴巴的豁口，跑到邻居家一个睡在羊圈旁的女佣那儿，扯了扯她的皮袍领子。

那个女孩似醒非醒地问道："不要这样。你是谁呀？我……我……睡……"

赞贵喀消骗她说："我是顿桑（顿桑是她的相好）。"那个女孩立马掀开被子，把他迎进怀里。由于他欲火旺盛，控制不住吻了她，使得嘴唇上的糌粑补丁脱落下来，事情也就败露了。

那姑娘吓得喊了一声"阿妈"。

"是哪个该死的家伙？"顿桑拔出腰刀，要取赞贵喀消的命。赞贵喀消又羞又怕，从那个女子的被窝里爬出来，光着身子跑了。事情传开后，就再也没有人理他了。而他对央秋部落旺钦的怨恨变得越发强烈，一心想除掉他，但一时找不到合适的办法，他就变得心灰意冷，朝圣去了。

临行前，他托一个牧童捎口信给旺钦："央秋的旺钦和女乞丐纳达（央姆）有一个叫作赞贵喀消的仇人。你们别想有一天安宁。"

央姆听后，很多天都放不下心来，她流着泪，抱住旺钦的脖子说："我这个没有福气的女人，有可能会让你们父子俩落到仇人手里。当时我要是做了赞贵喀消的媳妇，现在我们谁也不会有仇敌。"

旺钦说："哎哟，你不必这么担心。放心吧。他只是因为失去你感到可惜才这么说的。其实他没有这个胆量。如果他是个有胆量的人,就不会让一个牧童捎口信来。"

占堆看见旺钦回想着往事,弄得端在手里的茶碗险些掉落到地上,碗里的茶洒落到膝盖上,便喊道:"阿爸,阿爸,你……"

旺钦这才得以从回忆的网罾中挣脱出来。他左看看,右瞧瞧,应声道:"哦,哦。"

他们在这个地方住了约一个月后,背上所有必需品,经过一条狭窄的岩崖隘口,迁居到恰喀尔绒。

沃玛吉虽有四大袋青稞,但这次没法儿带走,只好藏在西面山头的岩洞里。

恰喀尔绒是一个群山环抱、水草丰美、不受野兽侵袭的地方,犹如钻入院落一般暖和,与外界有着如同冬夏一般的区别。沃玛吉感到惊讶,她看着旺钦问道:"哎哟,这么好的地方,你们俩是怎么发现的?"

"嗨,"旺钦喘口气,把背上的东西放到地上,坐在断岸上,说,"这个地方是靠我们的福气找到的。其他任何人都不会找到。怎么样,我们俩没骗你吧?"说完,他擦了擦额头的汗。

"舒服。北方也有这么好的地方,真是奇迹。"沃玛吉说着朝四处远眺,她发现了沟头的野牦牛群,"这个地方也……"

占堆接下沃玛吉的话茬儿,逗弄道:"这个地方还有一户人家哪,那群牦牛是那户人家的。"

"啊?什么?你说这里还有一户人家啊?之前你们俩不是说连一户人家也没有吗?"沃玛吉一惊,眼睛都瞪圆了。

占堆答道:"有啊。"

沃玛吉问道:"那户人家叫什么?"

"叫旺钦府。"占堆开玩笑说。

"哈哈哈!这孩子挺逗的。我真的以为还有一户人家呢。"她转身对旺钦问道:"那么,那个牦牛群……"

旺钦说:"那是我们家的牦牛群呀。"

"啊,你们俩赶着一群牦牛来的?"

"不是的。"

"那……"

"是老天爷赏赐给我们的。"

"老天爷赏赐的?"

"嗯,是的,是老天爷赏赐的。走吧。"旺钦背起包袱,拍了拍占堆的肩,"你在这儿放一会儿绵羊,太阳快落山的时候把羊群赶回来。"

到达"老游牧地"后发现那堆野牦牛肉跟先前一样新鲜,只是皮膜稍微有点儿干。旺钦切下几块肉喂给那五条猎狗,说:"这是我们父子俩走之前宰的。"

沃玛吉想起刚才的牦牛群,一看,发现个头儿比牦牛大,便问道:"那些不是野牦牛吗?"

旺钦答道:"是。你刚才真的以为是牦牛吗?"

沃玛吉仍旧望着野牦牛群说:"一群野牦牛是怎么到这个地方的呢?"

"所以我说是老天爷赏赐的。"旺钦卸下包袱,倚着包袱歇息。

"哎哟!"沃玛吉喊着,把比她自己还大的包袱放在地上,脱掉两只衣袖,歇起脚来。她没有内衣穿,裸露着上身,一根根肋骨清晰可见,丰满的双乳略微下垂。两滴汗水从额头滚落到下巴上,变成了比豆子还大的汗珠,过了一会儿,随着身体的摇摆掉落到两只乳房上,赛跑似的往下滚,在被皮袍的污垢弄得脏分分的乳房上留下两道清晰的印痕。

旺钦借着眼角的余光,偷偷看了过去。沃玛吉那对丰满的乳房挑起他的强烈欲望,可因一路劳累过度,使他懒得动一动,便伸开两条腿,躺了下来。

恰喀尔绒的天气热得与仲夏几乎没有什么区别。沃玛吉虽然还没有睡着,但路途的艰辛和太阳的高温,使她从头到脚整个身子仿佛散了架似的,脑袋也埋得像弓箭一般。又有两颗比豆子大的汗珠从额际掉落到乳房上,使她感到有些痒痒。她赧颜万状,立即穿好两只袖子,偷偷朝旺钦看过去。此时旺钦已经完全睡着了,鼾声渐起。

透过太阳光的折射,占堆和绵羊群隐约可见,显得影子更加细长。

当她又一次将目光慢慢地投向旺钦时,旺钦仍旧睡着,颈部的青筋一下一下地蹦着,吸气时鼻孔发出呼呼的鼾声,呼气时嘴里发出呼哨声。旺钦的脸颊还真是一张好汉的脸颊——高高的额头,浓黑的眉毛,高直的鼻梁,宽大的腮帮子,突出的颧骨,黝黑的皮肤,整齐洁白的牙齿,两腮及上唇、下巴上又密又黑的胡须……

旺钦睡醒后说着"太阳这么大",揉揉眼睛,打了个哈欠,挠挠腮帮子,从胡子里抓出一只灰白的小虱子,把它搁在大拇指指甲上夹死,说:"我一只虱子也没有。这只虱子是不是从你身上跑过来的?"

"嘿嘿!"沃玛吉笑一下,"你怕虱子,干吗还钻到我的被窝里来呢?"

旺钦说:"正因为不怕虱子,我才过来呢。要是怕虱子,我就不会钻到你被窝里。"

沃玛吉撩起皮袍下摆,靠向旺钦的胸口……

过了一会儿,沃玛吉起身,掉转脸,重新系上腰带,走几步,然后趴在河边喝水。

旺钦解开帐篷捆子,准备搭帐篷。沃玛吉用袖子揩一下脸,拉开帐篷绳索搭帐篷。他俩把所有物件都搬进帐篷。旺钦把三脚蒙古炉架在帐篷中央,然后跑到河边,把脸和手洗干净后取水。

沃玛吉去捡拾牛粪。没过多久,她就把袍子下摆撩起来,装上很多牛粪回来了。她把袍子下摆撩得过高,露出两条大腿来。她的膝盖好像用犄角样的污垢打的黑色补丁。

看到这一情景,旺钦笑了笑。她羞得身体失去平衡,索性坐在原地,把牛粪打翻在地,佯装生气地瞥了旺钦一眼:"有什么好笑的!"

像他们父子第一次到恰喀尔绒一样,从帐篷的天窗里飘出袅袅炊烟,使这座帐篷成为此地最生机勃勃而又最大的物体。

旺钦从那堆肉上切下几块煮起来。沃玛吉往炉膛里添牛粪。他们开始了在此定居的生活。

过了半个多月,旺钦用新皮子给磨破的鞋底打了个补丁,说:"明天我去取一袋青稞。"

沃玛吉说:"你一个人去背不了多少。我们两个都去吧。"

"这样的话,占堆一个人没法儿待着。我只耽搁一天一夜。"

沃玛吉望着父子俩道:"要不你们父子俩去吧。我守在家里。"

旺钦说:"这样不行。你一个人待在这里会很难打发时间的,还是我一个人去好了。"

"我一个人在那么个破地方都能待得住,怎么会打发不了这一两天时间呢!"沃玛吉说。

次日,在太阳即将爬上东方的山巅时,旺钦起了床,把一块肉和一些糌粑团揣进怀兜,准备上路。

"吃了早茶再走吧。"沃玛吉和占堆也马上起床,往炉膛里加牛粪,准备生炉子。

"不用喝茶。早点儿走好一些。"旺钦说着就走出了帐篷。

占堆说:"阿爸,带上枪。"他从帐篷柱子上取下枪,把它递给旺钦。

占堆和沃玛吉站在门口目送旺钦,直到他走得很远。

旺钦甩着袍袖,迈开大步走着。枪管上的红色翼旗在风中猎猎飘动。

到了山脚,旺钦回眸,看见西边山顶撒满金色的阳光。占堆和沃玛吉烧茶的青烟飘然向天空升腾。他朝他和占堆初次到达恰喀尔绒那天,跟着五条猎狗走下来的乱石山望去,发现那座山仿佛被举世无双的宝剑劈成两半似的陡峭至极。他惊愕地自言自语道:"啊喷,当时我们俩是怎么从那座山上下来的?"

他穿过岩崖隘口下山的时候,看到山下的草甸上有一群牦牛悠闲地吃着草。旁边有一个人在烧茶。他想,那群牦牛可能是驮盐人的驮牛。理由是,盐湖边的水咸,驮盐人扎下帐篷后,所有驮牛都不得留在驻地。由一个叫作"佐娃"的专门放牧驮牛的人,把它们迁移到远离盐湖的地方,等到把盐巴采好、装袋后,再把驮牛赶过来。

旺钦躲开那个放牧员的目光,埋伏在一座小丘后面偷窥,发现那个放牧员有一匹雄鹰似的枣骝马。他与那个放牧员之间只有一箭射程的距离。他心想，盐驮子不是恩重的父母施与的，而是家财。今天不能失掉这个机会。他把刀揣进怀里，把枪放在原地，唱着"呀啦啦莫啦啦日"，朝那个放牧员走去。

那个放牧员朝他瞥一眼，毫无顾忌地喝起茶来。

旺钦走到他跟前问候道："放牧好。"

那人回应说："路程近。"

那个放牧员往已经倒了清茶的碗里搁了一块比羊粪蛋大一点儿的酥油，然后递给他："喝茶吧。你可能口渴了。我是朵嘎部落的。"

他在把碗递还给放牧员的同时问："朵嘎到这里有几个驮牛宿营站？"

"直走，有32个驮牛宿营站。"

"你像是大户人家的。"

"你怎么知道？"

"如果不是大户人家，哪来这么多牦牛？"

"这些驮牛是主人家的。我只是个佣人。"

"你到这么远的地方，你老婆不会偷汉子吗？"旺钦以开玩笑的方式了解这个放牧员的家庭情况。

"哈哈！你好像是个爱开玩笑的人。我连个老婆的影子也没有，哪用得着担心偷野汉子。你是哪里人？"

"我是本地的。"

"哦,这一带也有人家吗?"

"有,不太多。"

放牧员一边给他递茶碗一边问:"你今天到哪里?"

旺钦喝完茶,把碗递给他答道:"昨天走失了两头牦牛,去找找。你没有看到吧?"他从怀里掏出鼻烟壶,倒上一指甲盖鼻烟,又把鼻烟壶递给放牧员。

"我不会吸鼻烟。"放牧员从褡裢里拿出一小块肉递给他。

为了探明放牧员有什么武器,他接过肉问道:"我没有刀子,借刀子用一下。"

放牧员从褡裢里取出一把装在皮质刀鞘里的小刀,递给他。

他问:"没有比这把大的吗?"

"没有。"放牧员回答。

他们俩吃着喝着,聊了很长时间。

那个放牧员把茶碗递给他,问:"你叫什么名字?"

旺钦在把茶碗递还给他的同时,扑到放牧员身上,抓住他的胸口说:"我一个孤身在山头的土匪没有名字。"他瞪大眼睛,把怀刀高高举起,吼叫着吓唬对方,"命绝的男人落入土匪手里,过了这一刻别想见到阳光!"

那个放牧员咬牙切齿地说:"我一个无罪的人,老老实实地待在这里,你为什么要这样对待我?我侵占你父母亲留下来的宝贵财富了吗?"他往旺钦脸上啐了一口。

旺钦把怀刀举得更高,看着快要砍下去。他恐吓道:"你是投降呢还是要留下尸首?"

放牧员直视旺钦道:"我再怎么软弱也不会低头。杀吧。我又没有父母、亲戚和妻儿等值得留恋的人。我再窝囊也是个男人。就算是阎王的军官来了,我也只会留下尸首,而不会低头。"

旺钦把放牧员抓得更紧,将刀口对准他的鼻尖吓唬道:"你个吃屎的小心点儿。不然到时候可不要怪我的枪不长眼啊。"

"杀呀,杀呀。要是不敢杀,你就不是男子汉。你是一个不敢面对面地打,而是采取偷袭手段的懦夫,跟狐狸没有什么区别。今天要是不敢杀我,你就不是个男子汉。"放牧员说。

这个放牧员看上去像个软弱无能的人,旺钦想威逼他低头,可事实上,他是个胆子很大、不怕死的人。这使得旺钦一时除了把刀举向空中,扯住人家衣服而别无他法。

那个放牧员解开皮袍,光着膀子说:"来呀,杀吧。今天要是不敢杀我,你就不是男人。"

旺钦想道,杀掉这个放牧员,把牦牛群赶到恰喀尔绒不是不可以,但是这么做会遭报应的。牦牛群是主人的,放牧员仅仅是个佣人。把他杀了,他身上连价值一根细针的东西都没有,还不如跟他来一场面对面的决斗。他放开放牧员,说:"起来。"

放牧员毫无戒备地站起身,抖一抖衣服上的灰尘,用怀疑的眼光望着旺钦。

旺钦把腰刀扔到放牧员面前说:"要不你杀了我吧。"

"我跟你连针尖大的纠葛都没有,干吗要玩武器?你想死,那就自杀吧。"放牧员说着,把掉在沙子里的刀朝旺钦踢了过去。

旺钦把那把刀捡起来,擦掉上面的灰尘和沙子,插入刀鞘说:"你是个英雄啊。我俩做个盟誓兄弟,可以吗?"

"你是住在北方荒凉之地的土匪,我是过客,我们俩发誓有什么用?"放牧员说。

旺钦盘腿坐在放牧员跟前,倒一指甲盖鼻烟道:"其实我不是土匪。家产落入别人之手,就逃到这里来了。你要是相信,我还可以给你一个女人。"

这个放牧员方才坐在旺钦身旁问道:"哦,你是哪个地方的人?"

旺钦答道:"这个我以后给你讲。你要是想跟我做个盟誓朋友,从今往后,你不用再为主子卖命了。这群牦牛和这匹马是我们俩的。你知道为什么吗?"

"你是说我们俩赶着这群牦牛到别的地方去?"

旺钦点了一下头,把鼻烟吸干净,习惯性地将大拇指在皮袍下摆上擦一下,右手无名指弯曲着伸向放牧员。

放牧员立即弯曲无名指勾住旺钦的无名指:"呀,朋友叫什么名字?"他俩的手指紧紧地勾在一起。

"我叫旺钦。你叫什么?"

"我叫琪酷尼夏。我母亲生了很多孩子,但只有我一个人活了下来。我出生时恰逢早晨太阳升起,就取了这么个名字,祝愿我能够活下来。"放牧员说了实话。

他俩向拉萨的释迦双尊①发誓,结为生死之交,以天为鉴,以地为证,同生共死,形影不离,以慈悲之心,相互照应,绝不做背弃誓约、同室操戈之事。

他俩重又生火,烧起了茶。

"我还有一支枪。"旺钦到小山包后面取枪。

旺钦说:"朋友,我住在这座山背面一个非常舒服的地方。那地方别说是人,恐怕连鬼都找不到。我是来取青稞的。我们家的四大袋青稞藏在岩洞里。明天黎明前我们俩就用驮牛驮那四大袋青稞回家吧。"

"呀,呀。"琪酷尼夏想了想,"朋友,我们要是住在那边,会被我们的人找到的,是不是逃得远一点儿?"

"不会被找到。我现在不说,明天到了,你就会知道的。到家以后我还会送你一个漂亮女人。"

"哈哈哈!"琪酷尼夏以为是朋友开的玩笑,便摇起头来。

旺钦问道:"朋友,你听说过一个叫央秋的地方吗?"

---

① 拉萨的释迦双尊:指拉萨大昭寺和小昭寺内供奉的两尊释迦牟尼像。

琪酷尼夏答道:"听说过。前不久央秋发生部落纷争,遭到浩劫了嘛。"

"是的。那时我在部落里。"

"你是央秋的吗?"

"是的。我是央秋的首领。"

"哦。"琪酷尼夏连连看着旺钦,仿佛要从他脸上找出某种秘密。

"你到过央秋吗?"

"到过。驮盐人路过那里,有关不久前央秋部落内部闹不和,遭到巨大劫难的事情传得纷纷扬扬,我们就绕开央秋过来了。"

"央秋到你们那儿有几个牦牛宿营站?"

"大概有八个牦牛宿营站。"

黑色天幕把大地覆盖得严严实实的,无数颗星星闪烁着光芒。四面群山由高到低,由低到高,形成锯齿形峰峦。天地连接处清晰可见。风的呼啸声和茅草凄厉的呼哨声,不住地在无边无际的草原上同时响起,带来难以忍受的悲伤和寒意。

第二天,天边刚出现鱼肚白,他俩就起床,上路,急速而行,太阳升起时到达了山顶。他们穿过窄小的岩石狭谷走了过去。

这个深渊般的地方幽深狭长,道路崎岖。琪酷尼夏既感到惊奇,又恐于被驮盐的人们发现而紧张,便频频回头。旺钦知道他的心事后说:"朋友,不用担心。这个地方很隐秘,除了这条岩石狭谷,再没有其他路可走。如果有追踪的,我可以用蓝色火药迎接他们。"说着摸了一下枪托。

"除了这条岩石狭谷就没有别的路吗?"琪酷尼夏问。

"除非是有两个翅膀的飞禽。"

走出岩石狭谷,到达开阔地带,旺钦几次掉头看,唱起了一首歌:

在北方荒凉的原野上,

管好自己的驮牛,

如果遇到我们侠客(强盗),

我们从来不讲慈悲。

琪酷尼夏看着旺钦,开了个玩笑:"即使牦牛有主人,还不是照样被土匪抢走吗?"

"哈哈哈!"他俩都笑了起来。

见一群驮队走过来,占堆和沃玛吉都觉得奇怪。他俩从帐篷门里探出头看,心里有了几分恐惧。

沃玛吉听到从炉灶上煮着肉的锅里"刺啦"一声溢出肉汁的声响,便赶紧进去,把锅里的肉翻了个面儿。这肉是为旺钦今天回来而煮的等候肉①。

驮队离家越来越近,有一个背着枪的人,枪管上的翼旗在随风飘扬。

占堆认出了自己的父亲,但是因为还有一个同伴和很多牦牛,不免有些疑惑,又仔细瞧了瞧。没错,是自己的父亲旺钦。他跑了过去。

五条猎狗也吠叫着,跟随占堆跑了过去。

沃玛吉往炉膛里添着牛粪问:"驮队到哪里啦?"

没人回应。她把头转了过来,这是怎么回事?她发现占堆不在,便把头伸到帐篷门外,朝驮队来的方向望去。她看见占堆连走带跑地朝驮队而去。那个背着枪的人是旺钦。她一边自言自语道"另外一个是谁呢",一边回到帐篷里,把煮好的等候肉从锅里捞出来,放在一个盘子里,把头发捋了捋、顺了顺,随后用腰带一端揩了揩脸,从一坨酥油上抠出羊粪蛋大的酥油往脸上一抹,把炉子边上的垃圾扫一扫,堆到一边。把这些事情都做完后,便悄悄地从帐篷的缝隙往外瞧,她发现旺钦离帐篷还有一段距离。

旺钦的到来使她感到既紧张又害羞,这无疑是由高兴带来的紧张和难以言表的羞怯。她撩起袍子下摆,缠紧鞋带。她用

---

① 等候肉:即等待家人外出回来而特地煮的肉。

野牦牛角挤奶器盛水,夹在两条大腿间,弯下腰,把手洗干净,往炉膛里添几块牛粪,从门缝往外一看,他们已经到门口了。

她跑出去问候道:"辛苦了。"

旺钦回应:"不辛苦。"他堆出一脸真诚的微笑,没头没脑地说,"这是我朋友琪酷尼夏。"这位跟旺钦一块儿回来的陌生人看一眼沃玛吉,脸一红,头一埋,站在那儿。

旺钦说:"你们俩做搭档。我们父子俩做搭档。"他们开始卸牦牛背上的四大袋青稞。

跟旺钦一起来的这个陌生人不敢看沃玛吉,一直低着头,而沃玛吉则狐疑地盯着他看。

看到这一情景,旺钦心里虽然在发笑,但表面上装得很严肃:"喂,你们俩搭档怎么还站着?卸青稞吧。还不赶紧卸,这头牦牛说它背疼。"

沃玛吉和琪酷尼夏分别走到牦牛左右两边卸青稞。当解开绑青稞袋的绳子时,这个陌生人的手一碰到沃玛吉的手,就像被刺扎了一下似的一惊,羞得两只耳朵也变成血一般红。

卸完货,大家都进帐篷坐了下来。

沃玛吉给他们倒茶,把糌粑、酥油、奶渣、肉端到旺钦和琪酷尼夏面前,招呼道:"吃饭吧。"

"吃肉,朋友。今天没有喝到早茶,一定饿了。"旺钦一边说着一边拿起一根大的绵羊排骨,递给琪酷尼夏,随后又拿起一根排骨，自己吃了起来。

沃玛吉不停地给他俩倒茶。

琪酷尼夏只顾吃喝，连一句话也不说。

沃玛吉猜想着这个人会是谁，但不敢问。

旺钦吃着肉，说："琪酷尼夏友是我们的家人。我们家增加了一口人。"

"嗯。"琪酷尼夏笑了一下。

吃完肉，旺钦把手上的油在皮袍上擦了擦，又把手伸进怀兜里掏出鼻烟壶，倒一指甲盖鼻烟，摆出一副不同于以往的傲慢之气，脚尖在地上拍着节奏，问道："友，我们的牦牛群里有几头母牛？"

"有八头。"

旺钦点一下头，发出"咝儿咝儿"的响声，吸起鼻烟，从鼻孔里喷出来的白烟犹如浓雾，四处飘散，遮蔽脸孔，两只眼睛流出没有痛苦的泪水，他揩一揩眼泪说："这叫作'吸起开心愉快的鼻烟，流出没有痛苦的眼泪'。"

沃玛吉心想，这个叫琪酷尼夏的是个什么样的人？这么多牦牛是从哪里赶来的？是不是为运这四袋青稞借来的呢？可能不是。只有四袋青稞，用不着这么多牦牛。刚才旺钦说琪酷尼夏是我们的家人。他肯定也是个流浪汉。她想到了很多问题，也想弄清这些原因，可是又不敢问，只得呆呆地看着琪酷尼夏。

旺钦知道沃玛吉在想什么,便说:"琪酷尼夏朋友是朵嘎部落一个富豪的佣人。在家乡,父母、亲戚和妻室儿女什么都没有。昨天他还在为那家的采盐人当放牧员。我在一个连人影也没有的地方看见他,就走过去跟他聊天、结拜,赶着采盐人的所有牦牛过来了。从现在起我们就是一家人。增添人畜是吉祥发达的好兆头。"他只是简单地讲了一下事情的来龙去脉,而有关他举起刀恐吓人家的事却只字未提。他转头对占堆说:"以后你要喊他尼夏叔叔。"特意强调要去掉"琪酷"二字。

"呀,呀。"占堆答应着并立即端起炉子旁边的陶制茶壶,"尼夏叔叔喝茶。"他给尼夏倒茶这一举动表明他欢迎尼夏成为他们的家庭成员。

尼夏听到这声"尼夏叔叔",喜悦之情油然而生。

尼夏去解手时,旺钦让沃玛吉去拦狗,还特意嘱咐道:"沃玛吉,你去拦狗,别让狗咬了尼夏友。"

尼夏解手回来时,沃玛吉一边拦着狗一边看他。他羞得避开沃玛吉的目光,假装环视四面的山,走进了帐篷。

太阳快要落山时,沃玛吉去把绵羊赶进羊圈,占堆去把牦牛赶过来。

旺钦问尼夏道:"这个女人怎么样,合你的心意吗?"

尼夏羞得低下了头,说:"她……她……她是朋友你的老婆,我抢她怎么行?"

旺钦说:"昨天就跟你说过,我在家乡有女人。如果我跟她好,我的儿子占堆也以为我把央姆彻底忘了呢。你看这个女人长得怎么样?你满意吗?"

"要不是托了你的福,别说满不满意的,我连个带女人名字的都找不到。"

天黑之前沃玛吉把绵羊群收拢到帐篷附近。

占堆把牦牛赶到了拴牛地线(露天拴牛地)处。旺钦和尼夏来到拴牛地线,"确雷确雷"地唱着拴牛歌,把牦牛按个头大小拴起来。

晚上,在皎洁明亮的月光下,羊群安详地躺在帐篷右边,牦牛群躺在帐篷的左边。一些牦牛发出叫唤声。系在枣骝马脖子上的小铃铛发出悦耳的声音。这使得尼夏心里感到一种离开家乡后不曾有过的喜悦。他说:"现在我们变成了一个富裕人家。"

从第二天晚上起,尼夏和沃玛吉同枕共寝,过起了夫妻生活。

那天,旺钦说:"今天宰一头肥壮的空怀母牦牛①吧。我们很长时间没有吃牦牛肉了,我想吃。"

尼夏领会到宰杀空怀母野牦牛的意思,说:"呀,呀。我以前只见过打黄羊,没有见过打野牦牛。今天要好好开开眼界。"

---

① 空怀母牦牛:奶汁已断、当年未怀孕的母牦牛。译者注。

"今天看热闹的是我。"旺钦俨然一个军官把一项伟大的任务交给某个战士,双手举起枪,交给尼夏。

尼夏欣赏起枪来,手微微颤抖着说:"要是打不中野牦牛,就是浪费子弹。"他望着旺钦和占堆,一副不知所措的样子。他以前没有打过枪,所以没有打中野牦牛的把握。

旺钦把枪拿过来,一一交代道:"你看着啊,这个是准星,这个是标尺。要把标尺、准星和野牦牛瞄成一条线,手不能抖,要屏住呼吸。如果标尺、准星和野牦牛不在一条线上,就打不着。"

沃玛吉思忖道,旺钦和占堆都有着非常熟练的射击技术,要是自己的丈夫打不中野牦牛,他心里就会产生难以消除的羞愧感。她把皮袍的领子里外翻个面儿,捏着虱子道:"打不中的话,真的是浪费子弹。还不如你们父子俩打呢。"说着叫一声"啊哟,疼死我了",挠一下头,从发间捉住一只虱子,把它掐死了。

占堆什么也没说。他看着沃玛吉露在衣襟外面的奶子,暗自发笑。

沃玛吉见状瞪了占堆一眼。

"啊哟,这虱子烦死人了。"尼夏也伸手从颈部捉住一只肥硕的老虱子,塞进枪口,说,"我把这只虱子跟野牦牛一起枪毙掉。"

大家都笑了起来。

"你瞄准野牦牛的肩膀打,也许会打中的。"旺钦说着与尼夏一道走出了帐篷门。

沃玛吉问占堆道:"刚才你为什么看着我的奶子笑?"

"你把奶子给我们看,我才笑的。"

"奶子有什么不能给人看的?"她说着穿起了袖子。

"没有什么不能给人看的,那就把全部都露出来给我看吧。"

"嘿嘿嘿!"

"哈哈哈!"

尼夏从来没有像现在这样近距离看见过野牦牛。以前听人家说,野牦牛两只犄角之间的宽度大,可容纳两个人一起盘腿而坐。有些大野牦牛的个头儿跟帐篷的大小没有什么区别。然而现在出现在自己眼前的这些野牦牛仅仅比家牦牛大一些,却没有帐篷那么大。因此,他心里并不觉得有多么害怕,不过,打不中野牦牛就等于浪费子弹,便说:"朋友,你打吧。我可能打不着,会浪费子弹的。"

旺钦说:"任何事情都是在实践中学会的,哪有打从娘胎里出来就什么都会的!打不着那头野牦牛也没关系。"他用火镰擦出火,点燃导火索,教他怎么打,"悄悄隐蔽起来,打那头空怀母野牦牛。"

尼夏隐蔽着沿水沟上去,把枪架在断岸上,找寻旺钦指给他看的那头空怀母野牦牛。那头野牦牛像是预测到会遇到灾祸似的,低着头,嗅着气味。看得出一定是闻到火药味儿了。

尼夏平稳地瞄准野牦牛的右肩膀，长出一口气，按旺钦教的那样，屏住呼吸，用右手食指扣动了扳机。随着一声枪响，那头空怀母野牦牛轰然倒在地上，就像在原地躺下一般。其余野牦牛都翘着尾巴，像一股巨大的龙卷风，从东边的坝子逃向沟尾。

尼夏为自己第一次开枪打死野牦牛而感到万分高兴。他把打死那头母野牦牛的经过讲了又讲，诸如如何隐蔽的，如何瞄准的，又是如何扣动扳机的，等等。他心想，要是能再开一枪该有多好啊！

旺钦知道尼夏还想开枪。为了满足尼夏的愿望，他装上火药说："你再打一枪吧。这头野牦牛还没有死。这回朝它的脑袋打。"

想打枪的愿望使得他兴奋至极，竟然把再开枪就等于浪费子弹这件事给忘了。虽然他瞄准了脑袋打，但没想到的是，在扣动扳机时，左手略微抖了抖，子弹打到离野牦牛较远的一块断岸上，击中了正在觊觎野牦牛眼珠的两只乌鸦中的一只，而另一只乌鸦因受到惊吓，从断岸上面掉下来，打个滚儿，飞走了。

旺钦笑道："你这个朋友要是没有老虱子的帮助，就打不着瞄准的靶子。瞄这么大个野牦牛，没有打着，却偏偏打中了小小的乌鸦。"

尼夏这才记起刚才在帐篷里，从颈部捉住一只老虱子塞进枪口的事儿，便开玩笑道："今天我结果了大、中、小三种不同动物的命，不过只打了两枪哦！"

过了一阵子，这头野牦牛动了动，垂下头，断气了。

他们俩走到野牦牛尸体跟前。

旺钦一看这头野牦牛宽大的背部，就知道它是空怀母野牦牛，以及它的肉有多么肥，还把这些常识讲给了尼夏。

他俩把野牦牛的尾巴割下来，挂在犄角上，然后剖开腹腔，掏出内脏，这时才发现这头母野牦牛哪里是空怀的，它的肚子里有一头牛犊！

旺钦开玩笑道："用两颗子弹打死四只动物的，除了你还有谁？"

"唵嘛呢叭咪吽。"尼夏口诵起六字真言，把牛犊死尸扔到五条猎狗跟前，笑一笑，说，"要不是你把空怀母野牦牛和受孕母野牦牛弄错了，我只打算打死三种动物。"

旺钦剥着野牦牛皮说："虽然不是空怀母野牦牛，但是你们俩得到了一张上好的野牦牛皮垫褥。"

已是羊羔早晚在羊圈里"咩咩"叫着玩耍的时节，这个小小的地方充满了春的气息。沟尾的这座大冰山一天比一天小。去年被冰雪覆盖的青草和新近长出来的青草，在沟尾极为潮湿的草滩上交织在一起，看上去就像用一整卷绿色绸缎打的补丁。

早晨和晚上，沃玛吉提着野牦牛角挤奶器去挤母绵羊的奶。

她把每两天提炼一次的酥油捏成比鸽子蛋大一点儿的三坨,分发给三个男人;而后把一坨酥油粘在帐篷柱子上,一坨扔进炉膛祭祀帐篷神和灶神。

每次提炼出酥油,旺钦都要拿出一块放在点燃的牛粪上,把它送到帐篷西面的一块磐石上,再往上面撒些糌粑粉,向神山救星辅佐者熏素烟:

嗦嗦!

救星辅佐者,

护法疾驰者,

嗦嗦!

神山格宁伦吉孜莫。

到了藏历三月,沟头、沟尾都被绿色衬得甚是美丽。鸟儿鸣叫着飞翔。各种小花将溪流两边的草滩装扮一新,香气飘向四方。

在气候一天天变暖,长出青草,到处开满各色鲜花的季节,母牦牛和母绵羊的叫唤声,使得所有人思念家乡的情绪达到难以抑制的程度。

这天旺钦和尼夏离开沟尾,出远门了。

这地方与外界有着很大的差别,就像冬天和夏天两种不同的季节。走出居住地后,他们弯下腰来找寻,才能找到一些稀稀疏疏的青草,压根儿看不到花的影子。远方的山在幻景中变得影影绰绰。山顶王冠似的雪峰与白云交织在一起,令人感到压抑。

尼夏弯腰折断一根青草,闻着草香味说:"旺钦友,我们的恰喀尔绒真是个神奇的殊胜之地。不过,我们光在这个地方进进出出有什么意思?到南面不是更好吗?"

"是的。我也是这么想的。我们老是待在这个地方怎么能报仇?"旺钦说着掉转头,远眺南方,祈望看到守护神格宁伦吉孜莫的峰顶。然而,被云雾笼罩的群峰,像手指头一样连成一片,参差不齐,什么也看不见。他觉得这个叫作恰喀尔绒的地方不是久留之地。他不由得想起了年轻时跟自己的祖辈和乡亲一道,前往守护神格宁伦吉孜莫山顶祭祀的一段往事。

旺钦在13岁那年得了一场病,之后就卧床不起。尽管他的父亲和部落中的长辈们各个万分焦急,可在那个偏远的角落里连医生的名字都听不到。因此不论白天还是黑夜,除了尽量给他吃一些有营养、易消化的食物,祈祷祝福外,也就没有别的办法了。然而旺钦的病情非但不见好,反而一天不如一天。有时候根据脖颈命脉的跳动,察觉得到还有呼吸,除此之外,体征衰微,失去知觉,与死人没有多大区别。长辈们泪流满面,不分昼夜地念诵六字真言，心中蒙上了痛苦的阴霾，只能眼巴巴地看着躺在皮袍里，脸色变成青灰色的旺钦。

旺钦被长辈们视为舌尖上的甘露、头顶上的王冠。他父母就他一个孩子，如果不能躲过这场灾难，他们一定会因为忍受不了痛苦而发疯的。邻居们也寄予了同情心，嘴里不停地念诵六字真言，每日每夜都由衷地向三宝祈祷；每天早晨都带着他是否还活着的忧虑和痛楚，到他家看望他。

那时央秋只有七户人家。他们分散居住在两个地方。七户人家中，大多数人是因自然灾害和部落内部纷争等原因流亡到此的。在此地定居时间长的达五六十年，短的只有近二十年。那时没有救星一说，更没有守护神一说。

部落里有一位所有人都尊奉的老汉。他的名字叫作鲁古楚钦。他虽把大如黑狗尸体的发辫绾在额际，装扮成咒师，却连一句咒语都没有学过，除了六字真言，一句咒语都不会念诵，更别说仪轨。但凭他那身咒师装束，只好把他请来，托庇于他。鲁古楚钦老人真诚地、不间断地念诵着六字真言，向三宝祈祷："不要让灾难降临到旺钦身上。"虽然他夜以继日地祷告，想尽了办法，很多天都没合眼，但对旺钦的疾病没有起到一丁点儿的作用。

旺钦的两只眼睛变得模糊，像被石头击中的小鸟，气若游丝，生命维持不了几天，已然没有康复的希望，这让家人和所有邻居都流下了眼泪。一天早晨，当东方山巅升起金色的太阳时，一个背着背包的人，迈着沉重的步子朝他们部落走来。人们以为他是个流浪汉，也就没有留意。然而，鲁古楚钦老人心想，流浪汉到处游荡，见识广博，兴许他会有办法，就去找他。到了跟前，发现这个人是一个把头发束成顶髻，手持天杖的瑜伽师。老人向那人磕三个头，把他请到部落来，还没来得及给他倒一碗茶，就把他领到珠扎家，请他对生命垂危的旺钦施救，做仪轨、祷告。

珠扎夫妇俩在哈达一头包些银两，献给这位瑜伽师，哽咽着说："瑜伽大师，我们只有这么一个孩子。也不知前世造了什么孽，患这个病已经半个月了……"他们没能把所有心里话全都讲出来。

从这位瑜伽师半白的发髻，油乎乎、脏兮兮的红黄色和紫红色的破衣烂衫，还有比珊瑚还红的眼睛，无论从哪个方面看，他都是个饱经风霜的老人。他把天杖放在一边，看一眼躺在皮袍里的旺钦，然后紧闭双眼，念诵起听不分明的经咒，站立着。过了片刻，他睁开眼睛，把手里的佛珠放在旺钦头上，又一次将眼睛紧紧闭上，上下唇不住地磕碰着，念诵起连一个字也无法听清的某种经咒，像泥塑一样伫立良久。然后，他打开戴在脖子上的宝盒，从里面取出七粒青稞，放进旺钦的嘴里，又用宝盒在旺钦头上拍一下，从袈裟的领口上撕下指甲大一块，扔到火堆里，熏一下旺钦，说声"会好起来的"就走了出去。

真是太神奇了！旺钦的眼睛变得稍微有神了，能够左看右瞧。这使得珠扎夫妇对那位瑜伽师万分崇信，连连向他磕头。

鲁古楚钦认为这个瑜伽师不是一般的瑜伽师，磕完三个头，把他请到自己家里盛情款待一番，问道："您从什么地方来，要到什么地方去？"

瑜伽师回应道："我是多麦①人。"他喝一口茶，"我是个到处游荡的瑜伽师，要到拉萨去。你到过拉萨吗？"

鲁古楚钦十分恭敬地摇了一下头："没有到过。"

"嗯。获得一次宝贵人生，没有到过拉萨真是悲哀。"瑜伽师闭上眼睛，念起了嘛呢经咒。

瑜伽师打开一本包在黄布里的经书。这本经书因太陈旧，无法辨清本来的颜色，上面的文字也很难看清。他只是象征性地把经书放在桌子上，打开，装作看它。其实这本经书的内容他早已烂熟于心。

念完经书，不知是福力还是藏药，他从宝盒里取出三粒紫红色药丸，放到鲁古楚钦手里，说："把这个送入病人嘴里吧。"

鲁古楚钦马上到珠扎家，把三粒药丸用开水在碗里泡一下，喂给旺钦服用。

---

① 多麦：青海省青海湖西南和黄河流域一带。

从此以后，旺钦的病一天天地好起来。由此，乡亲们对瑜伽师产生了崇敬之心，给他磕很多头，并央求他说："请您留在央秋吧，不要去别的地方。您有什么要求，我们都可以满足。"可是瑜伽师双手合十道："我不能待在这里，我要去拉萨。如果不能到拉萨，我就等于白活了。"

在鲁古楚钦的带动下，乡亲们边磕头边恳求瑜伽师道："您最好在这儿待三年。如果不行，就请待三个月。这个也不行，那就请您待三天三夜。"

瑜伽师采取折中的办法说："若说三年，你们要求太高了；若说三天，我太不尽人情。干脆这样，待三个月，可以吧？"

大家接连向他磕头："谢谢！谢谢！"

鲁古楚钦牵着儿子尼玛崩的手，把他带过来给瑜伽师磕很多头，然后说："仁波齐，我要把我的身、口、意全献给您。您到哪里，我就到哪里。您在这儿逗留期间，请给我唯一的儿子传授知识吧。"

当时尼玛崩已是40多岁的人，但是没有妻儿，也没有什么亲戚，是一个只想着修习佛法的人。可是在这么一个偏僻的地方没有学习的条件，虽然总摆出一副学经人的样子，却跟他父亲鲁古楚钦一样，除了平时不断念诵的六字真言外，斗大的字不识一个。

按照鲁古楚钦的要求，这位瑜伽师在三个月内让尼玛崩学会了三十个藏文字母。

过了一个月,旺钦的病痊愈了。珠扎询问了儿子得病的原因。

这位瑜伽师闭上眼睛,仔细斟酌后答道:"你家住所正好在地神的通道上,得搬到东面或者西面,最好是搬到西面那块像盆子一样的草甸上,像盆子一样的草甸是个宝盆。"

在左邻右舍的帮助下,珠扎家马上搬到了像盆子一样的草甸上。

瑜伽师几次把佛珠甩来甩去,说:"你们到这里已经很多年了。有救星神山救星辅佐者,可你们却不祭祀。这座救星山有出色的护法神疾驰者,但你们不以其为庇护,所以护法神生气了。每年藏历四月十五日,一定要祭祀一下这座救星山。只要不间断地在每年藏历四月十五日祭拜这座救星山,就可以战胜一切灾殃祸害。"

大家不知道哪座山是救星辅佐者,就问:"仁波齐,哪座山是救星辅佐者?"

瑜伽师指着西北面峰顶积雪的如同青白玛瑙塔似的山答道:"你们的救星山就是那座叫作格宁伦吉孜莫的神山。这座救星辅佐者有一个护法神疾驰者,名字叫拉格宁神。他骑一头浅黄色骡子,手持长矛杵。这样美丽的救星辅佐者和极为神奇殊胜的护法神疾驰者非常罕见。这是因了你们的福泽之力而获得的。"

这位瑜伽师在央秋待了三个月后说："我该走了。像我这样一个日暮黄昏之人，把时间拖延得太久了，在拜谒到拉萨的释迦牟尼之前，就有可能死在路上。"

他在正式离开央秋时郑重地嘱咐道："你们从这里朝右边走，到神山格宁伦吉孜莫的东北面，山顶雪峰上有一条用护法疾驰者的长矛劈开的路，你们要沿那条路爬到山顶，插上经幡。别忘了每年藏历四月十五日这天要祭祀。"

所有乡亲都给他磕了一次又一次头。瑜伽师背上背包，手里拿着天杖，离开央秋，朝南方走去。

鲁古楚钦带上铺盖和少量食物，跟着瑜伽师走。他毫无留恋家乡之情。

尼玛崩也没有一点儿与自己的父亲分别的悲伤。他嘱托父亲道："阿爸，你们俩到了拉萨释迦牟尼跟前，代表我们留守在家乡的人，好好祈祷一下。"他把瑜伽师和父亲送了一程。

天气一天比一天暖和起来，很快到了开春时节。春风荡漾，冰雪消融，青草吐苗，绿意盎然。溪流边开满白、红、黄三种颜色的鲜花。夜间下起连绵不绝的雨。白昼天空晴朗而美丽，仿佛大自然也具有慈悲心肠、怜悯之情，正合人们的心意，使得央秋迎来了空前美好的夏季，很多母绵羊和母山羊都生下了双胞胎羊羔。四岁口以上母牦牛没有一头空怀的，都生下了一头牛崽。很多四岁口母马都生下了种野驴①的漂亮马驹。部落里不少青年男女都从附近部落迎娶了新娘,招赘了新郎,使原来的7户人家变成11户人家,人口由35人增加到45人。

　　这一带的牧民纷纷表示这一切都源于这位瑜伽师的恩情。他们双手合十,满怀崇敬之心,盼望并等待着藏历四月的到来,早早张罗起经幡和神香。

　　时间之轮一刻也不停歇地向前滚动,转眼间就到了藏历四月。

　　这天早上堪称央秋部落从未有过的最热闹的时刻。除了各家各户的放牧员,大家都打破往日早晨不洗脸洗手的习惯,把脸和手洗得干干净净,穿上盛装,以一种无以言表的喜悦之情,在东方尚未发亮之前就喝完早茶,扛起早已准备好的经幡,手里拿着神香袋,前去祭祀神山救星辅佐者。

　　他们按照那位瑜伽师嘱咐的,顺时针方向走。首先来到一座状如佛塔的大草甸山的半山腰。这里地势平缓,牧草茂密,一条条清澈的溪流涓涓流淌。溪边盛开着红、白两色的奶瓶花。神鸟雪鸡发出一阵阵动听的鸣叫声。这里不失为一个令人愉快的地方。此地上方还有一座比这座草甸山小一点儿的片状乱石山。这座山上有一条右旋白螺似的路,走起来很顺畅。抄这条路走,转到第三圈时,就会到达片状乱石山。黑顶山雀和花岩

---

① 种野驴:具有野驴血统的种马。

鸟等鸟儿在上空盘旋。在这样一片天然的花园般的地方，矗立着一座比片状乱石山小的白皑皑的雪山，恍若堆砌的切玛①。雪峰反射着阳光。

这座叫作格宁伦吉孜莫的山从山脚至峰顶呈佛塔状，下方为草甸，中间是片状乱石山，顶峰为雪山，层峦叠嶂，看上去像曼陀罗。这的确像人们所说的，世间万物无一不是造物主造的。

这座山独特的形状吸引着央秋的人们，使得他们不由得产生崇敬之心，一个接一个地磕起头来。

当他们来到雪山东北面时，真像那位瑜伽师所说的，有一条天然形成的石阶从雪山脚下一直延伸到峰顶。从远处看，这座雪峰细如矛尖。但上面有一湾面积与牧民的小畜圈差不多的湖泊，清澈干净，圆如十五的月亮。

状如曼陀罗一样非常神奇，到处都像天然花园般神奇的这座山令人神往。一时间人们纷纷议论着，欣赏起这座山的美景，还说：这不是被称为天堂的地方吗？会不会是世界中心的须弥山？

人们的话给了尼玛崩以丰富的想象力。他想起那天瑜伽师在念经时提到的天堂、地妖和人间什么的，调动脑子里所有好听的词汇说："啊，如此神奇。我们的救星辅佐者拉格宁的形状在三界中绝无仅有。山顶白雪中的蓝色湖泊象征上界天堂；中

---

① 切玛：用来祈求五谷丰登及表示吉庆的糌粑油团。

间像青白玛瑙的片状乱石山象征中界地妖的居所;下面的草甸绿如松耳石,那犹如草芽幕室般的地方象征人间。"

人们用无名指蘸着湖水祭天、饮用、擦头,在湖边各处立起旗杆,插上五色经幡。旗杆像穿在一起的佛珠一样,用经幡绳索连接着。由蓝、黄、白、红、绿五种颜色构成的经幡,装点这泓像人工湖一样清澈的小湖,湖边随处可见焚香煨桑。袅袅升腾的烟雾把空中飞禽的飞行道路挤得非常窄小。所有人都抓起一把糌粑,异口同声地念诵道:

嚓嚓嚓!

救星辅佐者,

护法疾驰者,

叽嚓嚓!

右边的达拉虎纹山嚓啰,

左边的斯拉豹纹山嚓啰,

远行时护送我的神山,

归来时迎接我的神山,

愿我的坐骑,

在众马之中快一步;

愿我的银盔,

在众人之中高出一头。

叽嗦嗦！

如此这般吟唱，犹如雷霆万钧，隆隆作响。他们将手中的糌粑撒向天空，宣告祭山仪轨落下帷幕。

平时极少有人上这么高的山。有的人到了比这座山矮的片状乱石山、草甸山和岩石山都会有不同程度的反应，出现头疼、眩晕、呕吐的情况。可是今天爬到这么高的山上，大家非但没有反应，反而感觉身体比往常更为舒适。

也不知是不是那位瑜伽师对他讲过，还是凭借他特殊的才智创造的，尼玛崩大叔双眼微闭，环视四周道："这里可以望见下部汉地的五台山和上部天竺的灵鹫山。"

如果遇到一个懂得一点儿科学常识的人，无疑要对他予以反驳：即使他有怎样一个举世无双的望远镜，其倍数再大，也无法看到天竺的灵鹫山和汉地的五台山。因为地球是圆的，如同气球。然而，认为世间的一切规律都由三宝确立，地球为扁平状，了无遮蔽的天空是大地的顶棚的那些高原牧民心想，要是现在就能够享受这一视觉盛宴该有多好啊！他们眺望四野，找寻起灵鹫山和五台山。

有人问道："尼玛崩大叔，上方天竺的灵鹫山和下部汉地的五台山的形状是什么样的？"

尼玛崩捋一捋胡须说："你们瞧，上方天竺灵鹫山的形状是这样的。"他弯下腰,双手向外伸展,摆出秃鹫的形状;接着把五根手指头稍微并拢道,"下部汉地五台山的形状是这样的。"

在场的人们感到十分震惊,心想,这里恐怕找不到第二个像尼玛崩大叔这样的贤达之人吧。有的感慨道:"'智者假装不懂,愚者不懂装懂',这句话说得多有道理啊!大叔你平时保持什么也不懂的状态,可事实上,你的知识却如此广博。"

"尼玛崩大叔的脑子真好使,在那位恩人瑜伽师跟前待了三个月,不但学会了藏文(其实只学会了三十个藏文字母),而且还知道了上方天竺和下部汉地的地形地貌。"有的夸赞道,"我们这些人真是牲口。'留着上师在跟前,却找别人讨圣物'(语同有眼不识泰山)。"

从那天起,尼玛崩便成了央秋地方的根本上师和宝贝。

一群群山峦绿油油的,仿佛比着高低,在一片阳焰中像波浪一般摇荡着。连绵不断的雪山,俨然无数只大雁"手牵着手",翩翩起舞,在阳焰中隐隐摇摆。如此这般,站在格宁伦布神山峰顶,可将人世间的风光尽收眼底。

旺钦使出孩童的性子,拽着尼玛崩的衣服下摆,抱着求知的愿望问道:"尼玛崩叔叔,哪座是上方天竺的灵鹫山?哪座是下部汉地的五台山?你指给我看吧。"

尼玛崩答道:"那两个地方离这儿太远,靠水泡(将眼珠比作水泡)是看不到的。"

他不懂得水泡的意思,便问:"尼玛崩大叔,那是水泡还是什么?"

"嗯……"尼玛崩思索着,摸一下旺钦油乎乎的头发,指着南面山中泉水仍未消融的冰凌说,"除了秃鹫,所有生灵都是水泡。你看,看得见吗?"

旺钦说:"看得见。哪有看不见的?"

尼玛崩说:"对,对。这个我们大家都能看得见。可要是那座山有一块肉,我们就看不见。如果是秃鹫,就算看不见那个水泡的冰凌,但只要那儿有一块肉,就能看得见。"

旺钦的父亲珠扎说:"对,对,这里还有一个故事啊。"

旺钦等许多孩子都想听这个故事。他们一哄而起,像羊羔般跳跃。

"呀,呀,我可以给你们讲。你们可要好好听啊。"珠扎把在场的所有孩子都集中起来,"好好听啊。"他开始讲故事:

古时候,一只秃鹫和一只乌鸦在天空飞行时,俯瞰地面,说好去取各自所见的东西。秃鹫看见上方天竺一个地方有一具母骡的尸体。乌鸦看见很远的一个地方有一桶奶和一坨酥油。它们朝各自看到的东西飞去。秃鹫看见的的确是一具母骡的尸体。而乌鸦看见的那桶奶其实是纳木错湖,而那坨酥油其实是念青唐古拉山。原因在于,秃鹫的眼睛是肉眼(瞅见肉类的眼睛),

而乌鸦的眼睛却是水泡。

这时梅朗塔尔老人用拐杖指向南面耸立在群山中的一座犹如堆积的糌粑油面的雪山道:"看哪,叫作水泡多么有道理啊。我也看见远处一座白茫茫的雪山。"

大家都用手遮挡着阳光,朝那个方向看过去。

尼玛崩大叔说:"我知道那座雪山。那是桑丹康瓦桑波山。常言道:'桑丹康桑好比是白头雕,从哪儿看都是白头雕。'"

他们观山看水的愿望完全满足后,方才扶老携幼,走下石阶,来到一片美丽的草甸上,从背着的毛织口袋里取出肉、酪糕和糌粑油糕,美美地吃着,谈论起各种话题,小憩一会儿。

……

"呱呱!"两只乌鸦从头顶飞过去,落在一面像野兽的獠牙似的红色岩崖上。这时旺钦才从回忆的网罟中逃脱出来,不禁长叹一口气。

尼夏问道:"你在想什么?不是在想女人吧?要是想女人,今天晚上我把我的女人……"

"哈哈!"旺钦勉强笑了笑,打断尼夏的话道,"这里现在还跟冬天没有多大差别,要是我们不再耐心地等待个把月,羊羔就会冻死吧。"

尼夏说:"就是。我看我们转场时最好到南方。"不一会儿又问,"能不能回到央秋呢?"

旺钦说:"我们还不能马上回到央秋。赞贵喀消知道我们父子俩跑了,随时准备着要我们的命。如果没有一定的办法,就不可做'明知是粪便,偏用手指戳'的事情。"

尼夏说:"依我看,我们从这里搬走后,朋友你到央秋探一探情况怎么样?如今我们有马,很方便的。那个叫赞贵喀消的不会是个不遭因果报应的人吧?"

旺钦点着头,进入沉思状态。

从恰喀尔绒转场到其他地方,只剩约一个月的时间。所以现在沃玛吉一有空就炒青稞、磨糌粑。她用右手抓住磨子柄推磨时,糌粑像冬季的暴风雪一样,白花花地从磨子与磨盘接合的缝隙处吐出来,在磨子四周堆出一座糌粑山,一如雪山越堆越高。磨子发出"咝儿、咝儿"的响声。

沃玛吉把两只皮袍袖子都脱掉,推磨子时,胸口的两个奶子一下一下地晃动着。见状,占堆心头泛起难以名状的羞臊。他偷看那地方的欲望战胜了心中的羞怯,不时将余光投向她。

沃玛吉仍旧毫无提防地集中精力磨着糌粑。

那天旺钦和尼夏说着"今天要是遇见狐狸或者沙狐就要杀掉",背上枪,牵起那五条猎狗,奔着牛羊而去。

占堆坐在皮垫上喝茶。沃玛吉炒一大袋青稞,磨着糌粑。她把两条袖子都穿着,轻声哼唱起一支小曲:"啊啦啦莫啦啦日,塔啦啦莫啦啦日。"间或从放在身旁的大口袋里抓一把炒青稞花，一颗两颗地丢进嘴里。

"哎哟，太热了。"过了片刻，沃玛吉脱掉右手袖子，继续磨糌粑。

占堆找出很久没有吹过的口弦琴，把上面的灰尘揩干净，吹起一支动听的情歌。

沃玛吉猛然把脸转向占堆问道："占堆，这是什么？拿给我看一下。"此时她把两只袖子都脱掉了，两个突出的奶头也粘了糌粑。

占堆说："这是口弦琴。你没有见过口弦琴吗？这个能吹出歌曲，也能说话。"

"哎，我吹一下可以吗？"她把口弦琴整个塞进嘴里吹了吹，可就是没有吹出声音来。

占堆说："不是，不是，不是这样的。"

"那怎么吹？"沃玛吉把口弦琴从嘴里取出来时，变得湿乎乎的，上面还有刚才吃的炒青稞花的残渣。

占堆一恶心便借口说："湿了就吹不出声音。我到外面晒一会儿。"他跑到外面把口弦琴揩拭干净，心里想着爸爸和尼夏大叔会在何方。他朝远处一看，发现他俩正走在羊群旁。

占堆把口弦琴夹在上下嘴唇中间吹一下，说："应该这样吹。"

"这下我会吹了。"沃玛吉想把口弦琴夺过去。占堆生怕她又把口弦琴弄得湿乎乎的,就用上下牙齿咬住口弦琴,结果口弦琴被掰成两半,一半在占堆嘴里,另一半攥在沃玛吉手中。沃玛吉觉得可惜:"你干吗用牙齿咬住?看,这下断成两半了。"

占堆把那一半放到手上说:"我想好好教你吹。这是由你抢夺造成的。"他把沃玛吉手里的那一半拿过来,把两半的顶端对到一块儿,"这下不能再吹了。"说完,他把那把破裂的口弦琴扔进火里。

沃玛吉的脸上现出一副惋惜和懊悔的神情:"哎哟,要是我不抢该有多好啊。"她用手指头在地上画了起来。

"占堆,你是阿爸,我是阿妈。我来磨糌粑。"旺吉把一块扁平的石头放在另一块堆了沙子的扁平的石头上面,一遍又一遍重复地磨了起来。然后,她把一些沙子堆放在一块扁平的石头上递给占堆道:"阿爸,你吃糌粑。"

"吃完糌粑",他把一块乌鸦大的白石头的一端用古朵(抛石绳)勒住,"宰杀绵羊"。旺吉帮他把肠子和肚子里的草末洗掉,灌上肠子,煮好,"吃"起来。然后他们俩都解开腰带,躺在一起。

过了片刻,占堆"啊啊啊"地学孩子啼哭。旺吉立即把一块石头抱到怀里,贴在胸口,摇晃着说"不哭,不哭,阿妈的儿子",假装给孩子喂奶。旺吉胸口还没有隆起的奶子没有给他任何特别的感觉。

那时,他俩8岁。

他俩长到14岁时,虽然一起去放牧,但是不再像过去那样玩耍;过去那种纯洁的童心,像冬天的草被风吹走一般已然泯灭;过去的关系发展到新的阶段——相互间不敢直视。他俩见不到面的时候老想着见面;见了面,又不知道聊点儿什么,只是羞报地相互偷看。

本来央秋有一个习俗,即不管男孩还是女孩,到了婚嫁的年龄,必须要与其他地方的人联姻,而不得与本地人通婚。可是他们俩哪里知道啊!原因是尽管他俩都已长到14岁了,但还只是少儿,不能当成年人看待。

一天,占堆把自家的牦牛赶到一片草甸上。旺吉的羊群也像缓缓飘动的云团,朝他的牛群赶过去。

占堆心想,今天我要避开她,对她进行一次彻底的偷窥。于是,他跑进前面一堆硕大的岩石堆中躲起来,等待旺吉的到来。

旺吉捻着绵羊毛线,慢慢地朝草甸走去,然后蹲在一块磐石上,和刚才一样捻绵羊毛线。

他双眼直勾勾地盯着她看。她的又细又长的发辫上缀着松耳石和珊瑚。她的脸颊比平时白皙,而且颧骨变得红彤彤的。眉宇舒展,眼眸黑白分明。左右两腮的酒窝异常突显。嘴唇又薄又美。占堆头一回发现她的脸蛋如此漂亮。

盛夏炽烈的阳光把放牧员的全身炙烤得湿漉漉的，且令他们焦渴难耐。旺吉站起身来，环视四周，走到一条溪流边，面朝占堆，把两只衣袍袖子都脱掉，在腹部打个结，掬一捧清水，把脸洗净，顺手往脑门上也泼了点儿水。她的白净而漂亮的胸口突起的两个小奶子特别显眼，使得他险些喊出声来。他用手捂住嘴，凝视着旺吉的胸脯。她洗完脸，面朝天空，惬意地呼了口气，然后她把脖颈弯成弓状，欣赏起一对乳房来，并用手捏了几下。

他心里狐疑着，为什么儿时并不好看的两个黑点会隆成美丽的奶子？现在她已经加入了少女的行列。尽管他的身体的个别部位变得硬邦邦的，但他没有跑到旺吉跟前的勇气。他像是失去了动弹之力。他抱着观赏更加精彩的节目的愿望，将目光投向了她。

旺吉跪在溪流边，像一头很多天没有喝到水的牝鹿一样喝起水来。

在红、白、黄三种颜色的奶瓶花、铃铛花等野花竞相争妍的小溪边，一个美人无所顾忌地裸露着上半身，这不失为世间少有的视觉大餐。她的又白又圆的双乳一半没入小溪中。当她喝完水坐起来时，乳房上粘着黄色花瓣，看上去跟富于浪漫情怀的画家画出来的仙女没有什么两样。

占堆备受情欲的煎熬，以至于变得口干舌燥。他在想，要是现在就能够享用旺吉身体的一部分该有多好啊！可他却没有走到她跟前的勇气，只能抱着观赏更加精彩的节目的希望，敛声屏气地躲在那里。他如同猎手瞄准珍奇的野兽一般，生怕视觉盛宴突然被破坏。只可惜旺吉把两只袖子都穿上了。这次喝水时，她把垂在胸前的发辫甩到脑后，朝羊群走去。这使得他像还没来得及扣动扳机，就让野兽跑了，为此而感到失望的猎人一样，把头扬得高高的，望着远去的旺吉，一副不知所措的样子。

"占堆，喝茶。"

沃玛吉的这句话使他走出回忆的堑壕。他抬起头一瞧，发现沃玛吉的乳房比旺吉的大很多，且稍微有些下垂。这对乳房粘着糌粑，仿佛沙丘上落了一层薄霜。

他接过茶碗，一口喝干，又把茶碗递到沃玛吉的手上。

沃玛吉问道："你在想什么？"

占堆红着脸答道："我……我什么……我什么也没想。你说什么呢？"

沃玛吉嘿嘿一笑，问："干吗脸红？"说着抚摸一下他的脸，把清晰的糌粑印迹留在了他的脸上。

猎狗们伸长舌头，来到门口。母狗达莫纳冈走进帐篷门，围着炉灶嗅一嗅，走来走去，把堆在灶边的牛粪中的一块骨头塞进嘴里，跑了出去。

沃玛吉以为旺钦和尼夏回来了，就到磨子跟前，磨起糌粑来。

占堆急忙站起来，走到门外一看，发现旺钦和尼夏还在羊群跟前。他径直朝父亲旺钦和尼夏大叔走去。那五条猎狗，像五个忠诚的战士跟随军官似的也跟了过去。

旺钦和尼夏把一张沙狐皮摊晒在地上。他俩在谈论有关将来无论走到何处，采取何种办法，都要把旺钦的妻子央姆夺回来，找赞贵喀消寻仇等事宜。

到了父亲和尼夏大叔跟前，占堆说："你们俩杀了一只沙狐啊。"他把沙狐皮拿到手上说，"毛色不错呀。"

五条猎狗争抢着刚才吃剩的一点儿沙狐肉，玩起了追逐抢夺的游戏。

尼夏用手随意地捋了捋沙狐皮上粗而长的箭毛："要是做一件沙狐皮袍子一定很暖和吧！"

旺钦说："我们管沙狐皮袍子叫作沙狐袍，又暖和又轻便。如果在领子和边缘镶上狐狸皮，那可真称得上是第二号盛装。"

占堆问："那第一号盛装是什么？"

旺钦答道："哪有比狐狸皮做领子的猞猁皮袍子更好的服装？"

尼夏看见一只毛色呈红黄色的狐狸在东面草滩上走着，便说道："看，那儿有一只狐狸。"

旺钦父子俩马上停止说话，朝尼夏指的方向望去。他俩看见一只狐狸时而跑来跑去地逮无尾地鼠,时而躺在地上朝他们看过来。

那五条猎狗仍旧追逐着在抢夺沙狐肉。

占堆抓住母狗达莫纳冈的颈部,把它带到一处高高的断崖上,用食指指向狐狸,喊了一声"确"。达莫纳冈随即把头抬得高高的,两眼也变得更加有神。一见狐狸,它就像占堆射出的一支箭,朝狐狸冲了过去。其余四条猎狗也像同时射出去的四支箭跟了过去。狐狸见五条猎狗追过来,便让尾巴随风摇动着朝北跑去。

五条猎狗离狐狸越来越近,最终在达莫纳冈即将咬到狐狸尾巴的当儿,狐狸从一块小磐石右侧绕过去,朝南面奔跑,致使猎狗与狐狸之间的距离稍微拉大了。

旺钦、尼夏和占堆站在断崖上,望着猎狗追撵狐狸。

五条猎狗仍和先前一样,快速追赶着狐狸,把它们与狐狸之间的距离拉近。最后达莫纳冈与狐狸之间只有一步之遥。这时旺钦、尼夏和占堆把头抬得更高,心里一急,手舞足蹈地喊了起来:"看哪,看哪,这下差不多撵上了,快要逮住了。"

当达莫纳冈快要抓住狐狸尾巴时,狐狸跑得更快,又一次使得它们之间的距离稍微拉大了。达莫纳冈也跑得更快,像拴在狐狸尾巴上一样,紧随其后。可是当它就要咬到狐狸尾巴时,狐狸像魔术师施展魔法,钻进一个洞里,没有了踪影。

母狗达莫纳冈感到十分惋惜。它趴在洞口,用爪子刨着土,用尾巴击打地面。其余四条猎狗也陆续到达洞口,有的嗅着气味,有的与达莫纳冈一道用爪子刨起洞口的土。

旺钦一行三人立马朝狐狸的巢穴走去。

旺钦说:"这只狐狸跑得这么快。我还从来没有遇到过达莫纳冈逮不住的狐狸。"

他们随即捡拾牛粪,做起熏烟的准备。尼夏抱来一块大石头,堵住洞口上方,把牛粪全部堆在洞口。旺钦从别在腰间的火镰里取出一块紫色的三角形燧石,把一块比羊粪蛋大一点儿的艾绒放在上面,用拇指和食指夹住,用火镰擦出火苗取上火种,点燃牛粪,用嘴吹了吹,顿时升腾起一缕蓝色的烟雾。

等到牛粪多半点着后将其扔进洞里,又放上很多牛粪,用石头和沙子把洞口堵住,以防烟雾散向洞外。

他们把羊群和牛群赶到帐篷附近,便回家了。

翌日临近中午,占堆和尼夏去照看牛羊,顺便到头一天放火的狐狸巢穴,把堵住洞口的石头和沙子全部掏出来,再把牛粪灰烬和挡火石板清理掉,将杈子枪通条捅到狐狸身上,拽起身上的毛,把狐狸尸体拉出洞外。头天尼夏放置的挡火石板稍微小了点儿,弄得狐狸的两只耳朵和头部的毛被火燎了一些,但身体的其余部分完好无损。

"哈哈哈!"

在这个沉寂的小地方，还没有被人间的生活所抛弃的陈旧的黑帐篷里，经常荡漾着爽朗的笑声。

这笑声是发自内心的欢呼声，抑或是经受接连不断的苦难，背井离乡，为生存奋斗而取得的优异成果——人最起码要具备的生存条件，即衣食无忧的喜悦之情。事实上，他们身上都背负着难以言表的痛苦之重荷。

旺钦父子俩心灵深处都有一块永远无法愈合的仇恨的伤疤。旺钦想道，我的如同净土一般的故乡和感情深厚的妻子落入仇敌之手，被迫过起连梦中都不曾出现的流亡生活，这是我上辈子做了什么坏事而得到的报应？

儿子占堆也在想，为什么善良的母亲会落入仇人之手，我与她离别，遭受这么大的痛苦？多少个夜晚，他在被窝里泪流不止。

尼夏与沃玛吉的命运相似，心里的痛苦也相似，在家乡连一个可以亲近的初生婴儿都没有。生活在了无人迹的荒野上，是一件令人非常沮丧的事情。他想，在这里，吃的、穿的比过去好，也没有人欺负、嘲笑自己。这是靠旺钦的恩情得到的。他立下坚如磐石的誓言："直到离开人世，我都要侍候他。"

然而，思念故乡的巨大痛苦，使得他如同春天的天气一般，有时心情愉快，有时心里突然蒙上痛苦的乌云，内心被泪水浸染。

尼夏承受着思念故乡的煎熬，忆起了一段往事：

他和母亲住在部落长擦祥尼扎家灶灰旁一顶野牦牛鼻孔大点儿的破旧帐篷里，过着饥一顿饱一顿，有上顿没下顿，今天有衣可穿，明天却无衣蔽体的艰难日子。

他们母子俩的主要工作是：早上拴好部落长家的几条狗，天黑后把狗放出来；平时喂狗，照料狗崽。

部落长每天给他俩吃些残羹剩饭。部落长家常常门庭若市，极少无宾客临门的时候。客人一来，他们母子俩就要去拦那些看家守门的猛犬。如果发生看家狗挣脱绳索、咬伤客人的情况，母子俩自然要领受十下鞭笞的"奖赏"。正因为如此，他们母子俩最担心的便是部落长家有客人来。可担心归担心，他俩哪有阻止客人造访的办法！

尽管他母亲的名字叫央，他叫琪酷尼夏，但是没有一个人喊他俩的真名，都管他俩叫狗倌母子俩。如果需要叫他俩，就会喊"狗倌老太婆""狗倌男孩"。

那顶破旧的帐篷多年被雨水淋湿，被高原的阳光暴晒，被狂风吹打，出现了多处破洞，致使他们冬季得到寒风的"照拂"，夏季又要不停地迎接雨水之客的"光临"。

小小帐篷如野牛鼻孔，
外面升起千百颗星星。
冬天风儿好似箭，

夏天雨水像挤奶。

部落长家的宠儿和其他富裕人家的孩子们唱起从大人嘴里听到的这样一首嘲讽的歌，喊起"哦哦"，炫耀好吃的食物，或跑来跑去，或对着他俩的帐篷撒尿，或朝他俩砸石头，以各种方式欺负他俩，使他小小的心灵蒙上了痛苦的阴霾，即使气得燃起怒火，也只能忍气吞声，他哪敢动那些孩子一根汗毛！

他也是个聪明的孩子，有一天，跑到在牲畜棚圈里玩耍的孩子们当中说："我们一起玩吧。我假装成马，你们骑我。"

那些孩子一乐，说："呀，呀，就这么办。"

那些孩子轮流骑他。他四肢着地，来回走动。等到所有孩子都骑过一遍后，他倒在地上装死，不让他们骑，说："不给马喂草料，马就会死。"

为了能够骑他，那些孩子说着"要给马喂草喂料"，拿出风干肉、奶渣、糌粑油糕等吃的给他。他把那些吃的都装到怀兜里，轮流背着他们，摆动起手脚。

游戏结束后，他高高兴兴地回家去，把风干肉、奶渣、糌粑油糕等拿出来交给母亲。

母亲愕然道："这些是哪儿来的？你这个小魔鬼居然学会偷东西了。"她大口大口地喘着气，朝他瞪眼。

他把事情的经过一五一十地讲出来，弄得母亲怒火中烧：

"哼,我们母子二人只求平平安安。我虽然生过好几个孩子,但是因为上辈子造孽得到的果报,只保住了你。你这个孽种,抢大户人家孩子的零食。哼,要是被他们的父母知道了,会剥你的皮!以后还敢不敢这么做?"说完,她从门口拿起火铲,打他的屁股。

"妈妈,哎哟!我没有抢。嗯……我……我……改。"他哭着,在野牦牛鼻孔大点儿的破旧帐篷里躲来躲去。

看到他形容枯瘦而又难看的小脸蛋被泪水打湿,他母亲这才怅惘地把他搂进怀里,抚慰道:"妈妈打你有些过火。以后可不能这样啊。"说着,不禁流下眼泪。

他也紧紧贴在母亲的胸口,大声哭道:"我……我以后再也不这样了。"

打那以后,那些孩子来约他玩儿,说:"狗倌男孩,狗倌男孩,快到这儿来,我们一起玩儿。今天还是你扮马,我们骑你。"

他满足了那些孩子的要求,却没有吃一点儿"草料"。

一天,一个赶着六十头骡马从康定过来的庞大的茶帮,在部落附近的草地上扎营盘。他们把装有茶叶的箱子摞得山一般高,把骡马撵去吃草。

部落长擦祥尼扎是个极为贪婪的人。为了自己的私欲,一见从外地来的大商人和达官贵族,他就会千方百计地巴结他们。

这天茶商刚刚安顿下来,他就派两个佣人给他们送去牛粪,随后又叫来两个女仆,把一陶壶酥油茶给一个女仆,把一浅铜盘煮熟的母牦牛胸脯肉放到另一个女仆手上,交代道:"告诉茶商掌柜,请他稍事休息后到我们家做客。"

那位茶商掌柜没有去擦祥尼扎家,只是让人给他捎去两块砖茶,作为回馈之礼物,弄得部落长不得不亲自前去见那位茶商掌柜。他穿一件狐皮领子的猞猁皮袍子,头戴一顶咖啡色轻便礼帽,带上两个佣人:一人拿一只连头胴体绵羊肉,另一个人扛着五十张鞣好的羊羔皮。

茶商掌柜是个蓄着铁钩状胡子的四十出头的康巴人。他正坐在帐篷靠里面的坐垫上休息。

部落长擦祥尼扎从帐篷门往里一瞧,摘下帽子,伸出舌头,喊一声"掌柜",鞠个躬,将一条哈达横放在他面前。

"呀,坐吧,朋友。"那位傲慢的掌柜让他坐在自己旁边。掌柜的侍从给他倒了茶。

那位掌柜不太想见部落长。他什么话也不说。

两个佣人把肉和羊羔皮放在掌柜跟前。部落长毕恭毕敬地说:"掌柜,礼物小,不成敬意,还请笑纳。"

掌柜连看也不看那些东西,说:"谢谢,谢谢。"

部落长擦祥尼扎心想,这样一位从遥远的康定来的茶商大掌柜要是到我家里做客,那就好比骏马来到马群里,鲲鹏来到鸟群中,是我家的荣幸。这种美誉和荣耀可以压倒其他部落,而且掌柜一定会送给我丰厚的礼物——茶叶。于是，他说："掌柜，请到我们家坐一坐。"

茶帮掌柜捋着胡子说："我不去。"

他想，既不能把客人请到家里，又拿不到礼物，就这么两手空空地回家太丢人了，便说："您可别这么说，掌柜，需要什么，我们会满足的，到家里看一下嘛。"

掌柜不愿去他家："感谢你送来了这么多礼物！我到你家，跟你到我这儿是一样的，朋友。"

尼扎说："掌柜可别这么说，去一下吧。俗话说：'纵有一百个亲戚，也不如一个相识的。'老汉我虽然本事不大，但是只要是朋友，即便相隔千山万水，我也不会忘记的。请去一下我家吧。"

这个掌柜把黑色辫穗重新绾一下，系上黑色蒙古绒靴带子，腰间别一把镶嵌珠宝的长刀，很不情愿地从坐垫上站起身，叫上两个腰间别着长刀的康巴壮汉，带上一小箱茶叶，前往部落长家。

部落长家那五条看门狗发疯似的跳起来，狂烈的吠叫声似乎要撕破长空。

琪酷尼夏和他母亲抓住狗脖子，拼命阻拦。这些猛犬用爪子刨着地，往外冲。琪酷尼夏抓着的那条狗挣断了锁链。他抓住锁链的一头使劲往回拽。可是那条狗力气比他大，拖着他往茶商掌柜身上扑。幸亏一个仆人灵巧地抓住了狗的后颈,这才没有咬伤人。

"哼,饭桶,连只狗都拦不住。呸!"为了在茶商掌柜面前显示自己的威风,部落长朝琪酷尼夏脸上啐一口,抬起手,准备给他一记耳光。

茶商掌柜挤进部落长和琪酷尼夏中间,把部落长推开道:"朋友,打他有什么用?打狗臭气大,打人罪孽深。"

部落长倒退时被石头一绊,仰面倒在地上。那顶礼帽也像轮子似的滚动着被风吹跑了。

琪酷尼夏跑着去追帽子。那顶帽子掉进灶灰里。当他把帽子捡起来时,发现帽子底下有一块状似右旋白海螺的干粪便。

好在帽子没有粪便,只有灰。琪酷尼夏把帽子捡起来,用双手托着递给了部落长。

部落长朝琪酷尼夏瞪一眼,一把将帽子夺过去,抖了一下,戴到头上,堆出一脸带着哭相的令人恶心的笑容道:"掌柜请。"

茶商掌柜准备转身离开时,朝狗倌母子的小帐篷门看一眼,说:"小孩儿,过来一下。"

部落长站在茶商掌柜身后,用袖子捂住鼻子,扯着茶商掌柜的衣袖:"掌柜,别进去,太恶心了。"

茶商掌柜说:"没事。好歹也是一户人家。我原本也是个小乞丐。现在你是部落长,我是商人,他们俩是乞丐。可死后不管富裕还是贫穷都一样,要去同一个地方——簪布岭①。"

琪酷尼夏像平时观赏栖落在部落长家大旗杆上的乌鸦那样,张大嘴,看着茶商掌柜。

茶商掌柜拍一下琪酷尼夏的肩膀问道:"你跟我走,给我放牧骡马,愿意吗?"

琪酷尼夏没有听懂茶商掌柜的意思,依旧张大嘴巴望着他。

琪酷尼夏的母亲给茶商掌柜叩谢道:"恩人掌柜,我就这么一个孩子,不能让他走。"

茶商掌柜把她扶起来说:"大娘,只要你肯让他走,我不会欺负他的。你们母子俩每年还可以见一次。从今往后,我只到湟源或者结古多②,不需要到其他地方,货物由其他商人运送。他跟我走后,过得怎么样,等你们见面时你可以问他。"

琪酷尼夏的母亲握着茶商掌柜的手说:"恩人掌柜,我知道您是一位好心人。他跟了你,肯定会过得好。可我只有他这么一个孩子。老婆子我跟燃尽的油灯一样,随时都有可能离开人世。我不能让他走,请掌柜见谅。我知道您是一位好心人。"

茶商掌柜说:"呀,要是大娘你不让孩子跟我走,我也不勉强。"他掏出两块大洋,塞到老太太手里。

---

① 簪布岭:赡部洲。"佛家宇宙学所说环绕须弥山外的四大洲名,全名南赡部洲。"(据《藏汉大辞典》)②一些地方的起誓方式。

② 结古多:今青海省玉树藏族自治州州府所在地。

老太太两手颤抖着说:"感谢掌柜!您怎么称呼?我……我……这个老太婆……只要还有一口气,就祈祷……祈祷……祈祷您健康长寿、心……心想事成。"她说着便哽咽起来。

茶商掌柜答道:"我叫土丹桑波,也可以叫我康楚①土桑。"

第二天茶商走后,部落长擦祥尼扎发疯似的跑来呵斥道:"饭桶,连条老狗都拦不住。我部落长擦祥尼扎,身为一方主人,我这儿是有马卸马鞍,没马卸驮物的地方,茶和青稞酒不曾断过,上师、官员等宾客络绎不绝。作为有名的官司、纠纷的裁决者,我从来没有像昨天那样在客人面前丢过脸。我打死你,打死你!"他无情地踹着琪酷尼夏。

琪酷尼夏的母亲一边用自己的身体挡着儿子一边求饶:"求求老爷,我们俩真是饭桶。要打,您就打我吧。"

"打死你。"他残暴地踢她,踢断了她的肋骨。他还把昨天茶商掌柜施舍的两块大洋抢走,用手指着琪酷尼夏的鼻子训斥道,"你再不老实,就等着我收拾你吧。"

琪酷尼夏母亲的肋骨被打断,致使她卧床不起,看医生又没有钱,只得忍受剧烈的疼痛。因为得不到治疗,她的病情一天天恶化,最终惦念着从自己身上掉下的儿子琪酷尼夏,把他抱到怀里,嘴里喊着:"我……我……我的儿子……琪酷尼夏……

---

① 康楚:康巴人的孩子。

阿……阿妈要是……让你……跟土……土丹桑……波掌柜……该有……多好啊。我的儿子……"最终,琪酷尼夏的母亲踏上了通往另一个世界的路途。

"我的阿妈,我的阿妈,你醒一醒。"琪酷尼夏抱着母亲的尸体哭了很多天。

打那起,破旧不堪的帐篷里只剩下琪酷尼夏一个人。

破旧的帐篷变得越发破旧,在风中猎猎飘动,看上去与山头的经幡没有什么两样。

从对往事的回忆中走出来,尼夏露出一脸悲愤难平的神情。他自言自语道:"虽然部落长尼扎把我的两块大洋揣进自己的怀里了,但他的这么多牦牛像被鬼神施法似的消失得无影无踪,他会想什么呢?也许他已经疯了。"

他们考虑到距离离开恰喀尔绒的时间不远,需要足够的肉,便决定打一头野牦牛。

自从他们到这个地方后,不仅多次侵害、惊扰野牦牛群,而且杀害了很多自己的同胞,所以野牦牛们避开他们的视线,不让他们在远处看见自己,扬起尾巴,做好了逃走的准备。

被不可逆转的命运驱使的他们,还得在人世间生存。迫于生计,他们不得不暂时把"罪孽"这一概念抛诸脑后。旺钦往枪里装入超过平常计量的火药,点燃导火索,递给尼夏说:"不要再装了。最好是一发子弹射死两头野牦牛。"

尼夏接枪时感觉到这支枪比平时重一倍,原因在于心理压力太大——这哪里是玩枪哟。旺钦只是说,打不中野牦牛也没事,浪费一两发子弹没有什么大不了的,却没有说必须要打死野牦牛,不得浪费子弹,但是他心里在想,打不中野牦牛,等于浪费子弹,所以必须要打中,要是打不中,既惊扰了野牦牛,又浪费了子弹,落得鸡飞蛋打的境地。他把枪递到旺钦手上说:"今天你来打吧。我杀不了。"

旺钦又把枪交给占堆说:"要不你来打吧。"

"我能打中吗?"占堆心里有些犹豫。他望着野牦牛群,从旺钦手中接过枪时,手不慎触碰到扳机,眼前火苗一闪,"嗒"的一声,一头野牦牛像秤砣断了绳子一般,一头栽到地上。

枪不慎走火,致使尼夏惊恐万状,险些晕过去。他埋下头,心想,肯定把旺钦或者占堆给打死了。

占堆想着会是谁开的枪,一副惊慌失措的样子。

旺钦开玩笑道:"枪法实在是太准。用不着瞄准。哈哈!"这时尼夏才把头抬起来,看了一眼,发现旺钦抓着枪管,占堆攥着扳机。

占堆惊魂未定。他张着嘴,眨着眼,站在原地,一动不动。

"喂,喂!"旺钦摇了摇他。他这才醒转过来,松开手里的枪说:"枪是怎么响的?是谁开的枪?"

旺钦戏谑道:"是我瞄准,你打的。"

他没有听懂这句话的意思,问道:"啊,什么?你说是我打的?枪一到我手里就响了。"

旺钦逗弄他道:"是的。你盯着野牦牛,把枪接过去时,手碰到扳机,枪走火了。这头野牦牛欠着你一条命(宿债),所以被走火的枪子儿打死了。你不要以为这头野牦牛是你一个人打死的哟。"

"天哪!我哪里打死野牦牛咧。眼睛盯着野牦牛,可差一点儿打死人。"知道怎么回事后,他心里感到更加恐慌,估摸着那颗子弹是不是打到父亲身上了,便把旺钦的身体从头到脚打量了几遍。

此时野牦牛群受到惊吓,跑出沟口,消失得无影无踪。

他们走到野牦牛尸体跟前一瞧,奇怪的是,这头因枪走火而死的野牦牛身上连针眼大小的弹孔都没有。他们疑惑不解,一时不敢开膛:"这是怎么搞的?是不是死啦?奇怪。"

旺钦用手指头戳着野牦牛的眼珠一瞧,发现这头野牦牛已经断气很长时间了。

占堆摇摇头说:"奇怪,这是怎么死的?"

"你可能是战神附体了。"尼夏说。

旺钦看见这头野牦牛尾端有一撮白色粗毛:"你们看,这头野牦牛是变异的。"

占堆不懂什么叫变异野牦牛,就问道:"阿爸,什么叫变异?"

旺钦解释道:"野牦牛身上没有黑色以外的粗毛。所有野兽都是这样的。要是同类野兽具有不同的特点,就叫作变异。比如,拿九类父母子野兽①来说,岩羊、盘羊和野牦牛不论公母都长着犄角;獐子、兔子和野驴不论公母都没有犄角;鹿、黄羊和藏羚羊公的长有犄角,母的不长犄角。如果岩羊、盘羊和野牦牛没有犄角,獐子、兔子和野驴有犄角,鹿、黄羊和藏羚羊公的没有犄角,或者母的有犄角,就是变异。凡是毛色与其他同类不一样的也是变异。杀掉这样的野兽,不是吉兆,就是凶兆。"

尼夏心里感到恐惧,这绝对是凶兆。被枪走火打死,却连针眼大的弹孔也不见,而且又是一头变异的野牦牛,这有可能是个不祥之兆。他说:"这个还是不开膛的好。"

旺钦说:"没关系,有禳解的办法。猎杀野兽的人会遇到这种奇怪的事情,不过很少。"他拔出腰刀,开始拾掇这头野牦牛。

占堆和尼夏忧心忡忡,心想,要是不能禳解,会不会招致大祸呢?

他们一起上,一会儿工夫就把野牦牛皮给剥了下来。

---

① 九类父母子野兽:岩羊、盘羊、野牦牛、獐子、兔子、野驴、鹿、黄羊和藏羚羊。

为了消灾，旺钦把野牦牛的四个蹄子割下来，像野牦牛站立的那样，按前后蹄的顺序摆好，在两只前蹄前面摆上野牦牛头，说："这样一来，隐形鬼怪一见野牦牛的头和四肢，就以为这头野牦牛还没有死，也就不会伤害我们。"

他们把内脏掏出来，留下心脏、肺、肝和肾，把其他剁碎，喂了狗。

过了一个半月，他们用公牦牛把糌粑袋、炊具和器皿一个不落地驮上，离开了恰喀尔绒。

这天喝完早茶，旺钦和尼夏赶着驮牛先走，沃玛吉和占堆分别赶着羊群和牦牛群紧跟着出发了。

他们在恰喀尔绒住了半年。这期间，事事都如愿以偿。然而，这次离开此地，没有一个人对这个老放牧点表现出恋恋不舍，反而显露出走出牢狱般的喜悦之情。

外面虽不像恰喀尔绒那么炎热，但因为现在已经是藏历四月份，湿气大的地方都长出了新草，变得绿油油一片。那些之前被冰冻的泉眼，也化作清澈而又纯净的溪流流淌着。溪流两边的青草间长出了稀疏的花，且有少量含苞待放的花骨朵。

远处的山峦已然披上绿色衣裳，在阳光的映照下变幻出各种形状，颤悠悠地飘动着。在沃玛吉和占堆前面朝远处走去的旺钦、尼夏和驮牛也都变得像又长又细的擎天柱。

走到一大片草滩时，那些牦牛特想吃新近长出来的青草，都不肯走。它们吃着草，摇起尾巴。占堆躺在草坪上小憩。在空中展示翅膀的几只兀鹰盘旋着。一团团白云变换着各种姿势，从北方飘向南方，一如他们放弃北方荒凉之地，向南迁徙。他心里想起了许多与分别多年的母亲有关的事情。

占堆的母亲不仅是当地有名的美女，也是个贤良妇人。她做的手工活儿，无人能及。他家的衣物、牛羊毛垫毯、毛织大口袋、褡裢等物什不论质地还是色泽，都优于其他家庭，其原因在于他的母亲的纺织、手工活儿都胜过其他女人。

一天，他的母亲拿出很多熟羊羔皮，用粉线划线。占堆在出门放牧牦牛前，跑到母亲跟前问了一句："阿妈，取这么多羊羔皮，准备给谁做袍子呢？"

母亲笑一笑，抚摸了一下他的头。

占堆赶着牦牛群来到那座草甸山后面，旺吉赶着珍珠似的羊群，也到了那里。

打那天旺吉在河边洗脸时，占堆被她那对乳房吸引以来，他对她便产生了更加强烈的欲望，弄得他独处的时候被欲望驱使，不由得在远处看她，到了跟前，却没有勇气跟她说话。尴尬之余，旺吉纺起毛线，他只好搓起手来。

两个心灵相通的人虽然坐在一起，却像傻瓜一样，除了互相偷窥，连半句交流也没有。这种长时间沉默的局面，显然是很难打破的。

过了很长时间,旺吉喊了一声:"占堆。"

"哎。"

"说说话吧。"

"说点儿什么呢?"

"说什么都可以。"

"嗯。没有什么可说的。"

"为什么没有可说的?"

"要不你说说。"

"你先说吧。"

"起初叫我说话的不是你吗?"

"你想听什么?"

"什么都可以。"

"我也没有要说的话。"

"要不讲个故事吧。"

"我不会讲故事。"

"那你唱歌吧。"

"如果你讲故事,我就唱歌。"

"我讲个什么故事呢?"

"讲什么都行。"

他俩又一次陷入静默之中。不过两人已不像刚才那么紧张。

旺吉在看占堆戴在左手中指上嵌有红珊瑚的银戒指，揉搓起他的手说："你的戒指真漂亮。"

占堆臊得脸发烫，身体的一些部位也变得僵硬。

"呀，怎么回事？你的手在发抖。你是不是怕我吃了你？"旺吉紧紧攥住占堆的手腕。

"不是的，不是的。我……我……我给你讲个好听的故事。"占堆赧颜万状，舌头打结。他把手缩了回去。

"呀，讲吧。"

"嗯。我讲那个叫作《又高又好听》的故事，好吗？"他比刚才有勇气。

"呀，呀。这个肯定好听。"

"不但好听，而且很长。"

"呀。讲吧。"旺吉往占堆跟前靠了靠。

"好吧，我讲，你听。"占堆开始讲故事。

"从前有一只叫得非常好听的鸟。"

"呀。"

"这只鸟落在一棵高高的树上。"

"呀。"

"这就叫作'又长又好听'。"

"那后来呢？"

"完了。"

"什么？完啦？"这个故事太短，旺吉觉得还没有讲完。

"嗯。我全部都讲完了。"

"你不是说要讲一个'又长又好听'的故事吗？刚才讲的既不好听也不长。"旺吉失望地说。

占堆掐一根草，往牙缝里塞着说："那只鸟声音动听，那棵树长得高，难道不是'又长（高）又好听'吗？哈哈！"

"哼，你在骗我。"旺吉假装生气，把脸转过去。

"我没有骗你。我已经讲了《又长（高）又好听》。你唱歌吧。"占堆说着，禁不住把手搭到旺吉肩上拍了拍。

旺吉把占堆搭在自己肩头的手推了推，媚眼斜视着他道："不把爪子拿开，我就不唱歌。"

占堆又掐了一根草茎掏起耳朵："呀，唱歌吧。"

"呀，呀。你要给我唱的歌对一首。不对歌，一个人唱有什么意思？"

"呀，呀。"

旺吉清一下嗓子，低着头唱了起来：

如果你是无马的徒步者，
我俩可以同骑一匹马。
如果你是无衣遮体者，
我俩可以同穿羊皮袍。

占堆以说唱词（无曲）回道：

我不是无马的徒步者，
愿与你同骑一匹马。
我不是无衣的穷人，
愿与你同穿羊皮袍。

旺吉又唱道：

白唇的枣红骏马哟，
如果你是无敌的善走马，
请当我的坐骑和"豪马"。
獭皮镶边白色羔羊袍，
如果袍子绲边未泡硬，
请当我的寿衣和华服。

歌一唱完，她就发出银铃般的笑声，腾地站起身来，朝自己的羊群跑去，站在公牦牛尸体一般大的磐石上，把古朵甩得"嚓嚓"脆响。

晚上，十五的皓月从东山顶上冉冉升起。宁谧的草原显得寂寥、平静、安详。山川大地撒满月光。各家畜圈里吃了一整天美味青草的牛羊悠然地躺着,发出轻微的反刍声。

这时,从上方部落传来青年男女唱的《开场舞》:

欢聚吧,欢聚吧,
欢聚在蔚蓝的天空。
金色的太阳和皎洁的
月亮,欢聚在天空。
金色的太阳,
要为世界送温暖;
皎洁的月亮,
要为黑夜指路。

欢聚吧,欢聚吧,
欢聚在四方的马厩。
橘红和黑色的骏马,
欢聚在四方的马厩。
橘红的骏马,
是高僧活佛的坐骑;
黑色的骏马,
是密宗咒师的坐骑。
……

下方部落的青年男女随之心里一急，有的放下没有吃完的饭，如同群蚁出穴一般，三五成群地聚到位于上方部落与下方部落之间，叫作舞垫青草地的天然舞场。一开始，他们相互间寒暄一下，小伙儿们从怀里掏出鼻烟壶递给身边的人。

年轻女子们也聚在一处，互相帮着系腰带，等候还没有到场的青年男女。

占堆也停下正吃着的晚饭，加入上下部落青年男女的"队伍"。

临走前，父亲旺钦问他："吃饱了没有？"

"儿子，别着凉啊。"母亲说着，抚摸一下占堆的脸颊，把狐皮帽抖几下，戴在他头上。

待上下部落的所有青年男女都聚齐后，青年男子集中到一边，拉起手；青年女子也集中到一处，拉起手。青年男子和青年女子各排成一队，两排排头男女牵起手，使舞场呈十五的月亮一般的圆形。

占堆和旺吉都在各自队列的最前面。他俩拉起了手。他一拉起旺吉的手，旺吉就把他的手拉到袖子里面，紧紧攥着。这并非是害怕他的手落入别人之手，而是表达感情的一种方式。

毕竟是夜晚，月亮再皎洁，任凭他俩在袖子里面做什么，都不会被人看见。因此他俩没有感觉到紧张。

为了人畜、山川河流免遭灾害和劫难，青年男女们跟先前一样，齐声敬献舞供：

  为避免上界天神之战，

  大梵天亲临助阵。

  为避免中界厉妖之争，

  念青姑拉格睢神来助阵。

  为避免中界人众之争，

  人王格萨尔来助阵。

  为避免下界龙地之争，

  龙王祖纳仁钦来助阵。

  唱起舞供歌曲，小伙儿轻盈舞之，姑娘翩然蹈之。

  跳完一曲，占堆在旺吉的袖子里面把她的手使劲捏了捏，弄得她疼痛难忍，差点儿叫出声来。

  不论小伙子还是姑娘，到了谈婚论嫁的年龄，都得从其他部落娶媳妇招女婿，而不能与本部落内部男女通婚。这是从祖辈上延续下来的习俗。鉴于此，人们只会以为占堆和旺吉都在各自队列的末位，他俩凑巧拉上了对方的手，怎么也不会想到他俩在袖子里做出"越轨"的事情。

  在当时的社会环境下，所谓劳动人民的文化生活，除了一年一度的赛马节、祭山活动和月光下的圆圈舞，再没有其他大的聚会活动。尤其是对于这样一个偏远的牧区来说，青年男女成天都得跟在牲畜屁股后面，承受着狂风、雨雪的侵袭，没日没夜地艰辛劳作，过着辛苦的生活成长起来，了却一生。所以，人们把在月光下跳跳圆圈舞，听听悦耳的歌曲，看作属于自己的无限快乐的事情。

十五的月亮在群星的帐幕中闪耀银色的光芒，移向天空中央。

在蓝蓝的天上，

升起太阳之际，

细碎的辰花儿，

流落他乡异地。

祝愿常常聚在，

蓝色天空中央。

舞场上的活动，

就此告个段落，

年轻小伙儿姑娘，

回到各自家中。

祝愿明晚舞场，

我们再次相聚。

散场的歌曲传向草原上空。上下部落的青年男女们三三两两地回家了。占堆也和其他年轻同伴一样,用奔放的舞蹈和动听的歌曲洗去一天的疲劳,回家了。

到了家门口,占堆发现在门口一根大石柱上拴着一匹套着漂亮的马鞍、辔头的马,看上去像一条青龙。

炉膛里的火苗红彤彤地闪烁着。父亲在跟一个人说着话。深更半夜的来了什么客人?占堆狐疑地想着,偷听他们的谈话。

旺钦说:"我这个儿子今年15岁了。我们两口子只有这么一个儿子,该给他娶个媳妇了。你的女儿我也见过。不管是干活还是容貌长相,我都很满意。我打算在明年藏历年前夕,挑个好日子,把她娶过来。"

听到这番话,他心里一紧,猜想着她会是哪家的姑娘,把耳朵贴到帐门上仔细听了起来。

他母亲说:"这孩子是我俩的心肝宝贝。说是外面的城墙也好,还是家里的宝贝也罢,我们只有这么一个孩子。他是我们两口子在世时的依靠,死后的家产继承者。我们这个部落呀,不管是女婿还是媳妇,都只能从其他部落找寻,而不能从本部落内部招娶。你们家族人好,我们就娶你家的姑娘了。"

那位客人说:"我这个闺女虽然不是舌尖上的甘露、脑袋上的上师,但是除了灵鹫的翅膀,没有遇到过阴影;除了母亲的手,没有沾染过污秽。能够把小女嫁给你们这么好的家庭,还真的是'上师的心愿,经典的文义',正合我这个老头子的心意。前些天旺钦大叔提起这事时,我还怀疑是不是真的呢。所以今天特地过来了。你们俩的话句句诚恳,老汉我放心了。"

听到这里,占堆便如同"未服毒,却头疼;未饮酒,却醉酒",心里翻滚起痛苦的浪涛。可他哪敢违背祖先留下来的习俗!

他们每天走一个宿站,走了五个宿站后,来到一片开阔的大坝上,便决定在此住一段时间。

这个地方不像恰喀尔绒那么安全,野狼夜袭羊群,咬死了几只绵羊,弄得他每天晚上到处点牛粪火堆,而且他们四个人睡在羊群四周,保护羊群。

尼夏两口子躺在一个枕头、一张垫子上,每晚都在被窝里相互搂抱着,用充满情欲的轻声细语谈论各种事情。

这天晚上吃过晚饭,他们又抱着各自的被褥和枕头去睡觉。两口子刚一躺下,尼夏就钻进了沃玛吉的被窝。

尼夏摩挲着沃玛吉的腹部,说:"四个多月了吧?"说完亲了一下她的嘴。

"是的,都快五个月了。嗯。"沃玛吉吻一下尼夏的腮帮子,"你在家乡的时候钻过女人被窝吗?"

"我……我钻过……一次。"尼夏结结巴巴地说着,一幅往事的小插图浮现在脑海里:

部落长擦祥尼扎的长女色措崩吉与河对岸部落的小伙子索

朗诺嘎好上后,索朗诺嘎每天晚上都到色措崩吉那儿。他来的时间占堆都记得很清楚。

一天晚上,尼夏按部落长擦祥尼扎的吩咐,到河对岸的部落送信时,遇见索朗诺嘎给枣骝马套上马鞍、辔头,用五色彩绸把马尾巴毛编起来,离开部落,走了。

尼夏把破旧羊皮袍的右手袖子甩到肩膀上,把帽子摘下来,像乞丐要饭似的用右手抓着,向他行礼。他弯下腰,又吐舌道:"大哥,您急匆匆的,准备上哪儿呢?"

索朗诺嘎说:"明天是我舅舅家给他们的儿子觉阿次仁娶亲的日子。我接到了参加婚礼的通知。"说完,骑上马走一步后,掉转头道,"喂,琪酷尼夏,以后我来的时候把狗拦好。昨晚我的小腿肚差一点儿喂了狗。"他哈哈大笑着,把马头转过去,扬鞭策马,疾驰而去。

当天晚上在畜栏拴牦牛的时候,尼夏看见色措崩吉习惯性地不时朝河对岸部落的方向看。他说:"色措崩吉大姐,这头牛犊……"

色措崩吉把头转过来一瞧,发现一头嘴四周毛色灰黄的牛犊正在吸吮母牦牛的奶:"瞧,这牛犊只知道吃奶。"她这才记起自己忘了把牛犊拴在拴牛地线上,便抓住牛犊的颈圈拽着,把它拴到拴牛地线上。

尼夏心里想道,这头牛犊只知道吃奶,她只惦着索朗诺嘎。但是你知道吗?你就是等到天亮也白搭了。

晚上，月亮被乌云遮挡着，大地仿佛被巨大的盖子盖住，伸手不见五指。各种幻想驱赶着他的睡眠，最终他禁不住在索朗诺嘎平常到达的时间，双脚迈出破旧的帐篷门，移向色措崩吉睡觉的地方，抱着将幻想变成现实的决心，信心百倍地戴上索朗诺嘎的面具，钻进了她的被窝……

他心想着这可是千载难逢的机会。鼓在自己手里不打，后悔也没用。直到北斗星升上天空，他还躺在色措崩吉的被窝里……临别时，一次又一次亲吻她的嘴唇，依依不舍地回到破旧的帐篷。

打那时起，一想起部落长的女儿，他便欣喜不已，感到十分自豪：她再怎么招摇，也被我睡过，而且她还吮过我的嘴唇和舌头，有什么可招摇的！可是有关这事他连只言片语都不曾透露。如果说出去，那可就等于引颈受戮。

恰巧自那天晚上起，过了九个月零九天，色措崩吉生了个可爱的孩子。尼夏猜想着，这个孩子是我的还是索朗诺嘎的？他在破旧的帐篷里，背着其他人照起那块破损的镜子。他发觉那个孩子的脸蛋像自己。他不知道这是真实的还是幻觉。不过一有空他就去看那个被色措崩吉抱在怀里的孩子，甚而对他产生感情，想抱他、亲他。然而，这是永远无法实现的幻想。

自从那个孩子学会笑，他一见尼夏，就笑眯眯地在自己母亲怀里手舞足蹈，以各种表情对他表示喜欢。于是，尼夏便自言自语道:"我儿子是我母亲的纯正转世。"

自从那个孩子学会走路,一见到尼夏就朝他跑过来。尼夏恨不能喊一声"我的儿子",把他抱到怀里。可是如果被部落长家的人看见了,就会说:"孩子,你不过来,琪酷尼夏就会吃掉你的耳朵。"然后,抓着他的小手,把他领回家。

他见这个孩子说着"不,我不走,他不会吃我的耳朵",然后哭起来,心里就会感到无比痛苦。他暗自说道:"我亲爱的阿妈投生为我的儿子。他出生在一只脚踩半个大地,身上披半个天空的部落长家,吃的是大米红糖,穿的是绫罗绸缎,戴的是金银珠宝,这些都来自亲爱的阿妈前世修得的福分。阿妈再也用不着过乞讨的生活,这让我放心了。"他一次次透过破旧帐篷的缝隙,祈祷这个孩子健康平安、万事如意。

沃玛吉和尼夏屁股对着屁股,进入了梦乡。

五条猎狗"汪汪"地吠叫着,绕畜栏和帐篷转着圈地追撵什么。旺钦从睡梦中醒来,喊着"狼来了",披上皮袍,跑出去扯尼夏的被子。可是除了空皮袍,什么也没有,他便臊得不知所措。

尼夏和沃玛吉已经醒了。但是他俩因睡在一个被窝里,出于羞怯和尴尬,只得假装未醒。

那匹狼听到人的说话声便逃走了。旺钦回到自己睡觉的地方,躺了下来,可是受到狼的搅扰,想起各种事情,压根儿没有了睡意。

天气一天比一天热。山野披上绿衣,享受着夏日的欢宴。他们几个没有被生活舍弃的流浪者,有喝不完的奶,而且每天都可以搅乳,储备很多酥油和奶渣。

几天后,他们离开此地,走了五个宿站的路程,来到一个新地方。那里有着宽广美丽的草甸山。他们安顿下来,决定一直待到入秋。

沃玛吉的肚子一天天大起来,看上去似乎到了临产期。可是算起月份来,离分娩应该还有一个多月的时间。他们尽量给沃玛吉吃好的,像宠儿似的喂养她,除了早晚挤牦牛和绵羊的奶,什么重活都不让她干。一句话,男人的活儿和女人的活儿全都落到他们肩上,什么拾牛粪、搅乳等所有零碎的活儿都由旺钦、尼夏和占堆干。

这天旺钦拿着一根长套索走到羊群跟前挑选菜羊①。所有绵羊的眼神都跟平时不一样,一只只都小心翼翼地看着主人逃走。他不由得感到奇怪并动起恻隐之心。但是沃玛吉需要加强营养,其他人也都想吃新鲜肉。他只得把怜悯之心抛诸脑后,盯住一只壮实的黑头公绵羊,像闪电般将套索抛了出去,弄得所有绵

---

① 菜羊:为食用而宰杀的绵羊。译者注。

羊全都向别处跑去。可是那只公绵羊被套索套住，无法逃脱，就蹦着跳着，望着羊群"咩咩咩"地喊叫。旺钦嘴里念诵着六字真言，心里却毫无怜悯地将套索一端拉起来，抓住它的后腿，把它拴在帐篷绳的一头，在一块公牦牛的舌头一般大的扁平石头上磨好刀子，走进帐篷。这时，沃玛吉正在"哎哟哎哟"地呻吟着，由尼夏扶着，弄得旺钦手里牛舌样的磨石掉到地上。他心想，刚才还好好的，为什么突然如此大声地喊叫呢？他把腰刀收进刀鞘问道："沃玛吉，你哪儿疼？"

沃玛吉疼痛难忍，双眼紧闭，"哎哟哎哟"地呻吟着，用手指了指肚子。旺钦知道这是产前阵痛，喊着"快要生了，快要生了"，搀扶着沃玛吉。由于过度紧张，他像个大将军训斥战士一样，对尼夏大声吼道："快，找个土坑，铺上羊粪蛋，做卧褥。"

尼夏小跑着，往帐篷附近的一个土坑里倒上羊粪蛋，随即到帐篷里把被子抱出来，弄了个"床榻"。

旺钦和尼夏把沃玛吉扶过去，让她躺了下来。占堆不曾见过女人生孩子，见沃玛吉疼痛难忍，他被吓得像一尊泥塑，站在原地，仿佛彻底失去了动弹之力。

扶沃玛吉躺下后，旺钦才想起了他把一只黑头公绵羊拴在帐篷绳上，于是跑进帐篷，取出拳头大的酥油，抹到那只公绵羊的犄角和耳朵上，把剩下的酥油全部塞到公绵羊嘴里，以这样一个最简单的放生仪式，祝福沃玛吉母子平安无事，然后解开颈绳,把它放了。这只公绵羊像是被嘴里的那块酥油恶心到似的摇着头,蹦蹦跳跳地跑进羊群里。

沃玛吉忍着疼痛,大汗淋漓。尼夏坐在她旁边,帮她擦汗。

旺钦在帐篷里熬炼酥油①。他把早已准备好的婴儿衣服和尿布取来,抖一抖,在火上甩一甩,等待这个新生命的到来。

占堆缓过神儿来,卖力地干起了生炉子、煮人参果、熬百料粥②等应急事情。

尼夏的脸色看上去比沃玛吉还吓人。他抓着沃玛吉的手,连问带安慰地说:"疼……疼得……厉害吗?能生吗?"

"哎哟,哎哟,哎哟……"沃玛吉只能呻吟,而不能回答尼夏的话。

打沃玛吉有了身孕后,尼夏就想,我不仅有了妻子,而且从自己身上割下来的一块肉即将降临到人间。为此他感到无比欣喜,可是现在看到妻子满脸汗水,时而咬牙,时而"哎哟"地呻吟,时而疼痛减弱,双眼微闭,呼呼喘气,使得之前为有孩子而欣喜的感觉,恍若一道彩虹消失殆尽,进而在心里默默祷告:"愿我的妻子躲过生命的劫难!"当沃玛吉疼痛加剧,"哎哟"地叫着使劲时,他也不由得屏住呼吸,憋起气来;当沃玛吉疼痛稍减,气息微弱的时候,他也像受伤的野兽躲进寂静的

---

① 熬炼酥油:根据当地旧的习俗,生完孩子就要让产妇喝融酥,以恢复身体。
② 百料粥:产妇生完孩子,为恢复消化道,要喝放入各种食材的粥。

岩洞，忍着剧痛，轻轻地喘气。假若这时尼夏可以替沃玛吉生孩子，他一定不会顾忌难以忍受的疼痛，毫不犹豫地替沃玛吉生孩子。

沃玛吉38岁才生头胎，有一定的危险，这让旺钦非常担心。他向三宝祈祷着，反复念诵起《无缘慈悲经》。

沃玛吉的疼痛有所缓解，她像被石头击中的小鸟，吃力地呼吸着，两眼自然闭合，脸上的汗滴也和处于旱季的水流一样减少了。尼夏心想，就这么不疼不痛地好起来该有多好！他全然没有了当孩子父亲的兴致。这多少让他的心情变得轻松了些。

"哎哟。"沃玛吉又一次疼起来，紧紧握住尼夏的手。她疼得比刚才更厉害，脸颊、头部、手心和脖子全都被汗水淋得冒出热气来。

旺钦喃喃念诵着六字真言，靠近她，问："还生不出来吗？"

"生不出来。"尼夏无奈地望着旺钦，仿佛在问他，你有什么好办法吗？

"破水了吗？"旺钦问。

尼夏答道："不知道。"

女人生孩子的时候要有一个精通医学的妇女接生。即使不具备这样的条件，也要找一个有经验的妇女，而不能由男人接生。然而，在这个地方，除了家畜，"母"的只有沃玛吉。旺钦不知道如何是好。他俨然光着脚板，在满是炭火的大坝上行走一般，万分焦急，眉头紧锁，来回踱着步，左思右想，可就是想不出什么法子来。

过了一会儿，沃玛吉的疼痛有所缓解。她喘着气，把头靠在尼夏的膝盖上，闭着眼睛，低声喊道："给我……给我……一杯……水……水。"

"旺钦友，端一碗茶来。"尼夏喊道。

旺钦把一碗温热的奶茶递到占堆手上说："把这个端过去。"

没有见过女人生孩子的占堆被沃玛吉剧烈的疼痛吓得只能躲在帐篷里干活，怎么也不敢去沃玛吉生孩子的地方。可这回不得不去。他端着那碗奶茶到那里，把茶碗递给尼夏。沃玛吉喝一小口茶，歇一会儿，等到把茶全喝完，尼夏就把碗交给占堆，看着沃玛吉的脸。

占堆看着手里的茶碗问道："还要茶吗？"

沃玛吉把脑袋歪向一边，表示不要茶，随后她长出一口气，紧紧抓住尼夏的手。

占堆回到帐篷，旺钦问他："疼痛消退了吗？"

占堆点了点头。

不疼，意味着难产。旺钦想，怎么才能使她疼痛起来，快些分娩呢？他坐不住了。他走出门，顺便看了一下羊群。话说祸不单行，福不双至，出乎意料的是，两条灰色野狼在羊群里跑来跑去的，把羊群分割成好几块，羊们四散而逃。他喊道："喂，占堆，占堆，绵羊被狼吃了，快去。"

要是他们两个都到羊群那边，就没有人帮助尼夏；如果不去，占堆一个人难以对付两匹狼。这弄得他俩左右为难，真是应验了"攥着烫手，松开罐破"这句俗话。旺钦来回踱步，一时不知道该怎么办。

狼发现有人来了，就分头追羊群，扑向绵羊，将很多绵羊摔倒在地，摁住。

"叽嘿嘿！"占堆吆喝着，挥起古朵，将石头抛向一只狼。那只狼丢下吃剩的死羊，又朝另一群绵羊跑过去。

"啊……啊……哎哟。"沃玛吉疼得更加厉害。她呻吟着，一阵钻心的疼痛使得她将上半身露出皮袍，扭动着。

所有紧急事情都堆到一起。旺钦焦急地踱步，来回各走了十来步，其情形一如牧民家贤惠的妇女为织氆氇而牵拉经线。

旺钦跑过来，撩起沃玛吉的皮袍下摆看了一眼，还不见破水。"忍着点儿啊。"说着，他便急匆匆地跑进帐篷。他的步幅太大，把火炉边的陶制茶壶给踢翻了，奶茶全都流到尚有余火的炉灰里，扬起了灰尘。他把陶制茶壶重新放好，取下挂在柱子上的藏式枪，迅速装上火药，又想，看沃玛吉如此疼痛，以及生不出孩子的样子，可能会有厄运降临。因此，现在杀生造孽不妥。他把枪口朝下，想取出子弹，但没取出来。他把枪倒过来，装上火药，点燃导火索，走了出去。

他突然想起躺在炽热的阳光下，喘着粗气的五条猎狗，便把枪扔到地上，解开猎狗的拴绳，让它们去帮占堆。

五条猎狗如闪电般冲向野狼。

两匹狼放着那么多绵羊死尸不吃，却偏偏冲进羊群。占堆使出所有力气，在两匹狼之间来回跑动，抛掷古朵。可武器太差，不怎么奏效。

旺钦把枪口朝向天空，"嗒"地开了一枪。一听到枪声，两匹狼便停止了跑动。它们在掉转头的同时，看见五条猎狗像箭一般跑过来，这才离开羊群朝别处跑去。

五条猎狗把尾巴拖得比竹鞭还直，把耳朵伸得像鸟翅一般，飞快地跑着追赶两匹狼，看上去四肢不着地。刚才两匹狼吃了很多绵羊，吃得太饱，不能快速跑动，致使五条猎狗追上它们，毫不犹豫地扑到它们身上，与它们进行搏斗，一时间除了尘土，什么也看不见。

占堆卷起皮袍下摆跑。靠近了，见两匹狼与五条猎狗互相撕咬着搏斗，有时狼被压在下面，有时猎狗被压在下面。占堆多次想把早已高高举起的刀捅向狼，但是狼和狗们俨然魔术师变魔术，总是上下交替着轮番倒在地上，弄得他压根儿找不到捅刀的机会。

以达莫纳冈为首的三条猎狗咬着一匹狼，狼只露出一条尾巴；另外两条猎狗在与另一匹狼搏斗，上下交替着翻滚。狼吃了很多绵羊，吃得过饱，身体活动得太猛，把刚才吃进去的都吐了出来。一匹狼呕吐着，要把活吞的一只羊羔吐出来，可是卡在喉头噎着，没有力气咬狗，变得极为被动。就在它被狗拖来拖去的当儿，占堆往它的肾脏使劲捅了一刀，使得它无法忍受疼痛。它在大喘一口气，把羊羔的死尸吐出来的同时，像散了架似的横着倒在地上，死了。

占堆和两条猎狗到达另一条野狼跟前时，那三条猎狗把那只狼咬得都快要死了，但它却咬住鲁尼甲乌（这条狗是用两只绵羊从一个昝巴①手里买来的，故名。鲁尼，两只绵羊；甲乌：络腮胡子）的前腿不放。看到这一幕，占堆气得火冒三丈，朝狼的肚子右侧捅一刀，搅了搅，致使那匹狼张大嘴，松开了鲁尼甲乌的前腿，肚子上的刀口露出了刚刚吃进去的带血的绵羊肉，酸溜溜的血腥味随处可闻。占堆恶心得吐出来，泪水使双眼变得模糊。

看着沃玛吉身下被打湿，旺钦心想她已经破水了，准要生了，便把给孩子穿的羊羔皮和扎脐带用的线绳揣进怀里，撩起沃玛吉的袍子下摆，等待分娩。

一阵疼痛过后，一憋气，婴儿的脑门儿被挤出一点儿。旺钦说着"沃玛吉,忍着点儿啊,快要生了,忍住,忍住,快要生了"，

---

① 昝巴：以猎杀旱獭为生的人。

忙把双手伸到生殖器下方,准备接生。

"啊……啊……哎——哟。"沃玛吉把尼夏的手攥得紧紧的,呻吟着在使劲。尼夏也不由得敛声屏气,使起劲来。

随着沃玛吉咬紧牙关,"啊"地一使劲,孩子赤条条地掉落到旺钦手里。他赶忙拿出扎脐带用的线绳,把脐带捆扎结实后剪掉,用羊羔皮把孩子裹起来,塞进怀里。出乎意料的是,又出来一个孩子。他不禁失声道:"还有一个。"他剪断扎脐带的线绳一端,扎紧脐带,用羊羔皮把孩子包起来,抱到怀里,心想着会不会还有一个。他等了一会儿,但这回除了胎盘,什么也没有。他匆匆忙忙跑回帐篷,把两个婴儿一起放进皮袍里,给他俩的上颚粘贴一块新鲜的绵羊酥油,然后把早已准备好的融酥端给沃玛吉喝。

生完孩子,沃玛吉躺着休息。她觉得疼痛消退,浑身无力。尼夏也像过了疼痛期一样,气喘吁吁地倒在沃玛吉身旁,看上去像一条离开水的死鱼。

旺钦不禁笑道:"哈哈!你不是也生完孩子了吗?喂,起来吧。"

尼夏似从睡梦中醒来,看着旺钦:"孩子生完了吗?"

旺钦禁不住笑道:"哈哈哈!别逗了,你还不知道孩子已经出生了吗?真是的。"他摇着脑袋走进帐篷,往炉膛里塞一把牛粪,热了一下刚才熬的百料粥。

尼夏用破烂褥子把胎盘包起来,扔到较远的阴沟里。

沃玛吉的体质并不差。旺钦和尼夏把她扶到帐篷里,让她躺下。

所有忙碌、紧张的事情都顺利完成,卸下心头的包袱后,尼夏变得灵巧了。他承担起给沃玛吉煮茶和粥、生炉子、打水等活儿。他望着沃玛吉,脸上挂起微笑,自言自语道:"这下可放心了,这下可放心了。"又问沃玛吉,"不疼吗?想吃点儿什么?"接着擦拭她脸上的汗水,摸一摸垂落的头发,"我以为今天会死的,都没知觉了。我今天头一回见女人生孩子。这下可放心了。明天要宰一只公绵羊。"他一边说着,一边脱下右手袖子忙活起来,好像家里来了贵客。

旺钦的心情也变得舒畅了。他盘腿坐着:"今天几只绵羊被狼吃掉了。一开始太忙,竟然忘了放猎狗,不然不可能杀死那么多绵羊。"

尼夏只顾着沃玛吉的健康,没考虑其他事情,譬如,野狼袭击羊群,旺钦开枪,放出猎狗,等等,一概不知。他不相信自己的耳朵:"你们说狼杀死绵羊啦?"

"你说你连我开枪都不知道啊?"旺钦瞪大眼睛注视着尼夏。

"我什么也不知道。"尼夏把脑袋甩向一边,"我好像失去知觉了。"

"是的。起初太忙,我都没想到放猎狗。"旺钦扭着脖子,从帐篷门缝里朝占堆看了一眼。

一个孩子睡醒了，发出了啼哭声。

"把孩子给我，我喂奶。"沃玛吉说。

尼夏走到孩子跟前，发现那里有两个孩子。他以为自己看花眼了，揉一揉眼睛，仔细一看，才确定是真的，而不是幻觉。他大吃一惊，脸色变了，眼睛也瞪圆了："这……这是怎么回事？……有两个孩子。"

旺钦笑着说："生了两个孩子。"

沃玛吉问尼夏："刚才你怎么啦？像喝醉酒似的没了知觉。"她笑了笑，把头埋进皮袍里。

"啊呀呀，有两个孩子。"他感到不曾有过的兴奋，说出过头的话来，"这下好了，一人一个孩子。"他叫着，跳了起来。

旺钦说："可不许这么说。这两个都是你的孩子。正像平常说的，一箭双雕……"他没说出后面的话，竖起大拇指夸尼夏道，"你是这个。"

尼夏如同把一只举世无双的吠琉璃宝瓶拿在手上，小心翼翼地把那个孩子抱起来，轻轻地放在沃玛吉手里。

沃玛吉接过孩子，抱在怀里，把乳头塞进孩子的嘴里，喂起奶，抚摸孩子的头。

旺钦喝过几碗奶茶，走出门，去帮占堆的忙。

尼夏摸一下沃玛吉的脸蛋："一次生两个孩子真是奇迹。

这个也许是我们人畜兴旺的好兆头。"

啊！羌塘的夏季是如此短暂啊。山川大地披上绿色衣裳，姹紫嫣红的野花芬芳四溢。其间蜜蜂吟哦，彩蝶起舞，夏之美人容光焕发，好一幅草原美景。

已是藏历八月，到了征收畜产品的时间。有些绵羊脖子上的脱毛处长出了约一指长的又白又干净的新毛。春天出生的羊羔的犄角长成五指长，它们跟在妈妈身后玩耍着。

从这天起，开始剪羊毛。他们把羊群堵在河湾，用石头磨好羊毛刀，把绵羊一只接一只地抓起来，将它们的四肢并排捆在一起。

这一隅平日里十分寂寥的羌塘小地方，今天剪羊毛的现场极其热闹。这给了辽阔无垠的大地一线生机。

旺钦的两只袖子都脱掉后，一如生锈的红铜似的上身，肌肉泥塑般鼓突，上面青筋暴露，似一条条蛇蜿蜒而行。他抓起一只肥壮的绵羊，捆住四肢，拿起磨刀石：

剪毛大刀磨呀磨，
要么磨的时间长一点，
要么磨的力度大一点，
没有时间磨得长一点，
那就磨的力度大一点。

无罪的牲畜捆的时间太长，

夏天三日瞬间而过。

着急啊着急，

绵羊急着吃青草，

着急啊着急，

我为生死轮回而着急，

我俩没有休闲的时间。

他唱起剪绵羊毛歌，把羊毛刀在磨刀石上象征性地磨三下，将身子弯成弓一般，开始剪起绵羊毛。

尼夏也把两只袖子脱掉，在腹部打个结，带有挑战性地朝旺钦看一眼。

刀口好比盘子盖，

刀口好比盘子底，

这是好汉的手笔。

我虽不曾修佛法，

灰溜溜犹如展翅。

绵羊两条前腿间，

利器如同水鸟荡。

绵羊你呀忙又忙,
母羊忙于享草甸。
我这人也非常忙,
我总忙于凡尘事。
你我相同都太忙。

唱毕,一只绵羊的毛也随之剪完了。他把这只绵羊放开,又从羊群里抓一只,把它摔到地上,捆住前后腿,开始剪起毛来。

沃玛吉喂完两个孩子,让他们睡觉,把家打扫干净,又打来水,煮好茶,给男人们各倒上一碗,之后端起陶制茶壶,忙着去张罗午饭。

虽然他们每人面前的碗里都倒了茶,可没有一个人喝茶休息,弄得碗里落下厚厚一层灰尘,没法儿辨清奶茶的本色。占堆的茶碗被绵羊踢翻了,可大家顾不上管。

他们没有标准的羊毛刀,只得用腰刀剪毛,尽管用起来很不方便,效率也很低,但他们三个人都干劲十足,没多大工夫,就把一半绵羊的毛剪完了。

过了一会儿,沃玛吉又像给婴儿喂奶一般,用两只袖子抓起热陶壶,把它贴在胸口,去给他们倒茶。见尼夏和旺钦的茶碗里落满了灰尘,她就把碗里满是灰尘的凉茶倒掉,用一撮绵羊毛把茶碗揩一下,给他们分别倒一碗茶,招呼道:"喝茶吧,喝碗热茶。"可他们都忙着剪绵羊毛,没有一个人回应。他们三个人都被汗水湿透,头发也在冒热气。但他们擦都不擦一下,把两只袖子都脱掉,左手抓起一团团绵羊毛,右手从新旧羊毛更替处剪着。他们剪羊毛的风格,哪怕是细微之处都一样,没有什么不同。尼夏剪完一只肥壮的公绵羊的毛,解开捆扎四肢的绳子,它就像表达获得自由的幸福感受一般,蹦跳着跑进羊群。

尼夏又跑过去,抓起一只黑头公绵羊的后腿,把它带过来,紧紧捆住四肢,唱道:

后面堆积如雪山的羊毛,
是贤达父亲之子剪下的。
前面似冰雹翻滚的羊毛,
是有福气的男子攒下的。
不是上师也要修行一次,
不是野鸭也要伸颈一次。
莫动吉祥央嘎尔①绵羊,
动静过大绵羊会倒霉。

他唱着嘹亮的歌,"沙沙"地剪起羊毛,连看都不看一眼

---

① 央嘎尔:绵羊的异名。译者注。

茶碗。他的歌声飞向天空。汗水从他的脖颈滴下来。

"唵嘛呢叭咪吽!"尼夏突然大喊一声。沃玛吉估摸着他的手可能受伤了,一个箭步跑到他跟前一瞧,原来是一只虱子被羊毛刀拦腰剪断了,她这才放下心来。

突然传来孩子的啼哭声。沃玛吉这才像恢复知觉似的醒转过来。她弯下腰,抓起放在面前的陶壶。"啊嚓嚓(哎哟哟)!"陶壶还热,她被烫得失声大叫着,赶忙松开把儿,五个手指头抓住耳垂摩挲几下,用袖口提起陶壶,不太情愿地走了。

对于沃玛吉来说,剪羊毛并不算生疏。然而,几年来,她独自一人在没有人烟的羌塘荒野上度过难以忍受的辛酸日子,很长时间没有干过剪羊毛的活儿。今天看见剪羊毛,她感到剪羊毛的现场快乐而热闹,富有竞争性。

旺钦剪着自己跟前的绵羊的毛,面朝占堆说:"儿子,该你唱剪羊毛歌了。别这样垂头丧气的,高兴点儿,高兴点儿没有什么坏处。"

占堆毫不谦虚地唱道:

不要把无罪的牲口绑得太久,
夏季的草仅仅是三天的过客,
夏季的河水也和夏季草一样。

曲终,羊毛落地,那只绵羊被放开。他跑过去,一下子抓起一只绵羊的腿,把它拉了过来。旺钦觉得占堆已经长大成人,跻身男子汉的行列,他为此而感到格外欣慰。

占堆打从母亲肚子里出来后,直到今天都没有干过这么累的活儿。他的腰、肘关节、肩关节、手腕子,甚至每根手指头都疼得无法忍受。但是他想到"男儿无骨气,若非是女子;兵器不锋利,权当拨火棍",便继续剪起羊毛,压根儿没有想到要休息一下。

经过一天半的艰苦努力,他们终于剪完了所有绵羊的毛。他们给羊群里最为壮实的种绵羊的犄角缠上绵羊毛,用红土在它的身上画上"卍",与羊群间隔一定距离,再泼上酪浆;给羊毛刀缠上绵羊毛,在空中挥舞着,高声呼喊吉祥口号:"愿战胜敌人!愿远离疾病!愿央嘎尔绵羊成百上千地增长。"

四季不甚分明的羌塘深秋降临人间,使山峦、草原全部换上了金黄色衣装。秋风不断吹来。天空湛蓝无瑕,宛若一面明镜。夜里群星璀璨,月光尤为明媚。大小湖泊结了一层薄冰,在朝阳的一道道光焰下光彩熠熠。野鸭、鸳鸯、黑颈鹤、白鸥等飞禽组成各自的家庭,父亲在前,母亲在后,携着子女,振翅高飞,踏上南归的征程。

每头牦牛、每只绵羊都膘肥体壮,如同一坨坨牛羊油,犄角黑亮,像抹了油。牦牛们将后腿在地上拖着,相互顶角。此处不失为一隅美丽的地方,但不是它们过冬的地方,它们不久就要离开这里。去往何方呢？是否要回到不太寒冷、有水有草的恰喀尔绒？不是。他们也和这些飞禽一样要迁徙至南方。

这一带的气候变得一天比一天寒冷。每天夜里草原上到处打下薄霜。湖泊四周结的冰，到中午也化不了，使得这个夏季极其美丽的地方开始进入了一个可怕的季节，令他们产生不可阻挡的南迁的念头。

几天来，他们把夏季收获的酥油、奶酪、羊毛、羊绒、牦牛绒、牦牛粗毛等畜产品收拾妥当；早早停止挤母绵羊的奶，让羊羔与母绵羊在一起。

旺钦、尼夏和沃玛吉把两个孩子驮在马背上，赶着驮牛先出发。占堆赶着牦牛和绵羊群在后面走。

早晨太阳出来之前他们就启程，快到中午时分扎营夜宿，在一些有草有水的地方住上两三天。就这样走了五天光景，便到了一个令人心旷神怡的地方——西面为紫色如青白玛瑙的片状乱石山，南、北、东三面为风景怡人的草甸。

在这个放牧点废墟上留有牲畜残骸、碎皮、破烂地线、破罐子、烂鞋、破旧毡帽、骨头渣、生锈的羊毛刀、刀子断片、残损的布头、各种颜色的线头等许多牧民使用过的废弃物。有的布头还没有褪色，可见主人离开这里没有多久。

放牧点附近还堆放着很多夏天的干牛粪，其间混杂着湿牛粪。一些白花花的绵羊毛散落在没有围栏的羊圈里，上面粘上了羊粪。很多立在四周的专门用来防狼的人形土石堆还没有拆除,令人恶心地立在那里,"坚守岗位"。一个聪明的牧民,还在一个高高的青草堆成的假人头顶上扣了一顶好看的扇形牛粪帽;左肩膀上分别插着两只藏羚羊角,从远处看,活像一个头戴礼帽的俗人背着枪站立着。旺钦把一块鸡蛋大的石头裹到古朵里,挥甩着说:"瞧好了,我要是不把它杀了……"他用古朵把石头抛了出去。石头打中假人腹部,却依旧稳稳地站立在那里。"没能杀死。"其他人都笑了起来。

没用的破烂物件、游牧点废墟、没有围栏的羊圈等都是他们最为熟悉的景致。因此,喜悦之情油然而生,仿佛回到了家乡,与此同时,又像捡到了一些自己完全生疏的物件。

"看,这儿有个破罐子。"

"这儿有顶破毡帽。"

……

他们对自己看见的废旧物什指指点点,踢踢踹踹地相互交流着各自的所见所思,一时间竟然把卸载牦牛驮物的事儿给忘了。

尼夏在放牧点废墟东面那座金字塔形土堆的垃圾里,拣到比大拇指指甲盖大一点儿的玻璃镜子碎片,便十分高兴地把那块镜子残片举至头顶,喊叫道:"快看。"

旺钦和沃玛吉不约而同地抬起头,朝他看过去。尼夏手里的镜子残片反射出令人无法忍受的光。沃玛吉跑过去说:"这个我要。"她把尼夏手里的镜子残片捏在食指和中指之间,欣赏起自己多年未曾看到的脸蛋。

那块玻璃镜子残片不能把整张脸都照到。她最先看到的两只眼睛比起以前有所凹陷;照到额头,发现额头上很多过去没有的细纹横在上边,乱蓬蓬的发间新添了几根白发;照到鼻子时,看见鼻子左右两边斑驳的妊娠斑,俨然没有消散的乌云,鼻尖上比豆子大点儿的鼻涕行将掉落,她"哗儿"一声用力往里吸,却掉落到地上了;最后照到下半张脸时,看见嘴唇往日的红润荡然无存,变成了土灰色,上唇的汗毛满是油渍和灰土,两边嘴角有一些对称的弓形皱纹。

昔日被邻里奉为美女,历经岁月的风云和一系列难以承受的生死攸关的动乱后,深深地感到无限悲哀。然而细细一想,觉得这是不可抗拒的客观规律,权贵挡不住,智者治不了。世上永远不会有生而不老、老而不死、青春永驻的人。何况自己现在已是年近四十的人。作为生过孩子的女人,即使腰弯成一张弓,头发白成一捧雪,又有什么值得奇怪的呢?尤其是生下双胞胎,完成了女性的伟大义务后更是如此。想到这些,她感到十分欣喜。

驮在马背上的两个孩子睡醒后哭了起来。他们这才把孩子从马背上抱下来,卸牦牛的驮物。等到把所有东西都卸完,在一块较为平整的地上搭那顶破旧的帐篷,生起火。于是,表明暂时待在这块土地上的一缕细烟升上天空。

占堆择水草最好的地方放牧着牛羊赶路。到达东面状如马鞍的草甸山时，他望见了自家的帐篷和驮牛。看着天色尚早，为得到暂时的休息，他把两群牛羊散开，在草甸上歇脚。

不论从四面群山、草地和土壤哪方面看，这个地方都有不少与自己的家乡相似之处。这使得他们感到从未有过的欣喜。

太阳落山前，占堆将两群牛羊赶到帐篷附近。他看见西边天地连接处，一些不知是马、公牦牛、野牦牛还是藏野驴的动物在刺眼的阳光下，与太阳赛跑似的隐向西山背面。

对于所看到的景象，他并不感到惊奇，也没有给予关注。

走到放牧点废墟附近时，占堆也和他们几个一样，一看见那些很久未曾出现的废旧物件，便关切地欣赏起来，用脚踢，摔来摔去。

次日临近中午时分，三个骑着骏马的人，从西南面的草甸过来。旺钦心想，这么多人一起走在北部渺无人烟的旷野上，一定是土匪。他往枪里装好火药，在帐篷东头一处坑里躲了起来。

尼夏和占堆拿着各自的刀子，从帐篷缝隙里盯着对方，放起了哨。

那几条猎狗累得昏昏欲睡，并没有注意到这事儿。

沃玛吉吓得脸色惨白。她把两个孩子一左一右抱在怀里，嘴里含含糊糊地念诵着经咒，祈祷不要发生什么意外和灾难。

那三个骑士下马,从山上走了下来。俗话说:"上坡不骑不是马,下坡不下不是人。"那三个骑士的举止合乎普通人的行为规范。这让旺钦心里生出一线希望——他们不是土匪。但是仍跟先前一样,他一刻也不放松警惕,集中精力,注视着那三个骑士的一举一动。他把没有点燃的导火索搁在枪上,从火镰里取出燧石和艾绒,用左手大拇指和食指捏着,随时准备点燃。

沃玛吉给两个孩子喂完奶,让他们睡觉后,身体像茅草被风吹动一般颤抖着,把一锅奶坐在炉子上说:"尽量笑脸相迎吧。"然后从帐篷门缝里看着旺钦。旺钦横躺在土坑里隐蔽着,弄得她只看到了从断岸上伸出的枪口,而没有看到旺钦。她吓得不敢朝那三个骑士过来的方向看。她往炉膛里添着牛粪问道:"那三个人到什么地方啦?"

尼夏答道:"现在还没有走到半山腰。"

旺钦迅速跑回到帐篷里:"好在他们可能不是土匪。如果是亡命的土匪,他们就会骑着马,不分山地、平川,会横冲直撞地乱跑一气。像这样守规矩的少。要是来抢劫我们的,为了威胁我们,连下坡都会骑着马,高声吼叫着,发疯似的奔跑,一定很霸气。不过还是不能放松警惕啊。"说着掉转头,在走出帐篷门时,看着沃玛吉说,"不要害怕,不要害怕。也许是过路的,或者打猎的。"他很快回到刚才隐蔽的土坑里,继续盯那三个骑士。

占堆想起昨天太阳快落山时，在西山上看到的那些牲畜："哦，想起来了。昨天晚上我回来时，看见很多牲畜从西山上跑到对面的山上，也不知是牦牛还是野牦牛。可能是有人住在那座山后面吧。"

尼夏只是点点头，并没有回答，握住腰刀，依旧盯着那三个骑士。

旺钦又一次走进帐篷吩咐道："如果是土匪，你们俩就不要出去，待在里面等他们走进来。先由我开枪阻击。看上去那些人好像没有枪。"说完，他几步跑回土坑，用火镰打火，点燃导火索。顿时，一股长久没有闻到的火药的香味儿扑鼻而来。

三个骑士来到山脚下，重新骑上马，慢腾腾地走着，并没有摆出威胁的架势。

占堆透过帐篷较大的缝隙仔细一瞧，发现那三个骑士连指头大点儿的枪也没有，便喜不自胜，一再重复道："他们没有枪，没有枪，一杆枪也没有。"

那三个骑士走到距离他们一箭射程后，都下马，牵着马走了过来。

他们三个人的马都是高贵、肥壮、长腿的，真正称得上是良马。可是马鞍、鞍垫和辔头等都是不值钱的。

三个骑士喊话道："喂，有人吗？"

他们不直接走进帐篷，而是在外面叫人，并且在喊"喂"

的时候声音不太大,看得出他们是些守规矩的人。

尼夏穿上袖子,准备出去看看。可沃玛吉扯着他的袖子,把他拦住说:"不要出去。谁知道他们耍弄什么阴谋诡计咧。"

尼夏觉得她说得不无道理,也就止步了。

旺钦的右手食指早已摁着扳机。有时他瞄准三个骑士的心脏,有时慢慢抬起头来看他们。他看到一个脸色紫黑如肝,长着零星胡子的小伙子,高个儿;一个脸色发青,破旧礼帽下面露出红色辫尾垂在左耳前的小伙子和一个五十岁上下的中年汉子。中年汉子的脸庞滚圆如猫,两腮留着荆棘似的鬓角,眼睛充血,红如珊瑚,两条垂落于双肩,好像从织辫子那天起就不曾洗过的发辫黏成毡子,发梢还系着洁白的绵羊毛线,像是这次从家里出来前特地系上的。这实属多此一举。

"喂,有人吗?"

"喂。"

"汪汪汪!"拴在帐篷附近的所有猎狗这才从睡梦中醒来,两条前腿腾空跃起,拽着绳子叫起来。

那三个骑士仍然站在原地,朝拴狗的方向望着,等待主人从帐篷里走出来。旺钦觉得他们不像那种怙恶不悛的人,便从土坑里站起来,端着枪走了过去。那三个骑士后退几步,一起喊道:"喂,喂,把枪放下。我们不会做出伤害你的事儿。有件事情需要跟你商量。"

旺钦把枪放在地上,用脚踩灭导火索,歪着脑袋看他们道:"你们不用害怕。看,导火索的火都灭掉了。我们今天头一次见面,有什么可商量的?你们从哪儿来,现在要到哪儿去?"

尼夏和占堆仍躲在帐篷里窥视。

那个脸色发紫、长着稀松胡子的汉子向前走几步:"按理说,问这话的应该是我们。可是你问了,我就不得不回答。昨晚听我们的几个放牧员说,这儿有一户新来的人家,他们有不少牲畜。今天我们专门为此事而来。这个地方是我们部落长的夏季放牧点。以前为草场的事情发生过多起纠纷,造成了很多人员伤亡。今天我们遵照部落长的旨意过来,连针头大的兵器也没有带。你们最好搬到其他地方去,不然的话……"他有意识地没有说出后面的话,让其领会弦外之音。

知道这地方归部落长所有,旺钦就毕恭毕敬地说:"我们这些外乡的流浪者凑巧到了这个地方,并不是为了与部落长比高低,故意待在这里的……"

那个眼睛充血的人打断旺钦的话道:"正因为你不了解情况,才特地过来告诉你叫你搬走的,要不然……哼!"一见此人说完话,发出粗重的鼻息声,说话时还趾高气扬地走来走去,旺钦愤愤然,恨不得扑到他身上,跟他来个你死我活的决斗。可是现在不能不控制自己的情绪,于是,他勉强堆出一脸难看的微笑,向那人致敬道:"我们投靠你们部落行不行?"

"你这是发自内心的话吗?"那个戴破旧礼帽的人用鞭子把帽子往脑门儿上推一推,"如果是发自内心的话,有什么不可以的呢?"

"您几位到里面坐坐吧。"旺钦说完,紧接着喊了声,"你们俩出来吧。"

尼夏和占堆分别把帐门两边掀开。

"啊呀,不止一个人啊。"

"对不起,我们以为你们是土匪……"

"我们不进去。"那个高个子说着伸长脖子,朝里面看一眼,"还有一个女人哪。如果你说的是实话,我们可以跟部落长说说。"说着跳到马背上,转过身,准备离开。

"你真想投靠我们部落的话,明天过来吧。"他说完,用鞭子抽一下马,走了。

走了一段路程后,戴礼帽那个人把马掉转过来,大声喊道:"明天一定要来,直接翻这座山来吧。"

第二天,天空将朝阳撒向四方山顶之际,旺钦带上两张狐狸皮,尼夏带一张猞猁皮,抄昨天三个骑士过来的路,直奔那个部落而去。

爬上山顶后,他俩坐在一块磐石上歇脚。对面一个朝北的小地方的沟头、沟口和中间分别住着三户人家。从远处眺望,中间那户人家,也就是居于沟头、沟口之间的那户人家的帐篷和畜圈比其他两户的大。看样子有可能是部落长家。他俩见丘陵地带有一个老羊倌，便到他跟前，打探那户人家的情况。

那位老羊倌无疑是个如同绵羊父亲似的优秀羊倌。他那头齐腰的头发变成了天然的长发，比牦牛的粗毛还蓬松、纷杂。那双隐藏在用岁月之笔镌刻的弯弯曲曲的皱纹中的眼睛，比裂缝大一点点，要是不仔细找，很难找得到。他的嘴里没有一颗有用的牙齿。一颗牙根泛黄的门牙已然松动，行将脱落。这仅能表明他年轻时和别人一样也长过牙齿。

他俩趁休息之机，坐在老人身旁问："大爷，哪户是你们部落长的家？是不是中间那户？"

老人极力睁开比裂缝大不了多少的眼睛，眨巴着，看着他俩问道："你们俩……是住在我们的夏季牧场吗？"

"是的。我们俩要去见部落长。"

"头人今天一大早就在家等候你们俩。头人家就是中间那户。"

当他俩恭恭敬敬地走到部落长家附近时，几个奴仆从家里出来，抓住看家狗的脖颈，把它拦住。昨天跟另外两个人一起来找过他们的那个两腮留着乱蓬蓬的胡子，眼睛充血的人出来迎接他俩。

他俩赶紧将盘绕于头顶的发辫解下，把右手袖子搭到肩膀上，弯下腰，吐出舌头。

那个人傲慢地说:"哦,你们两个来啦?"他不正眼看人,而是望着远处,背起双手道,"我们的赞拉部落长是个把半个天空披在身上,把半个大地垫在身下的人,哪还用得着担心容不下你们这样只有一顶野牦牛鼻孔大点儿的帐篷的四个骷髅似的人。不过……"他停下来,捋捋胡子,看着狐狸皮和猞猁皮,假装在考虑什么问题。

这个人的言谈举止让人很难接受。尽管旺钦和尼夏胸中燃烧起愤怒的火焰,可现在有求于人家,如果不暂时来个"走比猫儿轻,坐比兔子直"(小心谨慎),就会吃亏。想到这里,他俩就把没有说完的话咽了下去。

"你们有几支枪?哦,除了昨天那支,还有吗?"

"没有。"

"真的没有吗?"

"真的没有。"

"你说的一定不是假话。"

"我说的是实话。我们除了那支枪……"

"嗯。行了,行了。你们有一支枪。要帮我们部落——不,要帮一下我们的头人。你要是答应了,就可以加入我们部落;如果不答应……"他收住余下的话,做了个要跟他到别处的手势。

旺钦问道:"要帮什么忙?"

"我们的部落与枳德龙吉部落之间,有着从祖辈上留下来的辩不完的宿仇，讲不完的官司和纠纷。"他用食指做起扣动扳机的动作，紧紧地盯着旺钦。

旺钦心里有些疑惑，忖道：头人为什么不露面？刚才那位老羊倌说，头人一大早就在等候我们，可为什么还不出来？他把搭在肩上的狐狸皮拿下来，要求道："请先让我们见一下头人。"

那人说："你如实回答我的问题吧，然后再慢慢谈。"

那人说的意思旺钦全听明白了，可他却装作没有听懂："你说什么？你不说清楚，我不知道该怎么回答。"

"是，是，我说，我们部落……"

这时一个二十出头、中等个儿、身穿一件半新的羊羔皮袍子、脚蹬半旧的蒙古靴的小伙子从帐篷里出来，"哈呼呼"地干咳两声，把一点儿唾沫和鼻涕甩到地上，打断那人的话道："叔叔，叔叔，达娃叔叔，不要这么磨蹭。"他又看着旺钦和尼夏说，"老实说，我这个部落是个弱小的部落，被别人称作'老太太部落'。我们好几代人受到别人的欺侮。嗯，直说了吧。只要你们俩肯帮个忙，这辈子你们俩当头人，我当佣人也不后悔。"

旺钦和尼夏马上鞠躬道："哪能这么讲啊！"他俩用双手把狐狸皮和猞猁皮献给他，"尊敬的头人，俗话说，'花儿虽小，能饰瓶口'（语近千里送鹅毛，礼轻人义重）。礼物虽小，能表心意。"

部落长摸一下狐狸皮的毛说："不要再磨蹭了。你们俩到底能不能帮忙,给句痛快话。"

旺钦稍稍想了想道:"头人,那您可以把事情的前因后果完整地告诉我俩吗?不然……"说着说着停下来,又一次吐起舌头,挠起腮帮子。

"是,是,是。俗话说,'直言能明理,天亮好走路'。我可以把原因简单地给你们讲一下。"他们坐在帐篷左边的草地上聊了起来,"我们绒巴德萨是个安分守己、软弱无力的部落。别的部落给我们送了个绰号,叫作'老太太部落'。不管在草场、饮水还是牲畜容易混杂的分界线等哪方面发生官司、纠纷,我们总是吃亏。他们是臭名远扬、放荡不羁的八兄弟,人称龙吉部落'无敌八兄弟'。他们在草原上任意放牧,随意让牲畜吃草饮水,欺负他人。可是没有一个人敢说他们。人们除了背地里骂他们几句外,也就没有别的法子。"说完,一段令人心惊胆战的往事涌上心头:

一次,部落长拉杰以空前的勇气说:"哼,他们胆敢为他人的财产而死,我就没有什么不敢为自己的财产而死的。"他一拳砸在桌子上,腾的一下从坐垫上站起来,要往外冲,被多尔白拦住:"你现在别去,放松一下心情。我先去好好谈谈。要是谈得不成功,结果只能是我们人多尸体多,他们人少尸体也少。"他就这样直接去找"无敌八兄弟",在离帐篷不远的地方"喂、喂"地喊了几次,但是"无敌八兄弟"装作没有听到,而且看见了,却装作没有看见，不理不睬。对此，多尔白气愤不已："你们不要太霸道。这里是部落长拉杰家的草场，说大不大，说小也不小。吃的若是粗草，要以黄金论价偿还；吃的若是细草，要以白银论价偿还；饮了水，要用奶偿还。"他大喊着，在头顶挥动起古朵，把"无敌八兄弟"的牦牛从草场上赶了出去。

"无敌八兄弟"一个接一个从帐篷里出来，有的重新把辫子绾起来；有的撸起袖子，耸耸肩膀，朝他走来。

"无敌八兄弟"的老大阿塔摸着腰刀的刀柄，唾沫四溅道："哼！你这个狂妄之徒，可能还没有遇到过真正的汉子。什么蓝色天空是我的衣服、他的衣服，我不懂；什么狭窄的土地是我的坐垫、他的坐垫，我也不懂；什么粗草、细草要偿还，我可以用寒光闪闪的刀子偿还。"

多尔白被激怒了："哼！天包不住的片状石山，桥梁压不住的潺潺流水，你们如此耀武扬威、肆意横行，这对老汉我可行不通。你们不惜为别人的领地丢掉小命，我就没有什么不敢为自己的领地舍弃性命的。"他一挥拳，把阿塔撂倒在地。其他人把刀子从刀鞘里拔出："老人想死的话，我们可不懂得慈悲。要是还不老实，会让你从今往后再也看不到阳光。"说着在他眼前晃了晃腰刀。

"我们绒巴德萨部落和你们龙吉部落自古以来男来女往（通婚），使得多半男人成了对方的父亲和叔叔，多半女人成了对方的母亲和姨妈。可打你们'无敌八兄弟'从屎尿堆里长大成人后，我们就没有断过官司和纠纷。"多尔白胡乱地挥起拳头。

"无敌八兄弟"用刀背打多尔白，说："杀死一个像老山羊一样的老头儿，太臭。你现在要是老实了，还不算晚。"他们揪着多尔白下巴上的山羊胡子来回扯。

见下面发生骚乱，部落长拉杰手持刀矛，带上自己的儿子和几个佣人冲了过去。

这天赞拉出门打猎，不在家。

"无敌八兄弟"见很多手持武器的人冲过来，便将箭和矛举至头顶喊叫道："来呀，来呀。我们要把你们剿灭得连灰烬也不剩，你们就来吧。我们八个兄弟是靠胆量和勇气长大的。不把你们这伙拉稀的打个落花流水，就别叫我们的名字。"说着就冲过去，贵塔向拉杰砍过去。拉杰挡住刀口："你敢为别人的领地送死，我就没有什么不敢为自己的领地而死的。"说着向对方砍了一刀。贵塔把刀口使劲一挡说："你今天想为一两根草送死的话，给你一刀。"他砍了一刀。刀口被拉杰用力挡开了。

多尔白任意挥动起长矛，把赞塔和拉塔弄得束手无策、东躲西藏。他趁机从刀鞘里拔出吃肉用的胁刀，躲闪着从背后狠劲捅了贵塔一刀。贵塔摇摇晃晃地用腰刀支起身子，把脸转向多尔白，咬咬下嘴唇骂道："呸！呸！懦夫！胆小鬼！你个……不敢面……面对……面地……打，使阴的……捅……捅暗刀的……呸！呸！"咒完就"啊——啊——"地吐着血，像树木一般慢慢倒下，前往异域。可是他的双眼燃烧起愤怒的火焰，盯着多尔白看。

多尔白这一辈子从来没有像今天这样参加过如此激烈的械斗。他一时愣怔着，手里的刀子掉到地上，刀尖扎进地里，直立着，俨然为刚刚死去的贵塔立的墓碑。

不知是为多尔白帮自己一把表示谢意，还是对多尔白从背后捅死人的卑劣行为感到气愤，拉杰像是失去知觉似的直愣愣地盯着多尔白。

过了片刻，两人都像是苏醒过来，深深地吸口气，相互对视。这时他们才注意到双方械斗时，兵刃发出的"恰恰"的声响，闻到了伤口流出的鲜血的腥味儿，听见了伤员的呻吟声。

"叽嘿嘿！""无敌八兄弟"中最小的晋塔吼叫着朝拉杰冲过去，砍了一刀。拉杰急忙准备砍对方，但没能挡住对方的刀口，肩膀上挨了一刀，左手臂从肩膀根部被砍断，悬在半空，只剩下一小片皮子连着。拉杰随即给晋塔一刀，把他的肠子捅了出来。

多尔白见部落长的一只手臂被敌人砍下，气不打一处来，赤手空拳地冲向晋塔。晋塔用左手把肠子兜进衣襟里，把脸转过去，说声"给你，懦夫"，推一下多尔白的肩膀，跌跌撞撞地走了两三步后，左手变得没有力气，衣服下摆从手上脱落，肠子从肚子洞开的伤口掉落到地上。他又走了几步，最终仰面倒地，死了。

至此,"无敌八兄弟"中的四个命归西天,两个受重伤,两个毫发未损;绒巴德萨的三个人丧生,部落长等四个人受了重伤。

晚上,部落长的儿子,即现在的赞拉跟几个同龄的伙伴骑着骏马,笑呵呵地回家。出乎意料的是,很多尸体抛在那片草地上,无人照管。令人毛骨悚然的哭喊声传向四方。他的父亲拉杰的左臂被人砍断,鲜血流淌着。部落里尚能喘息的人们以最佳方式,或给他喝用水泡好的圣物,或给他吃糌粑糊糊(用茶把糌粑冲成糊状)。

"阿爸!"赞拉惊呼着跑到父亲跟前。

"儿……儿……儿子。"父亲把右手伸给他,断断续续地说完这么一句不完整的话,便进入了昏厥状态。顿时,女人和儿童的哭泣声响成一片。上了年纪的人往他的嘴里灌凉水,用手指头掐人中,用尽各种办法施救,这才使他醒过来,打出要喝水的手势,"水……水……"赞拉给他喝了一碗凉水,喝完水,拉杰瞪大眼睛,长出一口气,"儿……儿子,赞拉……你要像养育儿女一样,经营这个部落……为了我……不……为了……我和今天死伤的……所有乡亲们……报仇……要是不把'无敌八兄弟'(事实上只剩三个兄弟)消灭掉……你就不配做男人……必须要报仇……你在……在我微弱的气息……断绝前……

你……你答不答应？要是不答应……我死后埋在地下……也不能瞑目……你答不答应？"

他把右手伸向儿子赞拉。

赞拉咬住下嘴唇，揩干眼泪，说："阿爸，我答应……此仇不报，我就不是你的儿子。"说完，他便握住了父亲的手。

拉杰也长长地出口气道："你用活人的热手，握住我这死人的凉手……答应报仇的事儿，在场所有人都听到了。这下我可以放心了。"他的嘴角堆出一丝笑意，向在场的人扫一眼，便到另一个世界去了。

次日，一个周游列国的瑜伽师来到此地，超度所有在此次械斗中丧命的人，并将他们妥善入葬。

讲到这里，赞拉部落长将头埋得像果树的枝条一般低，用手支起额头，如同头痛欲裂的病人一样，一时说不出话来。

过了一会儿，他叹口气，抬起头，望着天空道："就是这么个原因。"

尼夏缄默不语，手里拿着一根草，在地上胡乱地画来画去。

旺钦沉思良久：我与"无敌八兄弟"之间连针尖大点儿的纠纷也没有，我不该无缘无故地伤害人家。但是如果不答应这个要求，就很难找到比这个更好的可以投靠的部落。没有可依靠的地方，老是过这种流浪生活也太难了。如果答应这个要求，又该找什么样的借口跟人家打呢？如果自己不幸死在"无敌八兄弟"刀下……

想到这里,他打了个哆嗦,手中的鼻烟壶也险些掉到地上。

昨天那个脸色如肝的小伙子和戴破旧礼帽的人端来茶与碗,给他俩倒了茶。

部落长介绍说:"这是个很有用的仆人,叫查巴赤松。这个高个子是我刚刚给你们讲过的多尔白……唵嘛呢叭咪吽……的儿子顿珠。"

那两个人看着旺钦和尼夏笑了笑。

旺钦问:"那么,昨天的另一个人是谁?"

部落长答道:"有很多胡子的是我的叔叔。他家在龙吉。"

部落长看着旺钦,一脸严肃地说:"哦,正好。'无敌八兄弟'只剩下三个了。鲁塔伤势严重,没过多久就死了。现在只有阿塔、珠塔和曲塔三个人。他们不像过去那么野蛮残暴。但这件事是先父的临终遗嘱。这事要是办不成,就等于背弃誓约。毕竟我这个活人的热手握过先父的凉手。"

旺钦心想,自己有别人所没有的武器——权子枪,不可能对付不了"无敌八兄弟",绝对不可能。于是他毅然决然地表示道:"部落长,俗话说,'或者倏然一面就认识,或者相处三日才相知'。老汉我一眼就看得出您是个说话算数的好汉。为我的未来着想,答应您的要求。"

赞拉部落长说:"按理说,我不是个好斗之人。可是我握着先父的手,答应了这个要求。你有别人所没有的武器,我就把希望寄托给你了。你答应了我的请求,今后要是做了违背你愿望的事情,就不要喊我赞拉的名字。"

从此以后,旺钦、占堆、尼夏、沃玛吉以及双胞胎孩子正式成为绒巴德萨部落的成员,开始了新的生活。

下　卷

第二年，按照赞拉部落长和顿珠出的主意，决定把顿珠的妹妹扎西央恰嫁给旺钦的儿子占堆。

降伏"无敌八兄弟"，事实上不单单是为赞拉部落长的已故父亲报仇雪恨。几年前，顿珠和扎西央恰的父亲，即拉姆老太太的丈夫多尔白也在那起重大事件中丧命。虽然多尔白在临死前没有留下有关报仇的遗嘱，但是从那天起，顿珠心里一直在想，此仇不报，作为他的儿子，我就失去了降生到人世间的价值，非但不能报答父亲的恩情，还跟吃父亲的肉没有什么区别。其次，一来旺钦家需要娶个媳妇；二来，扎西央恰也要找一个跟自己相配的丈夫。再者，旺钦答应帮自己报仇，而且势必对死者家眷赞拉和顿珠等人更加忠心耿耿。基于这几点，他决定以两个孩子结亲为纽带，与旺钦家建立更牢固的关系。

这个决策并非没有根基。尽管不是帐篷绳相连的邻居，但同属一个部落，同住一个地方，共饮一河水，相互用眼睛看得到，用耳朵听得见。经过近半年的接触，占堆和扎西央恰之间眉来眼去，互生情愫，他们的神情充满年轻人特有的浪漫情调和幻想色彩。这一点已然被大家发觉并成了谈论的话题。

这件事情也合旺钦的心意。他们没有选择良辰吉日，也没有举行婚礼，而是以朴实无华的形式，在雨过天晴、彩虹映现的一天下午，把扎西央恰接到自己家。

部落长给小两口一顶小帐篷、三十只山羊和绵羊，用旺钦和尼夏曾作为礼品敬献给他的狐狸皮和猞猁皮，分别给占堆和扎西央恰做了帽子，代为随礼。顿珠及其母亲拉姆把三头牦牛作为嫁妆，送给了这对新人。

打那天起，旺钦、尼夏和顿珠三家把牲畜合并为一群，由各家轮流放牧，每三天轮换一次。

秋季到来，大地脱去绿色衣裳，换上了金色的衣裳。天空湛蓝如镜。一团团轻轻飘动的云彩宛如刚挤的母牦牛奶。

绒巴德萨部落的赞拉部落长、旺钦、尼夏和顿珠等几户上等人家搬迁到沟口，度过晚秋。

与往年不同的是，赞拉部落长今年特地搬迁至沟口草场的主要原因在于，这里离龙吉较近，好把多年的眼翳、心里的疖子——阿塔、曲塔、珠塔从美好的人间撵到阴间。然而，这个计划只是在他心里酝酿着，目前还没有对任何人透露过。所以，旺钦自然不知道。

阿塔、曲塔、珠塔三个人在旺钦心里也变成了没有冤仇的疖子。旺钦忖道,不论是父亲留下的贵重财宝,还是母亲积攒的财产,自己跟阿塔三兄弟从来没有过哪怕是针头线脑大的利益纷争,但是当初在投靠绒巴德萨部落长的时候,向他承诺过,现在要是不履行诺言,那就是言而无信,是卑劣的行为。

那天旺钦坐在帐篷门口,把一长条湿皮子压在膝盖下,准备换靴底。部落长把两只衣袖都脱掉,穿一件难以辨识本色的双面绒布衬衫,坐在旺钦对面,从怀里掏出箍着汉银、镶有松耳石和珊瑚等宝石的印度公黄牛犄角鼻烟壶,欣赏片刻后递给了旺钦。

旺钦立马停下手中的活儿,把手上的灰尘擦在衣角上,像接受举世无双的宝瓶一般,用双手客客气气地把鼻烟壶接过来,欣赏着说:"啊呀,真稀罕。我头一次见到这么漂亮的鼻烟壶。"他客客气气地往左手大拇指指甲盖上倒一点儿鼻烟,吸进鼻子里,"啊"地叫出声来,一副惬意的神情。旺钦的鼻烟断顿已经很长时间了,所以才觉得今天吸到的鼻烟格外香。他把鼻子擤干净,往大拇指指甲盖上倒些鼻烟(这回倒得比刚才多),恭恭敬敬地把鼻烟壶还给部落长。

部落长说:"这个鼻烟壶送给你。"

"不,不。你以慈悲为怀,把我们这些流浪者接纳到您的部落,您的恩情我没法儿报答。如果我还毫不客气地收下您珍贵的鼻烟壶,那不行啊!"旺钦一紧张,倒满指甲盖的鼻烟撒了一些。

部落长说:"你可别这么说。你不是答应过帮我的忙嘛!"

"是的。我答应了。我这个人答应的事情一定会办的。可我不敢接受这么珍贵的鼻烟壶。"旺钦往部落长跟前靠了靠,把鼻烟壶放在他的怀里问,"部落长,'无敌八兄弟'如今还那么嚣张吗?"

"把他们的那几个兄弟杀掉后,他们就彻底抬不起头了。不过,就算他们变身为遍知三时①的上师,我也要完成老父亲临终留下的遗言。不然,我枉为男儿身,白来人世间了。"部落长说着,把鼻烟壶扔到了旺钦怀里。

"这么珍贵的鼻烟壶,我不敢收。"

"别这么说。"

"真的不敢收。"

"别这么说。你断鼻烟已经很长时间了。"

一开始把鼻烟壶递过来又还回去的时候,好像在传递什么无价之宝;可现在,他俩却把这个鼻烟壶扔来扔去的,好像它是一个根本不值钱的普通东西。最终旺钦拗不过部落长,只好接受这个珍贵的鼻烟壶。

---

① 遍知三时:知过去、现在和未来者。佛的别名。

部落长并没有要求旺钦马上就帮他报仇。旺钦也不愿与跟自己没有任何过节的那三个人打斗。为了拖延时间，他对部落长说："部落长，过几天我想回一趟老家。因为您的恩情，像我这样居无定所的流浪汉，现如今得以在融酥般①的大部落里，在上师般的您的治下生活，这无疑是前世修来的福分。我想回趟老家，看望一下太阳似的妻子，也想顺便去看看我们部落里一些如同亲戚般的乡亲是否还健在。"

部落长问道："如果你的妻子身体好的话，你准备把她带过来吗？"

旺钦双眼微闭，上牙紧紧咬住下嘴唇思量着，之后扬起头，长长地呼出一口气，随即把刚才高高扬起的头弯成弓一般说："本来可以想办法把妻子带过来。不过，这次我主要是想打听一下她的健康状况，并不打算跟她见面。要是被赞贵喀消发现了，以后就没法儿报仇了，他会变得更加警觉。我的命也很难保住。我们部落的所有枪支，现在都在他们部落人手上。我一个人哪对付得了他们哟！"他说着，掉下了两滴眼泪。

男人的眼泪贵如金。旺钦说着，两滴草原的晨露般清澈的泪水，宛然从险峻的山上滚落的石头，从他的眼睛里流出来，沿左右两边颧骨向下滑落。看到这一情景，部落长心里也感到

---

① 融酥般：形容安定、和谐。译者注。

一阵悲凉,长长地叹了一口气。他不敢再看旺钦,把脸转向别处:"'世界如针尖,永无安宁日。'这句话说得多么有道理啊。"他不禁说出了一句不知出自哪位先贤之口,内涵极为深刻而又非常凝练的格言一般的话。

去年部落长初次见到旺钦时,旺钦给他的印象是,身材魁梧,面色紫青而又粗糙,眼睛微红而炯炯有神,还真像个不怕草原的风暴,不屈服于仇敌,手一抬,便可吓倒懦弱者的英雄。可是,今天出现在他面前的旺钦却恰恰相反,头发蓬乱如牦牛尾巴。脸色灰白而又发青,双目无神,左右颧骨上清晰的泪痕,成为极其卑微寒酸的标志。一团疑云在他的心头飘过:面前这个看似打一生下来就一直游荡于部落之外的老乞丐一样的人能不能帮我?可当他看到他胸脯宽大,肌肉暴突,手掌又大又厚,手指头又粗又糙,与其容貌形成强烈的反差,当他成为长期存在于自己大脑中的英雄形象后,就觉得有了这么一位骁勇的伙伴,不要说"无敌八兄弟",就是三界发生战争,人间变成血海,也无须惧怕。

部落长问:"你准备带谁?是占堆吗?"

旺钦答道:"谁都不准备带。"

"朋友,"部落长拍拍旺钦的肩膀,"带个伙伴不好吗?有个说法,叫作'远行时要么有好吃的食物,要么有好听的话语'。有个伙伴,就好打发时间。"

部落长第一次称旺钦为"朋友"。旺钦想,这个人真把我当成自己人,给予关照。他回答说:"您放心。我回老家了解一下妻子的身体状况就回来。这次要是了解到一些情况,下次报仇时也好制订计划。所以我一个人去,不准备带帮忙的。"

部落长站起来返回自己的家,在路上碰见了顿珠。

顿珠问:"你是不是到旺钦家去了?"

部落长答道:"是的。这回我差一点儿把找'无敌八兄弟'的事儿跟他说了,但是……"

顿珠接过部落长的话茬儿,着急地问道:"什么?是不是他不答应?"

"不是。他这次准备回一趟老家,所以我就没跟他提这事儿。他会答应的。我们不但接受他们加入我们部落,而且还把你的妹妹扎西央恰许给了他儿子占堆。所以,他不会变卦。再说,这人是这个。"他竖起右手大拇指给顿珠瞧一下,继续道,"如果我们提出现在就要和'无敌八兄弟'搏斗报仇,旺钦会答应的。可是我自己还没有一个周详的计划,就这么跟旺钦说,你去把他们杀掉,只能说明我们软弱无能。他有好武器。看报仇时带哪个帮手,主要还是由我们两个来打。先父把遗言留给了我,而不是旺钦。死于刀下的是我们的父亲,不是旺钦的父亲。从旺钦的角度讲,他们之间没有任何纷争。所以我们必须制订一个策略,找个借口。如果能够如愿以偿,带旺钦做伙伴,不管是死是活，得由我们两个冲在前面，跟他们血战。如果仅靠旺钦一个人的力量，即使把'无敌八兄弟'杀掉了，也不能算是我们为先父报了仇，别人也会嘲笑我们的。"

他说的与顿珠的想法十分吻合，顿珠说："是这么个理儿，我也是这样想的。"

旺钦开始煮肉，袋子里装上糌粑，把权子枪察仁南嘉里里外外都揩干净，做起准备："明天、后天、大后天都是良辰吉日，我得出发了。"

顿珠、占堆、扎西央恰、尼夏、拉姆老太太等劝旺钦多带些伙伴，很多小伙子也自告奋勇，纷纷表示要当他的助手。可是，他不听他们的话，于第三天太阳升起之时，反复向亲人和邻里行贴面礼，跟他们道别，骑上枣骝马，背上权子枪察仁南嘉，启程了。人们站在门口，再三为旺钦祈祷一路平安、心想事成，目送他走远。

在走出沟口时，旺钦拉住缰绳，把马掉转过来，回头一看，发现很多人还站在门口目送自己。他也祈祷部落里的人畜都免遭灾害。

走出沟口，下了马，眺望遥远的南方，透过远处的群山和雾霭，一些雪峰走进眼帘。然而，在这些雪峰中，没有一座像是自己家乡的雪峰。心想，反正得一直朝南走几天。他骑上马，挥动鞭子赶路。

一个人踽踽独行于广袤的荒原,是一件令人非常沮丧的事情。说话的对象也好,陪伴的朋友也罢,都没有,他只有屁股下面的这匹畜生。为了排解沉闷的心绪,他扯开嗓子,唱起了一支小曲:

东方洁白的云朵,
若是善跑的马儿,
汉与藏之间路程,
一天之内能走完。
……

"哦——咻咻。"一个如虎的小伙子赶着牦牛,从他前面的一个小山嘴附近的草滩上过来。

他在这片草滩的溪流边碰见了那个小伙子。小伙子猜想,这个背着系有红色翼旗的枪的独行骑士会是什么人?他停下脚步看着旺钦。

旺钦下了马,向小伙子打招呼:"呀,小伙子,放牧好[①]!"

那个小伙子没有回应,而是盯着他看。小伙子个头儿高大,

---

[①] 放牧好:意同你好。译者注。

眼睛泛红，右腮有一个三指宽的伤疤。旺钦知道这儿是龙吉部落的地盘。他猜这个小伙子有可能是"无敌八兄弟"中的一个，便问道："你叫什么名字？"

小伙子反问道："你叫什么名字？"

旺钦把藏式枪拿过来："哈哈！想知道我的名字？我叫山头独行匪。"

小伙子后退一步问："你想干什么？你为什么无缘无故地欺负我一个放牧的？我不是那种愿意拼出命来打斗的人。因为太喜欢打斗，曾经吃过大亏。"他后退着，生怕牦牛被抢，便朝牛群看了看。

旺钦往前迈一步，大声说："我把我的名字告诉你了。你的名字呢？"

"我的……我的……名字……叫珠塔。恰本啦①……"他继续后退着。

旺钦灵巧地点燃导火索，一步步逼近珠塔，恐吓道："喂，珠塔，今天你会死在我的枪下。"

"别这样，恰……恰本……我们八个兄弟现在只剩下三个了……"珠塔说着，两腿在打颤。

旺钦又一次吓唬他道："要不你舔一下我的枪口。不然的话，

---

① 恰本啦：尊敬的匪首之意。

我就杀死你。"

珠塔感到从未有过的恐惧,心想,今天我很背运,活见鬼了,与其把命丢掉,还不如舔枪口。他走近旺钦,把枪口舔了三下。

"哈哈哈!"旺钦大笑一声,背上枪,用鞭子抽着马,像鸟儿似的飞驰而去。珠塔仍然吐着舌头,呆立着,竟然分不清这是真实的事情还是梦幻。

太阳西沉,西方天地连接处的白云变成了金黄色的绸缎。

山鸟张开翅膀飞翔着,有的向下俯冲,有的向天空飞去。此时的大地给旺钦这种久经流浪生活的考验,心里早已没有恐惧这一概念的人以沉闷、凄凉的感觉。

来到一块有着纯净的泉水的圆形草滩上,他卸下马鞍,捡来牛粪,烧起茶,稍事休息,待东方升起明亮的月亮,便又套上马鞍,朝前走。

天气渐冷,刮起北风,红色翼旗猎猎飘扬,他感觉到两腮和耳朵冷冰冰的。大地铺满皎洁的月光。绵绵群山犹如野兽的獠牙,参差不齐,高低分明。天空中聚集起一簇又一簇星群,越聚越多,熠熠闪光;十五的月亮也拔高了一些,仿佛在陪伴这个没有勇士陪伴的英雄,显得比往常更圆更亮。

一团乌云遮住月亮的尊容,世界骤然陷入黑暗,连眼前的五根手指头都看不见,使得旺钦想起了一段令人心惊肉跳的往事。

赞贵喀消离开家乡两个月多后的一天夜里，人们已经进入梦乡，四周寂静、安宁。偶尔听得到一些老人的呼噜声。有时听得到猫头鹰几声沉闷的叫声。忽然传来一阵狗吠声、惊悚的枪声和人的呐喊声，惊得部落里的所有人都猛然醒来，披上衣服，摸黑找枪和火药。然而，在灯光和月光什么都没有的黑暗中，有的虽然找到了枪，可找不到火药，把糌粑袋和火药袋弄错，往枪膛里装糌粑；有的找到了火药，却找不到枪。出于紧张、惊慌，有人误把自己妻子的项链当子弹，装入枪里；有人把腰刀和箝弄错了，举着箝跑出门。

可怕的喊打喊杀的吼叫声和枪声一阵紧似一阵。在这个紧急关头，有孕妇受到巨大的惊吓，导致流产，狗吠声和孩子的哭声混杂在一起。正当旺钦手持刀枪，带上儿子占堆和妻子准备出门的时候，帐篷绳被人从外面砍断，帐篷随即塌了。眼见情况非常危急，旺钦用劲把儿子带出了门。可是央姆没能出来，她被帐篷压在下面。旺钦急忙转身去救妻子。在这个当儿，他感觉到有人用棍棒一类的东西对准他的脑袋敲了一下，弄得他的身体往右边一晃，那根棍棒样的东西又打在了他左脚边的地上，被打断的一端弹到空中，掉落下来，扎进他蓬乱的发间。这时有人从右边冲过来。旺钦立马从刀鞘里拔出腰刀，狠劲一捅，捅进对方的腹部。那人"啊"的一声倒在地上。占堆差一点儿被压在那人的尸体下面。

"旺钦……儿子…占……我……"央姆还没有喊完。旺钦听得出她是被人堵住嘴，强行带走了，心中燃烧起愤怒之火，高举着腰刀，向央姆的声音传来的方向冲过去，不料被帐篷绳桩子绊倒，来了个嘴啃泥。

三个人同时嚷道："旺钦这小子在哪儿？今天不能放过他。还有他的儿子。"

三个人中，有一个人说话吐字不清，声音也很细。旺钦十分清楚地知道那是赞贵喀消的声音。

旺钦想到现在人数悬殊，自己输定了，便拉起占堆的手，跑到帐篷南面的沟谷里，躲了起来。

"放过旺钦，就不是男人。"

"找不到。"

"不能放过。还有他的儿子。"

"找不到。"

……

在这个凄凉的夜晚，村子里奏响了由吆喝声、狗叫声、"啊呀、哎哟"的呻吟声、绵羊"咩咩"的叫声和牦牛"哞儿哞儿"的叫声构成的交响乐。

"小子们，抢劫要抢得有价值，杀人要赚得赎罪钱。我们是骏马套马鞍，权子枪装火药而来的，不能白来。"一个嗓音粗重的人说。

赞贵喀消用发音不准的声音说：“要把叫花子部落央秋扫荡个片甲不留。旺钦他好比'虱子翻山，不过领子内外'（语近'孙猴子翻不出如来佛的掌心'）。"听到这番话，旺钦压不住心中的怒火，忖道，他们敢为别人的钱财而死，只会是人多尸体多，我人少尸体也少。他高举着长刀，几次准备冲过去，但是细想之后，觉得人数悬殊，这个可恶的天也布满乌云，什么都看不见。如果落个鸡飞蛋打的结果，既救不了央姆，又把自己的性命搭进去，以后不要说报仇，就连央秋部落都会成为一个传说。

旺钦怒火中烧，两只手分别握紧刀子和枪，留心传出声音的方向，牙齿紧咬下嘴唇，渗出的血从转经筒上往下滴。连做梦都没有梦见过的恐怖，令占堆手脚直打哆嗦，上颚和舌头都发干。可他没有发出丝毫的哭声和哀号声，只是紧紧抓着旺钦的皮袍下摆，唯恐与自己的父亲分离。

那些土匪将导火索在头顶挥动着。导火索的火闪烁着红光，把绵羊和牦牛犊撵得"咩咩""哼哼"地直叫。旺钦气得忍无可忍，瞄准导火索火光闪烁的方向，摸黑放了一枪。随着"嗒"的一声枪响，一根导火索窜着红彤彤的火光坠落到地上。旺钦想，我把一个土匪送上通往另一个世界的路途了。

旺钦父子俩随即迅速移到另一处，躲了起来。

"旺钦这小子的尸体在那里。今天要是不把他的脑袋像切萝卜一样切开，把心脏像剁元根一样剁掉，我们就不是男人。

小子们快去。"随着一声喊叫,几个人朝旺钦父子俩走了过来。听到脚步声,他们俩便立马躲进了一条深谷。找他俩的土匪谈论着各种事情,四处走动。

一个人低声说:"为了别人的利益把自己的性命搭进去不值得。旺钦对自己的领地非常熟悉,躲哪儿都很容易。我们对别人的地盘不熟悉,危险太大,还是不找的好。"

另一个人附和道:"对,对。走,走。"说完,他们就走了。

其余人也跟着那两个人离开了。

月亮从布满乌云的天空中探出半个头来。月光下,土匪们赶着畜群朝西南方向走去的身影隐约可见。旺钦带着儿子,像离弦的箭一般,跑到土匪前面一条狭窄的乱石关隘左侧山上埋伏,等待土匪们的到来。

那些土匪也机灵,刚才一个人中弹身亡后,他们不再把点燃的导火索在头顶上挥甩,也不再大声说话。可是他们再聪明,也不可能知道旺钦父子俩在前面的乱石狭路上埋伏。

旺钦父子俩到这里没一会儿,土匪就赶着畜群,朝这条狭路走了过来。

"赞贵友,你得到这么漂亮的妻子,归功于我。你可不能忘了呀。"一个人说。

说话口吃而声音尖细的赞贵说:"要是不能把旺钦父子俩除掉,这个娘儿们是不会依了我的,我也就看不到幸福的太阳啊。"

那人说:"这个好办。他熟悉自己的地盘,即便现在躲起来,也等于是'虱子翻山,不过领子内外'。"

旺钦父子俩怒不可遏,将央姆和牲畜抛诸脑后,不顾一切地从山上往下扔礌石,弄得那些土匪喊叫着胡乱开枪,发出一声又一声哀号。

那群土匪慌乱地从乱石隘口逃走后,旺钦父子俩便夜宿在山上的岩林中。

晚上父子俩没能睡踏实。平时即使没有虎皮坐垫、豹子皮垫和软席等褥垫,也有牛羊皮褥垫,然而,今天晚上以冰凉的地为褥垫,枕着冰凉的石头躺下,连巴掌大的被褥都没有。无法消除的怒气和痛苦充斥着旺钦的心,占堆的心里充满恐惧,他们怎能睡得安稳呢?

第二天拂晓时分,旺钦从皮袍里探出头一看,发现几只乌鸦栖落在岩石上。有的"呱呱"地叫着,在石头上蹭着喙;有的扑打着翅膀朝他俩看。这进一步加剧了他俩心中的愤怒和恐惧。他俩猛然爬起来,系上腰带,跑到一块磐石后面,悄悄地朝乱石隘口望去。他们看见几头掉队的瘦弱牲口和一个昨晚被礌石砸伤的人。

直到天大亮,旺钦父子俩一直警觉地待在岩石丛中,远眺四方,迟迟没有下山。

又过了一会儿,他俩小跑着下山。走到隘口,追到了那个伤员。那个瘸子见旺钦手中的枪冒着蓝幽幽的烟,便望着旺钦父子俩,哀求道:"求求你,饶了我吧。"一副可怜的样子。

旺钦怀疑这有可能是置自己于死地的诱饵,便非常警觉地环视四周,把枪口对准那人,威胁道:"小子,你要是珍惜脆弱如马尾巴的性命,就不要耍滑头。不然,我就赏你一颗子弹。"

"我没有欺骗你。你不要杀我。"那个瘸子在求饶的同时,把跟前的枪扔给旺钦。旺钦依然警觉着。

"昨晚你从片状乱石山上扔下礌石,砸中了我的腿。他们撇下我不管。"说着把左腿膝盖处的肿块给旺钦看,手打着哆嗦,指着肿块道,"这里……石头砸到这里了……哎哟……哎哟……可能……可能被砸断了。"

占堆把那人的枪捡起来,看了一下。旺钦看见枪托断裂的痕迹,方才记起了昨晚一块木头碎片飞到空中,掉下来,扎进自己的发间。他把那块木头碎片从头上拿下来一看,还真是从这支枪上掉下来的。这使得他更加气愤:"恶魔,昨晚要不是你的枪没能打到我的头部,你是准备打死我呀!"旺钦怒目圆睁,狠狠地盯着他。

那人说:"是的。幸亏你……"

旺钦打断那个人的话道:"你们这些恶棍,为什么要把我们如同融酥一般平静的央秋搅得像血浆一样?"他把腰刀高高举起,向那人砍去。那人脸色变得煞白,竖起大拇指,颤声颤气地求饶:"不要……不要杀我……我……我……求求你。"

看到那副可怜相,旺钦不免动了恻隐之心,把高举的刀子放了下来,但依旧咬牙切齿地盯着他。

那人说:"我跟你说句心里话,信不信由你。"他强行把身子朝旺钦挪了挪,接着说,"昨天我为他们效劳,就差用舌头舔腚子了。昨晚又按照他们的指令,不惜丢掉性命,做了危害你们的事情。可是昨晚我的腿被礌石砸伤,走不动时,他们却无情地把我扔在这里了。我算是看透他们了,打心底里感到懊恼。要是从今往后我们两个能够成为盟友,对我们双方都有好处。"

旺钦仍然警觉地远眺四周,将那人旁边的土堆当作凳子坐下来:"你叫什么名字?赞贵喀消怎么有那么多人马和枪支呢?"

"我叫嘎洛。"那人说着掏出鼻烟壶,倒上一指甲盖鼻烟道,"赞贵喀消离开家乡十几天后,与不知来自何方的十六个土匪骑士相遇,弄得他很害怕。为了逃命,他假装为自己杀死很多人而忏悔,自言自语道:'我为在那曲河杀掉的三个人忏悔,为在夏曲河杀掉的四个人忏悔,为在石渠河杀掉的五个人忏悔。'他如此念念有词地走着,被土匪们听见了。他们走近后发现,原来是个可怕的豁唇,活像杀人凶手、魔鬼之子。于是,土匪们在马背上耳语道:'这人好像真的是妖孽之子。'这话被他听到后,便急中生智,随机应变,说自己是妖孽的儿子,叫作赞贵喀消,过去独来独往,如今仍然独来独往。诸如此类,他说了很多夸口的话，标榜自己具有与众不同的特殊本领。土匪们也认为他是个不同寻常的奇特之人，就把他一块儿带走了。从此，所有人马都免遭劫难，得以顺利地洗劫大大小小的部落。由此，土匪们十分敬重他，说带了妖怪的儿子，我们就胜利了。他进一步耍起威风，就领着那群土匪，把以旺钦为首的酸奶一般宁静的央秋部落搅成血浆一般。"

　　前面有一只兔子猛然站起来，朝另一个方向跑去。旺钦的坐骑一惊，让他失去了继续回忆可怕往事的机会。

　　这时，月亮高挂在天空中央，月光变得越发明亮，给了他以更加圆满的幻觉。

　　旺钦的两只脚蹬着铁质马镫。因太冷，感觉不到脚是自己身体的一部分。他在下马的时候，两只脚无法站稳，险些仰面摔倒。为了使身子暖和一些，他牵着马，走了大约八十米，人和马的身子都热乎乎的，变暖和了。他继续往前走一程，走到了一座高山脚下的草滩。这天夜里，他就住在那里了。

　　四野寂寥、宁谧，除了马铃声，阒无声息。然而，旺钦却怎么也睡不着觉。他蒙住头，想着法子进入睡眠状态，但即使闭上眼睛，也休想睡着。没有任何说话做伴的，他孤零零一个人，临近午夜时分也没能入睡，这可真是特别难熬的一段时间。此刻挂在马脖子上的铃铛的叮咚声非但不好听，还给人以厌烦的感觉。远离睡眠的他，被七七八八的思绪困扰着。

旺钦日以继夜地走了11天后，到达了熟悉的央秋地界，看到众山之首、皑皑雪山为冠的格宁伦吉孜莫傲然屹立，耸入云端，宛然鹤立鸡群。他驻足而立，俨然见到了阔别已久的父母，眼眶里噙满了泪水。他连忙摘下帽子，拿在手上，反复祈祷，一副肃然起敬的样子。

将近两年没有拜谒到救星辅佐者和护法疾驰者，今天又一次望见时，产生了一种幻觉，神山格宁伦吉孜莫比过去更为巍峨、壮观，白雪宝冠也比过去洁白、耀眼。他像个中风病人，呆呆地望着它，纹丝不动。

次日，一边在水草丰美的地方休息，一边慢慢赶路，最终在太阳落山，天还没擦黑的时候，来到一个片状乱石山谷，便在此住了下来，他把马鞍抱过来，倚着马鞍，仰躺着歇脚。

由于多日不分昼夜地赶路带来的疲劳和业已踏上家乡土地的畅快心情，促使他不知不觉进入了梦乡。

翌日，旺钦从睡梦中醒来时，太阳升上天空有一会儿了，而且牧人们已经把牛羊全都赶到了有草的地方。

他从片状乱石山谷慢慢走出来，眺望远处时，一个牧童背着比自己的个头儿还高的杈子枪，在不远处的一片草地上吹奏起悦耳的鹰笛。

欣赏由这个男孩的喜悦和草地上安逸的羊群构成的亮丽风

景，就会觉得这个牧童吹奏的鹰笛越发响亮、动听、神奇。这优美的笛声仿佛具有某种不可抗拒的吸引力，弄得他的脚步不再受意识的支配，移向吹奏鹰笛的牧童。

近了，那个牧童看见他，停止吹奏，歪着脑袋看他。

他走到那个牧童跟前说："呀，孩子，你会吹这么好听的笛子，干吗停下来？"

牧童揩拭着笛子，低埋着头，什么也不说，一副羞涩的样子。

旺钦把牧童手里的笛子拿过来，欣赏着问："这个鹰骨是从哪儿拣来的？"

牧童指着央秋方向答道："在那边拣的。"

旺钦远远地朝央秋望去。虽然能够清晰地看到其外部环境，却因太远，朦朦胧胧、模模糊糊的，看不清里面的景物。巨大的痛苦折磨着他。他想到，过去人羡己乐的央秋，现如今除了几处令人痛心的畜圈，什么也没有。这使得他心潮澎湃，禁不住长叹一口气，忆起了一件可怕的往事。

旺钦父子心头燃烧起悲苦、怨恨的火焰，警觉地眺望四周，迅速回到部落。他觉得自己的出生地、幸福美好的央秋，竟然变成了像地狱一般令三界感到悲哀，连阎王爷也会心生怜悯的地方：几顶帐篷所有绳子被刀子割断，倒在地上；有的帐篷绳子被割断，有的没有割断，致使帐篷似倒非倒地在风中摇摆。

高高竖立在每顶帐篷后面的旗杆倒在地上，经幡完全失去了猎猎飘动的活力。许多尸体横在随处可见的鲜血中。那些狗也被从未有过的痛楚折磨着。它们的尾巴垂落于膝弯处，在摇摇欲坠的破烂帐篷和横在各处的尸体间跑来跑去，驱赶急于吃尸体的乌鸦，仍然守护着已经去了异域的主人，有时蹲在地上，朝着天空轮番发出瘆人的吠叫声。

旺钦右手握着腰刀，朝自己的家走去。自家帐篷绳子全部被刀子割断后倒在地上。三条狗或将痛苦的脑袋放在向前伸展的前肢上，或仰天哀号着。

苍茫的天空布满乌云，将太阳的容颜藏了起来，仿佛在为央秋所遭受的浩劫表示极度悲痛。

不少秃鹫在央秋上空盘旋着。

旺钦痛苦、愤怒的炸弹终于爆炸了："啊，神山格宁伦吉孜莫，难道你的眼睛瞎了吗？我为什么没有救星和助手？要是不能掏掉赞贵喀消的心脏，就别喊我的名字。我一直以为从自己身边夺走爱妻的只有恶魔，没承想还有赞贵喀消。叽嘿嘿！"他的吼叫声回响在四周，有着撕裂天空的威力。他把刀杵在地上，用拳头砸着胸脯和跟前的地。

占堆是头一次看见尸体，出于恐惧和母亲落入敌手的悲痛，泪水浸湿面颊，轻声哭泣着。

旺钦把刀子插入刀鞘，揩干脸上的泪水，发出长长的怒吼声道:"儿子,我们俩暂时得逃走,不然就保不住性命。"说完,用两只大口袋装上糌粑、肉、茶和火药、铅弹。

"叽嘿嘿!"这时十几个骑士呐喊着,扬起灰尘,从乱石隘口附近跑了过来。旺钦说声"逃吧",后退着,将枪口对准那拨人,开了一枪。尽管灰尘大,什么也看不清,但是那拨骑士停止前进了。

他俩迅速逃走了。旺钦一边逃跑一边灵巧地往枪里装入火药。三条猎狗跟在他俩后面跑起来。

天上乌云变得越来越稠密,仅一碗茶的工夫,便纷纷扬扬地飘起了雪花。雪,愈下愈大,脚印刚一落下,便被积雪隐没。暴风雪中,不管往四面八方哪个方向走,能见度都只有十余步远。

"叽嘿嘿,叽嘿嘿!"从背后接连不断地传来追击、呐喊的声音。

旺钦把鹰笛交还给那个牧童问道:"笛子挺好。这是谁做的?"
牧童答道:"这是我阿爸做给我的。"
"你阿爸叫什么名字?"
"我阿爸叫嘎洛。"
旺钦了解到所有情况后,悄悄看了一眼这个孩子背着的那支枪的枪托,枪托断裂的痕迹依然清晰,便道:"孩子,把你的枪给我看一下。"

孩子把枪拿下来，递到旺钦手上。

旺钦指着枪托说："这么好的一把枪，枪托断了，好可惜。"

"这是我阿爸打他朋友的头时打在地上折断的。他的朋友用磴石把他的腿砸断了。"这个口齿伶俐的孩子把事情详详细细地讲给了旺钦。

旺钦假装惊讶道："啊啧，怎么会是这样一种朋友呢？你是不是把朋友和敌人搞错了？"

这个孩子把挂在鼻尖的鼻涕擦一下，说："没有搞错。一开始他们不是朋友，后来互相认识，成了朋友。最近我阿爸在等着他。"

"那么，这个朋友到哪儿去了？"旺钦问。

孩子说："听说他这个朋友逃到很远的地方了。有人说他已经死了。"

旺钦说："你阿爸经常等候的那个朋友是我。你可不要告诉别人哟。"

旺钦和牧童回到各自的地方。孤零零一个人，连个头天出生的孩子一般大的说话对象也没有，又没个活儿干，要想打发时间，着实太难。旺钦重新回到片状乱石山谷后，虽然没有喝早茶，但没有感觉到肚子饿，也不知道该干点儿什么，便仰面躺下，凝望天空。他望见一些零星的白云飘浮在蓝天上。倏忽间，一团云彩变成了人的形状；过了一会儿，又变成了猫和绵羊的形状；然后渐渐变成了雪山、大雁和巴掌等各种不同形状，自北向南游动。

今天上午从嘎洛的孩子嘴里得知那个叫嘎洛的人是个可靠、知耻的人。他希望太阳赶快落山，尽早与嘎洛相见，以便了解央姆的近况。

他百无聊赖地坐在片状乱石山岭深处，看着太阳隐退到西山后面。

太阳终于落山了。夕阳的余晖将四面的峰峦映照得宛然从融金里取出的笔尖。晚霞自西方天地连接处升上天空，俨然一幅举世无双的油画。

金黄的晚霞渐渐消逝，黑色的夜幕将人间打入黑暗的牢狱。麻雀归巢，云雀回窝，世界变得静谧、安宁。

旺钦看到半山腰闪动着火镰擦出的星星点点的火花，便赶紧从自己别在腰间的火镰里取出一颗状如肝脏的燧石，摩擦火镰，发出信号。双方都擦起火镰，传递着信号，靠近对方。

"旺钦友。"嘎洛像离群的羔羊找到自己的同伴一样，一瘸一拐地走了过来。

"嘎洛友。"旺钦也感到无限欣喜。他叫着对方的名字跑过去，两人紧紧拥抱在一起。之后，他们走下山，在乱石谷中生起火。嘎洛往红铜锅里放上一把茶叶。茶还没有熬开，一股茶香味就已经扑入旺钦长久没有喝到茶的鼻子。他抓起浮在上面的一片茶叶丢进嘴里。仅仅这么一嚼，顿时有了解渴的感觉。嘎洛还拿出糌粑油糕和煮肉给旺钦吃。

旺钦抓着嘎洛的手道："央姆还好吗？"一副悲伤的神情。

嘎洛答道："好，什么病也没有。不过，她为被迫与你们父子俩分离感到非常伤心。我多次趁她一个人在家的时候去看望她，安慰她说，我与旺钦是勾过手指的好朋友，你不久就能够从赞贵喀消手里挣脱出来。可她不怎么相信。"

嘎洛把一指甲盖鼻烟吸干净："旺钦友，依我看，这次你不要跟央姆见面，最好连你回来的消息也不要让她知道。"

旺钦说："当初我也没有打算跟她见面，可现在一琢磨，反而想见她。我打很远的地方来，不跟她见一下面不好吧？"

嘎洛说："我看，做到既不惊动鸡又能取蛋太重要了。你要想找赞贵报仇，这次不跟她见面的好。如果光是解救央姆，这事就很好办。据说明天赞贵要出远门。等他走后，夜间带她逃走就很容易。要是想找赞贵报仇，就像俗话说的那样，'白天莫多走，座座山头是眼睛；夜间莫多言，帐篷附近全是耳'。所以这回，朋友，你要好好考虑一下。"

旺钦仔细考虑后说："这次我就不带她走。要是不砍下赞贵喀消的脑袋，我就不配做男人。"

嘎洛说："那就好。央姆大姐太想你们父子俩。这次要是见到你，她就会想跟你一块儿走，不会为将来着想。所以连你回来的消息都不能让她知道。"

旺钦充分理解嘎洛说的那番话的含义,这次不能见央姆,也不能长时间待在这条片状乱石山谷中:"朋友,你说得完全正确。我明天就返回去。到了我正式报仇的时候,先悄悄地到朋友你这儿,谋划一下计策,拿下赞贵的首级和双手。"

第二天拂晓前,他就离开这里,再度踏上了北行之路。

我们这个故事的主要人物旺钦这次回了一趟家乡,得到了拜见自己日夜祈祷的救星辅佐者神山格宁伦吉孜莫的机会,还通过盟友嘎洛,了解到终生伴侣央姆平安的消息。于是,他在返回途中没有了任何忧郁和悲伤的情绪。

权子枪的翼旗和马尾巴迎风飘动着走过山顶时,旺钦下马,站在原地眺望。他看见了部落长家、尼夏家、顿珠家和自己家等搭着牦牛毛帐篷的游牧地。一种难以名状的悲伤袭上心头——他心里想到,从前家乡央秋有那么多别的地方所没有的枪支,而且户数并不少,却在一夜之间被消灭,弄得什么也没有了。啊喷,老话说'幸福无常如同草尖的露珠,随时都会消逝'。这句话说得多么在理啊。他走了几步,站在一块状如人体的岩石旁,想道,过去的央秋和现在的绒巴德萨相比,不论人和马还是武器,都有着天壤之别,无法相提并论。现如今央秋已然成了古老的传说。如果两三个土匪打到绒巴德萨,就难以对付。最好的武器只有我背着的这支权子枪。部落长还说要寻仇。哦,"无敌八兄弟"现在已经蔫儿了。他都用舌头舔过我的枪口。哪有比让人家舔枪口更侮辱人的事情?他忍不住笑出了声:"哈哈哈哈!"

他牵着马下坡。那些人家门口三三两两地站着一些人。他想,那些人中一定有我的儿子占堆。占堆绝对要询问他母亲的情况。我要是说这次我没有跟她见面,占堆不会相信。如果说我们见面了,那又该怎么说呢?他边考虑着各种问题边走着,很快就到了游牧地中心。在家的人知道是旺钦回来了。于是,占堆、尼夏和顿珠三个人跑出来迎接他。

他们挨个儿行贴面礼,相互问候。

"辛苦了!"

"不辛苦。你们都安好吧?"

"安好。"

……

占堆望着父亲,喉头有些哽咽:"阿爸,阿……阿妈还好吗?"

旺钦想,要是跟儿子说这次没有跟他母亲见面,他一定会非常担心,只能用善意的谎言搪塞,便说:"她一切都好,我们不用担心。"

占堆有些不相信:"阿爸,你见到阿妈了吗?"

旺钦严肃地说:"见到了。但得背着赞贵喀消偷偷见面,所以没来得及说太多话。你阿妈准备让我给你带一双漂亮的彩靴。可是怕赞贵喀消发现,我就没有带。我给她讲了有关给你娶了一个叫扎西央恰的好媳妇,我们很快能够团圆等事情。她听了很高兴。"

尼夏和顿珠除了刚见到旺钦时说的几句问候的话,直到现在连一句话也没有说,而且表情也很怪,与平时不一样。于是,旺钦看着尼夏问道:"你们都好吗?"

尼夏恍若逃离幻想的网罟,随即装出一副笑脸道:"啊……啊……我们都好。哈哈!"

旺钦的疑心进一步加重了,他停下脚步:"朋友,听你说话的语气,似乎遇到了什么不测。不管什么事情,瞒着不说,什么也办不成。究竟发生了什么?把实情告诉我呀。"

"辛苦了。"部落长也出来迎接旺钦,跟他行了个贴面礼。

部落长问候完旺钦,像把某件极其珍贵的物品给弄坏了的孩子,生怕父母怪罪似的埋下头,什么也不说。

看那些人的表情,一定是发生了什么不好的事情。那天我走的时候,欺负过珠塔,让他用舌头舔枪口,是不是他挑起什么事端了?啊,这不可能,他不认识我,没有必要制造事端。

他想着想着,到家门口了。

他卸下马鞍,走进家门。部落长也跟他一起走了进去。

旺钦家条件很差。他把一张牛犊皮坐垫铺在部落长屁股下面。

"到我家提一陶壶好茶来。"部落长派占堆到他家端茶。

过了一会儿，占堆端来一陶壶酥油茶。部落长亲自给旺钦倒一碗茶："喝吧。看到你回来了，特地打的，香得很。喝吧，喝吧。"

"好喝。"旺钦喝过一碗茶道，"看你们的表情，好像出了什么事情。到底怎么啦？"

"别急，你先好好吃饭。走了那么远的路，一定渴了。"部落长提起灶边油乎乎的陶壶，给旺钦倒了一碗茶。

这次部落长专门给我打了一壶好茶，而且还亲自给我这么个普通人倒茶，看这情形，肯定出事了。我曾答应替他除掉跟我没有任何过节的"无敌八兄弟"，承担杀人罪责。不知这次他又要让我干什么？啊啧。要是拒绝，就等于违抗头人的命令；应承吧，自己的命就算细如马尾毛，也得珍惜。尤其是要铲除"无敌八兄弟"这样的人，就等于无端地造下累累罪孽。奇怪，到底出什么事儿了呢？

吃完饭，旺钦习惯性地把嘴唇和鼻子揩干净，把手伸进怀兜里，掏出鼻烟壶，在脚尖上拍三下，往左手拇指指甲盖上倒鼻烟，用右手拇指和食指夹一撮鼻烟，举至右边鼻孔，却不吸进去，依旧思忖着，看着自己面前的部落长。

部落长给旺钦倒一碗茶，有些拘谨地说："前天晚上一群土匪把我们的牦牛全都抢走了。"他虽身为部落长，可事事都要靠别人，对此他感到愧疚，也就把脑袋垂了下来。

"你是说，把所有牲畜都抢走啦？"旺钦十分惊讶。

部落长像个犯了错的小孩儿，低声答道："是的。"

旺钦"嗞儿"的一声，把刚才举至鼻孔边的鼻烟吸进去问道："有多少土匪？"

"四个。"

"他们都有些什么武器？"

"有四支这样的枪。"部落长摸了一下旺钦的杈子枪。

"有马吗？"

"有，有四匹。"

这会儿旺钦和赞拉的地位好像发生了变化，旺钦成了部落长，赞拉倒成了百姓。旺钦继续问道："怎么过来的？怎么把牦牛赶走的？"

"怎么来的……我不太清楚……"赞拉部落长结结巴巴地说，"稍微等一下啊。"他离开旺钦家，回自己家了。

"怎么把牦牛赶走的？"旺钦问占堆。

占堆说："那天晚上差一点儿出大事了。"

那天，辽阔的天空明净如洗，连小鸟的翅膀大点儿的云朵也没有，群星熠熠闪光。月亮高高地拔出东山之巅。广袤无际的草原，如同洒上牦牛奶，到处白茫茫一片。四野寂寥、宁静、安详。尼夏家也和偏远的牧村一样，连羊粪蛋大点儿的油灯也没有。他们一家人依靠炉灶的火光,吃完土巴①后,沃玛吉给两个孩子喂奶,把他们喂得饱饱的,让他们躺在羊皮袍里睡觉。尼夏坐在炉灶北侧,借着炉灶的火光,在补一件破旧的皮袍。

沃玛吉坐在灶旁,她打着盹儿说:"睡觉。明天再打补丁吧。"

尼夏借着炉灶的火光,将一根白色绵羊毛线往针孔里穿:"嗯。稍稍等一下,补丁快打完了。要不你先睡吧。"

"那我就睡了。"她打了个哈欠,伸个懒腰,走出门,到外面撒尿去了。

在她解手的当儿,刮起一股清凉的风。这使得她的脑子变得清醒了。她环视四周,看见离旺钦家不远处有四个人。这时,旺钦家的猎狗、部落长家和顿珠家的看家狗全都朝那个方向跑了过去。

沃玛吉停止撒尿,跑回家:"尼……尼夏,土……土匪来了。"

传说夜间即使没有土匪和野狼来侵犯,游牧地的狗有时候也叫得令人无法忍受,这表示在堵截魔鬼。因此,尼夏根本不把她说的话当一回事,依然打着补丁道:"啊?你说土匪来了?闭上你的乌鸦嘴,睡觉吧。我快补完了。"

"啊啧!你……你竟然还想起开玩笑了。你出……出去看看。"沃玛吉一脚在门槛里面,一脚在门槛外面站着。从她说话

---

① 土巴:藏语,泛指面疙瘩、面片、面条、稀粥、糌粑糊羹等食物。译者注。

的语调和身体姿势看,不像是开玩笑。

"是真的吗?"尼夏猛地从坐垫上站起来往外走。他出门的时候过于仓促,跟沃玛吉撞了个满怀,使她险些仰面倒地。

"啊妈妈。"沃玛吉右手着地,支撑起身子,这才没有摔倒,"你看。"她用手指头指给尼夏看。

尼夏朝部落长家跑过去,喊道:"土匪来了,土匪来了。"

"土匪来了,土匪来了。"沃玛吉敲起一只漏底的鳌锅一喊,把刚刚入睡的两个孩子吵醒了。孩子的二重奏在鳌锅的伴奏下传遍四方。

随着"嗒"的一声枪响,子弹"嗖"的一下从沃玛吉头顶飞过,把她吓得赶紧往家里跑。

"土匪来了"的喊叫声和敲击鳌锅的声音,迫使刚躺到一个被窝里的占堆和扎西央恰,披着羊皮袍从家里跑出来。顿珠家和部落长家的人也慌慌张张地跑了出来。

"嗒,嗒,嗒"。三条狗被打死后,其余的胆怯地退出一定的距离,在远处叫起来,却不敢靠近土匪。

尼夏用尽所有力气,朝部落长家跑的时候,"嗒"的一声枪响,一颗子弹从他头顶擦了过去,差点儿把他的脑浆打出来。

"那些坏蛋还有枪。怎么办?怎么办?旺钦大叔又不在。现在该如何是好啊?"人们都嚷嚷着向部落长家门口聚拢。

三条狗刚刚被打死,弄得人们不敢靠近土匪。三个土匪牵起马,将枪口对准人们,公然叫嚣道:"要是不老实,就打死你们,真的打死你们。听见没有?"他们叫嚷着来回走动,其中一个把所有拴牦牛的地线用刀子割断,转动着已经点燃的杈子枪,赶起牦牛来。

"旺钦大叔又不在。我头一次眼睁睁地看着自己的财产被人抢劫。他们敢为别人的财产送死的话,我没有什么不能为自己的财产而死的。"部落长把刀举过头顶,打算向持枪的土匪冲过去。

尼夏等人劝部落长道:"他们有枪,可不能硬拼。这样我们全都会送命的。"可是部落长毫不迟疑地冲了过去,弄得其他人不得不跟着他冲过去。土匪们早已把点燃的导火索对准扳机,"嗒"地开了一枪,弄得部落长的帽子像风吹纸片似的被打落到脑后。部落长停下来,不再走:"该死的,枪法这么准。"他把帽子捡起来,抖一抖,戴在头上。

尼夏说:"还真是这样。刚才差点儿把我的脑袋打穿了。这些畜生夜里都打得这么准。我们不采取点儿措施,都会死在他们的枪下。"

那些土匪急匆匆地转动着火光闪闪的导火索,把牦牛群往南赶。"舍得马尾巴毛一般脆弱的性命,就来吧。"一个土匪喊着,"嗒"地又开了一枪,顿珠家那条叫作黑熊的跟两岁口牛犊一般大的看门狗诺桑被击中,它哀叫一声,身子往上一蹿,倒在地上,死了。

管狗叫作"守财",这在牧区称得上是名副其实的事情。买卖极品狗,值一头牦牛。打死看门狗,被视为莫大的侮辱。但是在这个紧要关头,大家都顾不上那些被打死的狗,而是焦急地嚷嚷起来:"现在该怎么办?"

"哼,今晚这个可恶的天为什么连块巴掌大的云朵也没有?"赞拉部落长怒不可遏。他把拳头砸在地上,诅咒起老天爷来。

大家就部落长家的两个佣人、占堆和顿珠等四个人如何秘密地打探土匪的去向,即最好要知道他们是哪个部落的等有关事宜进行商量后,都回到各自的家,带上简单的干粮,十分警觉地去追踪、探查被土匪赶走的牦牛群的下落。

那些土匪刚开始朝南走,第二天转往西部。部落长家的佣人等一拨人暗中跟踪土匪。

第二天下午,他们一行人遇见了一群如同珍珠似的撒在草甸上的绵羊。在向那位40岁上下的牧羊女打听后得知:"哦,那四个土匪平时住在我们家西面的山上。往年一到冬天,他们就到北部打猎,从来不打劫别人的财产。可是从去年起,他们开始对附近的部落进行打劫。据说,他们的弹药用完了,很难打到猎物,不得不进行抢劫。"

顿珠问道:"没有抢你们的牛羊吗?"

"没有抢过我们的牛羊。'狼窝跟前的羊群最安逸'这句话说得多么有道理啊。他们连我们牛羊的一根毛都没有动过。"

"那些人是不是你们部落的?"

"不是。都是从外地过来的。以前一入冬,他们就到北部打猎,夏天回到南部。有时到我们部落里,用野牦牛和藏羚羊肉买走奶和酸奶。打去年起,他们有了抢劫他人财产的想法和行为。"

"那么,他们是定居在这里吗?"

"从去年起在这里定居的。你们去看看,他们肯定在那座山上。由于被一座座雪山阻隔,不能从这里直接到那儿,只能绕道从东、南、西三个方向插过去。"

按照牧羊女说的那样,他们四人蹑手蹑脚地走过去,从山顶往下看,在西面一个雪山环抱的美丽地方的中央,搭着一顶黑色小帐篷。帐篷里飘出蓝色炊烟。他们一定是宰杀了一头通过人和马艰辛努力获得的肥壮的空怀母牦牛,在摆庆功宴。

牛群撒满草地,可是连一个放牧员也找不到。

"要是有一支枪,消灭这些坏人就很容易。"占堆往地上砸一拳头,"要是阿爸回来了,别说四个土匪,就是四十个土匪也不在话下。他们全都在帐篷里,歼灭他们只需一碗茶的工夫。"

经商量决定,由部落长家的两个佣人监视土匪的行动;顿珠和占堆赶快返回部落,报告情况,如果几天后旺钦还不回来,就给部落长家的佣人送食物。顿珠和占堆把背着的所有食物都留给部落长家的两个佣人,反复地叮咛道:"必须做到我们看得到土匪,土匪却看不到我们。"顿珠和占堆日夜兼程,于这天上午回到部落。

"看看,我的脑袋'套子'被打穿了。哈哈!"部落长手里拿着一顶被子弹打穿的旧狐皮帽,走了进来。

旺钦把狐皮帽接到手上,开玩笑道:"嗯,这些坏蛋为什么这么仇恨帽子呢?"

"哈哈哈!"

旺钦思忖着,问部落长道:"四支枪。他们有四支枪。我们有一支枪。我们明天出发怎么样?"

"是。不管输赢,得早点儿走。"部落长转头对顿珠和尼夏吩咐道,"你们俩要做好准备。"转而问旺钦,"我们要骑马吗?"

旺钦说:"我们步行会方便一些。他们要赶很多牦牛,就算搬到其他地方,我们也不怕跟不上他们。"

部落长、尼夏和顿珠都回到各自家中做准备。部落长一回到家里,就坐在帐篷靠里边的正方形毡垫上,唤查巴赤松和次饶进来:"我们三个都要去。"他打开近旁一个蒙了一层烟渍,失去了本色,看着像皮箱的木箱,把两把装在皮质刀鞘里的腰刀和一把装在由两片竹片拼合而成的用皮线、皮绳将两头扎紧的刀鞘里的刀子分别放在他俩手上:"要把这三把刀磨到能剃胡子的程度。"说着,顺手端起放在桌上的茶碗,喝口茶,在把茶碗放回到桌上时,打了个喷嚏,把喝剩的茶全洒到手上了。

"长寿,长寿。"妻子冬措道着吉祥的祝福,往部落长的茶碗里倒茶。

查巴赤松说:"部落长,我们有这么多人,您就不必去了……"

部落长揩拭着手上的茶水,打断查巴赤松的话道:"我必须去。我们什么时候都依靠旺钦,这多不好意思。"

"老天爷保佑,可别出啥事儿。"冬措祈祷着点燃三炷香,插在佛像跟前。

次饶和查巴赤松到畜圈里,把一块羊肚子一般大的磨石放在中间,开始磨刀子。

扎西央恰取出几节夏鲁肉①,把一部分装到毛织口袋里,另一部分放进陶锅里煮。

旺钦把枪横放在膝盖上擦干净。

占堆坐在父亲身旁,吃着一块肩胛骨肉问道:"我们部落没有一个幸存者吗?"

旺钦擦着枪,摇摇头,表示没有。

---

① 几节夏鲁肉:每两个关节之间为一节夏鲁肉。译者注。

"那么，我们过去的放牧点住着其他人吗？"

旺钦仍然摇摇头。

旺钦心想，这次去对付死敌土匪，要消灭他们，夺回被他们抢走的牛群。我这么做了，部落长就不会再叫我去除掉"无敌八兄弟"了吧？应该不会。哦，那些土匪有四支枪。这次要是不机灵点儿，会有很大的危险。夜间伏击怎么样？只能选择夜间伏击。面对面地搏斗没有那么容易。他们敢为别人的财富而死，我们有什么不敢为自己的财富而死呢？但仔细考虑之后想到，这次我不能死。我在向仇敌赞贵喀消报仇之前死在其他人的刀枪之下，撇下宝贝儿子一个人怎么行？他抬起头，望着坐在自己身旁吃肉的儿子占堆，心想，我的只有巴掌大点儿的儿子，眨眼工夫长成了一个大小伙子。他抚摸一下占堆的面颊问："我们明天就要去追捕，你怕吗？"

"不怕。"占堆很干脆地回答。这时肩胛骨的肉也吃完了，他用刀尖在肩胛骨上戳个洞，把它扔进灶边的灰烬里。旺钦再次抚摸一下占堆的脸颊："吃饱了吗？"

占堆答道："吃饱了。"

尼夏在外面忙完零零碎碎的活儿进家门时，那对双胞胎孩子正在门口灶灰里玩耍。他搞不清两个孩子究竟谁大谁小。因为他俩身高没有丝毫差别，长相也没有一点儿差别，与精于制造手艺的铁匠用同一个模子铸造的塑像毫无二致，便说："嫫日①,我的心肝。嘿嘿,老婆,这两个孩子哪个是大的,哪个是小的?我到现在都分不清楚。嘿嘿。"他依旧盯着那两个用同一个模子铸造的小塑像。

沃玛吉停下手中的活儿:"你看,有这样的父亲吗?哼!连自己孩子大小都分不清楚。哼!"她假装生气,嘴角堆出微笑,冲他瞪个眼道,"你呀,啊啧,这个是大的,这个是小的。"

尼夏再怎么仔细地看,也找不出不同的特征:"你是怎么区分这两个孩子的?"

"嗯……这……这……"虽然她自己也找不出不同的特征,但她仍旧果断地说,"反正这个是大的,这个是小的。"她从自己的脖子上取下一颗羊粪蛋大点儿的松耳石,系在一个孩子的发梢上,"看,这个是大的。这个是打小就喜欢吃酸奶的……"

"哦,现在我会区分了。簪巴甲②,要不是你打了记号,我还真的不能区分。这下我能分清楚了。"尼夏打断沃玛吉的话道。

"老头儿,这两个孩子还没有名字,你给起个名字。就算没有高僧上师赐的法名,有恩人父母起的爱称就行。"沃玛吉把刚刚学会爬的两个孩子放到尼夏怀里。

尼夏抱着两个孩子:"嘿嘿。嗯……这个打小就喜欢吃酸奶,

---

① 嫫日:藏语,对女人的招呼声,相当于汉语的"喂"。译者注。
② 簪巴甲:藏语,百只旱獭。专打并吃旱獭肉的人,每吃一只就要背负一条命的罪行。此处意为所有罪孽由我一人承担。

就叫雪嘎①。这个嘛……哦,对了,他一见到绵羊就高兴,就叫鲁嘎②。嗯,祝福我的两个小生命健康长寿、万事如意!"他祈祷着,分别亲了一下两个孩子。他的上嘴唇粘了点儿孩子的鼻涕,他就习惯性地用大拇指擦了擦。

次日早晨,金色的阳光撒向大地之际,旺钦父子俩、部落长及其两个随行人员、尼夏和顿珠一行人启程了。留守妇女和其他人在帐篷前的土台座上煨桑,反复祈祷出战的人不要遭受凶险灾祸。

他们回头朝部落看的时候,隐约看见全部落的人披着金黄色的朝霞,在烧煮早茶的炊烟和桑火的烟波中,仍然站在门前目送他们。

几群绵羊走出圈舍,陆续散向草地。有些绵羊似乎舍不得离开圈舍,最终散落在圈舍四周。

灵敏似箭的七个汉子中,旺钦背着的杈子枪察仁南嘉的红色翼旗在风中飘扬,让所有人都感到从未有过的自豪。

旺钦扯开嗓子唱道:

啊日呀,

　小伙儿不是强盗,

---

① 雪嘎:雪,酸奶;嘎,喜欢。意为小时候喜欢吃酸奶的人。译者注。
② 鲁嘎:鲁,绵羊;嘎,喜欢。译者注。

心思却像强盗游荡。

骏马不是强盗,

四蹄却像强盗游荡。

权子枪不是强盗,

却像强盗游荡。

青灰色的子弹,

如同强盗游荡。

旺钦很久没有唱过歌。今天他再次唱起了《强盗之歌》。占堆心想,只要阿爸唱歌,就不会遇到灾难。我跟阿爸背井离乡,在雪地里十分艰难地流浪的时候,因为他豪迈地唱起歌来,我们俩最终摆脱死亡,活了下来。今天也能奏效,把仇敌土匪打得落花流水、脑浆喷溅。这使得他信心倍增。

查巴赤松逗弄道:"旺钦大叔,你唱的这首歌很好听,可是内容有点儿不贴切。"

部落长问道:"怎么不贴切?"

查巴赤松开玩笑道:"我们明明没有骏马,可他唱的不是骏马像强盗游荡吗?"

尼夏说:"对,对。要是唱成'四脚不是强盗'就最贴切。"

"那么,该说什么像强盗游荡呢?"旺钦问。

"这个容易。唱成'脚上鞋子像强盗游荡'就可以。"部落长也开起了玩笑。

"哈哈哈!"

第二天太阳快落山的时候,他们到了那天跟踪的人遇见的那位牧羊女的家门口。他们在距离约一百米的地方招手喊话后,一个头发斑白、面色润泽、庄重大方的老人走过来,向他们鞠个躬问道:"你们是追捕土匪的吧?"

部落长说:"是的。那些土匪还住在那座山背后吗?"

"他们定居在那里。由你们的两个盯梢的人紧紧盯着。那天我们的牛倌给他俩送去了几条腿肉,食物是不会断顿的。我给你们搭顶帐篷,今晚你们就住在这里吧。"

尽管老人说的是实话,但是他们心里在想,一个陌生人如此热情地接待我们,会不会是与土匪串通一气搞的阴谋?于是,他们说道:"谢谢!我们今晚要赶到两个盯梢人那里。"

老人说:"那些土匪虽然是我们心里的疖子,但我们不敢给你们派帮手。要是不能把那些土匪消灭掉,今后我们就会不得安宁。"

占堆问:"你们不是说'狼窝跟前的羊群最安逸'吗?"

那位老人说:"俗话是这么说的。不过狼是不会增长菩提心的,早晚会把我们吃掉。特别是如果得罪了他们,他们就会变得更加疯狂。他们现在住的地方,过去是我们春季接羔育幼的一块好草场。自从那些畜生来了以后,我们家的春季放牧点就不敢搬到那里去了。我们是被称为阿布龙十户九牛的弱小部落,没有对付这些畜生的能力,只好老老实实地待着。"

"他们有枪吗?"旺钦摸一下自己的枪托,"有这样的枪吗?"

老人把旺钦背着的枪从头至尾好生打量一番:"有。他们每人都有这样一把枪。听说他们的子弹快没了,所以才干起抢劫的勾当。我跟他们根本不熟。"

细听之下,听得出老人的话里没有狡黠之词。然而,想到尼玛和拉嘎两个盯梢的人一直守在山上,连日来一口热水都没有喝到,就决定尽快到达他们那里。不论输赢,不能拖延,他们告辞道:"大爷,我们走了。"

老人说:"你们有七个人,他们只有四个人,你们赢定了。我们弱小无力,不敢给你们派帮手。你们肯定会打赢的。等你们返回来的时候,一定要到我们家坐坐。"他虽然嘴上这么说,但是心里却不大相信他们能打赢——那些土匪畜生有枪。就算你们有七个人,也只有一把枪。为了防止那些土匪滋扰,他就没有派帮手。他还双膝跪地央求道:"你们不要说到我这里打听过消息。求求你们。"

太阳临近落山时,他们七个人到达两个盯梢人那里。两个盯梢的人待在一处小小的石头围子里。从山顶俯瞰,把土匪们的帐篷和牦牛群看得一清二楚,俨然拿在手上,而且距离也很近。

旺钦对部落长和尼夏说："今晚进行伏击，来个不惊动鸡取出蛋，怎么样？"

盯梢人尼玛说："做不到。"

部落长问道："为什么？他们有看家狗吗？"

尼玛答道："没有狗。那些土匪晚上好像不睡在帐篷里。我们俩早上天一亮就监视他们。他们每天上午都从牛群周围的被窝里爬起来。"

部落长、旺钦和尼夏一时沉默不语，都在思考问题。旺钦从怀兜里掏出鼻烟壶，习惯性地在脚尖上敲三下，往左手大拇指指甲盖上倒少许鼻烟，正准备吸的时候，刮起一阵风，把指甲盖上的鼻烟全吹跑了，他便诅咒道："该死。倒霉的风。"他又往左手大拇指指甲盖上倒一点儿鼻烟，生怕被风吹走，用右手手掌捂住了。

部落长嚼起一根草茎，一会儿抬起头朝土匪望一眼，一会儿双眼紧闭，沉思着。

尼夏从自己的毛织口袋里取出一节肉，割下几块放在部落长和旺钦面前一块扁平的石头上，招呼道："吃吧，吃肉。"

"呸！"部落长像苍蝇掉进嘴里似的把那根草茎吐掉，拿起石头上的一块肉吃着，对旺钦说："怎么办才好呢？"

旺钦吸完鼻烟，抬起头，朝土匪所在的方向看。他发现一个人从帐篷里出来撒尿。他盯着那人看了一会儿，问坐在自己旁边的盯梢人拉嘎道:"白天他们做些什么?"

"白天通常待在帐篷里。昨天宰了一头公牦牛。"拉嘎回答。

查巴赤松说:"有可能是一头空怀母牦牛。"

"他们夜间不睡在帐篷里,我们就没法儿伏击。明天早上是不是要面对面地打?他们敢为别人的财产送命,我们有什么不敢为自己的财产而死呢?"部落长说得很干脆。

旺钦点点头,表示赞许。

他们围成一圈坐着,把肉和糌粑等食物堆在面前,吃起晚饭,一时无人谈论有关土匪的事情,看上去像一群没有怨恨和痛苦的朝圣者。

天渐渐擦黑,大地披上黑暗的幕布。羌塘冬季的寒冷令人无法忍受。尤其是夜宿山顶,连一顶破旧的布帐篷也没有,真不是件容易的事儿。此时所有人都把脖颈缩进皮袍领子里,相互间靠得紧紧的,缩成一团,以此驱寒取暖。尼玛和拉嘎多日沉闷地待在山顶,没有睡过一宿安稳觉,今天因为伙伴们来了,很快就进入了梦乡。而其他人都还没有睡着,他们在聊天。

赞拉部落长说:"小伙子们,不要聊那么多了。古人说:'白天莫多走,座座山头是眼睛;夜间莫多言,四周全是耳朵。'明天可别怯懦、腿软。"

翌日拂晓时分,他们起床后,悄悄地朝土匪居住地望去。由于天还没有亮透,什么也看不清楚。他们跑到左边一处岩石群中隐蔽起来,目不转睛地盯着土匪的住处。须臾之间,天大亮,四周变得清晰明朗。帐篷周围到处躺着牦牛。那些人一定还没有起床。东方的天边涂满金黄色朝霞。阳光照着西边的山巅,反射出雪山的光芒。过了一会儿,太阳照到除阴面以外的所有地方,给他们以温暖。旺钦把枪叉插在地上,导火索还没有点燃。其余人都躺在旺钦左右,眼睛盯着土匪。尼玛和拉嘎每人拿一条古朵,而且已经夹好石块。部落长等六个人从刀鞘里拔出腰刀,用右手紧紧攥住。这情形如同等待指挥部命令的敢死队勇士。

旺钦小声说:"那些卑鄙男人是不是还没有睡醒?"

部落长问坐在自己跟前的拉嘎道:"他们是不是经常睡懒觉?"

拉嘎答道:"起得比较晚。"

旺钦掏出鼻烟壶,正要吸鼻烟,大家都轻声说:"快看,快看,有一个人起床了。"

旺钦立马把鼻烟壶揣进怀兜,看见一个人起床后正朝他们撒尿。其他三个人也从不同方向起床,腰带还没系,就披着皮袍回到帐篷。部落长见旺钦从腰上取出火镰,准备点燃导火索,便打了个手势,表示稍微缓一缓:"等等,现在他们还没有生火打水,有人会出来的。稍等一下啊。"正像部落长说的那样,很快就有一个人到河边,抱起一大块冰块回到帐篷。随后帐篷里飘出烧早茶的烟雾,帐篷附近的牦牛也相继出来吃草。

旺钦从火镰上取出一颗三角形燧石和羊粪蛋大点儿的艾绒,将火镰使劲在燧石上一擦,接着从火星四溅的火苗上取火种,点燃导火索。一股清香的火药味扑鼻而来,使得大家鼓起更大的勇气,注视着土匪的帐篷。

旺钦左眼紧闭,开始瞄准。他似乎看到了帐篷里的动静。这时"嗒"的一声枪响,帐篷里有了动静,披着皮袍的三个人从帐篷里走了出来。他们不知道枪是从哪儿打来的,便原地打着转,环视四周。

旺钦灵巧地往枪里装上火药,瞄准起来。

尼夏说:"已经打死一个了。"

"不要喊。我再献上一颗子弹。"旺钦说着瞄向土匪。这时一个人跑过去,进了帐篷。

"嗒!"又一声枪响,一个人像被砍断根茎的树木,倒在坑里。刚才那个人从帐篷里走出来。他虽然端着一杆枪,但茫然不知所措,在原地打起转来。

受到枪声惊吓的牦牛群,翘起尾巴四散而逃。那些马也被枪声吓得围绕拴马桩转着圈,跑来跑去。

旺钦开第三枪时,那个持枪人稍微一惊,看见旺钦的枪口飘出青烟,马上躲到一个坑里,"嗒"地开了一枪。枪打到他们面前的一块岩石上,被打掉的碎片弹到顿珠的右腮上,顿时流出殷红的血来。

"顿珠。"大家纷纷喊着，抱住顿珠，有的帮他擦拭脸上的血；有的从皮袍上剥下一些薄皮，贴在他的伤口上。

"嗒！"对方又开了一枪。查巴赤松缓缓地倒下了。大家喊着"查巴赤松"，一瞧，枪打中了查巴赤松的额头，血和脑浆喷溅一地。

"查巴赤松。"大伙儿喊他的名字，摇晃他的身子，都无济于事——他已经断气了。大伙儿怀着悲痛的心情，将他的帽子盖在他脸上。

"该死的，枪法真准。暂时不要抬头朝他们看。隐蔽，隐蔽。"旺钦说着挪到另一个地方瞄准。可是刚才那个人也躲到另外一个坑里找不见了。部落长把帽子扣在刀尖上挥动着，举得高高的。大伙儿也跟着把自己的帽子扬起来。

对方又开了一枪。随着"嗒"的一声枪响，拉嘎的帽子被击落到身后。接着又一声枪响，子弹把占堆的帽子击落了。

旺钦彻底惊呆了，他自言自语道："这个畜生的枪法太准了。"

他们把被子弹打穿的帽子跟之前一样举向空中，继续晃动。

"嗒！"对方又一次朝他们开了一枪。子弹掠过他们的头顶，所有帽子都"安然无恙"。

不知何故，枪声戛然而止。旺钦的眼睛避开准星，朝刚才冒烟的方向一看，发现那个拿着枪的人好像还躲在坑里，正把枪口对准他们。

部落长把穿在身上的皮袍脱掉,把帽子扣在皮袍领口上,用刀子举得高高的。

"嗒!"随着枪声,这边的皮袍前后被打穿了。

"这个畜生的枪法太准。大家都要像他那样。"部落长一下命令,大伙儿都把身上的皮袍脱下来,往领口扣上一顶帽子,用腰刀举向空中,左右摇晃。可是没有人再朝他们开枪。

"那些畜生是不是知道了皮袍是打的幌子?"

"稍微等一下。也许他正在向我们瞄准呢。"

"打一次枪需要瞄这么长时间吗?"

"这些畜生太聪明,是不是知道皮袍里没有人?"

……

大家议论纷纷。

旺钦手里端着枪,把身子弯成弓状,赶忙跑到部落长跟前说:"他们可能没有子弹了。刚才打了很多枪,可是现在不能打了。我估摸着他们的子弹可能打完了。"

旺钦没有得到瞄准的机会,但他还是把枪口对准对方开了一枪。可惜没有打中。

其他人仍然把皮袍像僧仗队的华盖和胜利幢一样高高举起,可是对方就是不再开枪。

部落长猜想,他们的子弹再怎么打,也会留一颗,便命令道:"大伙儿都把皮袍穿上。"然后转向旺钦说,"我想他一定留着最后一发子弹。我们同时从这里跑过去,跑到那个断岸下面怎么样?"

旺钦把导火索一端在头发上擦着:"好的。我在这里掩护你们,你们分头跑过去。"他把枪架在面前的磐石上瞄准。

待大家都把皮袍穿好后,部落长命令道:"我们要跑到山脚的断岸下面。大伙儿别挤在一起。"说完,他便带头离开山顶。占堆像个英雄高举着喷焰宝剑去降伏魔军一样,"叽嘿嘿"地吼叫着,把长刀举至头顶,冲了过去。

他们像从山顶推下的礌石一样,毫不犹豫地从山顶跑下去。待他们快到下面的断岸跟前时,"嗒"的一声从对面打来一枪,打到部落长左边的空地上,扬起灰尘,差点儿打到占堆的脚上。正像部落长猜测的那样,土匪只剩一颗子弹。打完这颗子弹,那两个人随即从土坑里站起来,挥舞着腰刀,跑向马,一刀砍断拴马绳,灵巧地跳到马背上,把马镫一蹬,两匹马便像离弦的箭一般朝北飞奔而去。

那两匹马没有马鞍、辔头等任何马具,没法儿驾驭,因此,跑了一小段后,踅回来了。真是如同骑上脱缰的野马,跑回一小截路,向南跑去。两个土匪抓住马的耳朵,控制起方向,但没有成功。

部落长一行人俨然观看赛马,看着像落入陷阱的野兽一般,疯了似的奔跑的两个土匪,来到了他们的帐篷跟前。

旺钦趴在地上，将枪叉架在地上，透过准星看见两个骑士时隐时现。刹那间，他扣动了扳机。虽然子弹并没有打中人和马，但马一惊，猛然一掉头，致使两个土匪同时从马背上摔了下来。

旺钦迅速装上火药，把枪递给部落长，说："尊敬的部落长，请把他们两个送去极乐世界吧。"

尼夏说："来个一箭双雕吧。我们帐篷里的火都快灭了。等的时间长，肚子也叫起来了。"

"哈哈！你也会说这么风趣的话呀。"旺钦头一次听尼夏说这么诙谐的话。

大伙儿都在盯着那两个土匪看。占堆偶然转头吐痰。出乎意料的是，刚才听到枪声后躲进帐篷装死的那个土匪非但没有死，连伤都没有伤着，这会儿他从夏季发过水的沟谷里走过来偷袭。

这个土匪手持腰刀，离他们只有三四步远。

占堆在喊"土匪"的同时，那个土匪腾空一跃，疯狂地扑到尼夏身上，朝他的右肩胛骨捅了一刀。在这千钧一发之际，刚刚从旺钦手上接过枪的部落长赞拉使出全部力气，用枪托砸那个人。结果尼夏和那个人像被砍断根的树木一样，慢慢倒了下去。

"尼夏……"旺钦喊着尼夏，将他扶起来的时候，尼夏嘴里喷出血来，气息微弱，两眼睁不开。

赞拉部落长马上从尼玛的皮袍上揭下一小片皮膜，贴到伤口上，对顿珠和占堆说："你们俩看好尼夏。我们走。"走几步后又吩咐道，"哦，你们两个把尼夏背到他们的帐篷里。给他水喝。不给他水喝，他会因失血过多而死的。"

旺钦把尼夏的头轻轻地放在顿珠的膝盖上，准备走的时候，那个给尼夏捅刀子的人苏醒过来，动了动手脚，他一下子把那个土匪扑倒在地，压住，喊了起来："部落长，部落长。"

部落长、尼玛、拉嘎和次饶跑了过来。

旺钦喊了声："把他的腰带解开。"

次饶和拉嘎立马把他的腰带解开，把他捆成线团一样圆滚滚的。为防止他逃脱，旺钦还把这个土匪的鞋带解开，把他的手臂反绑起来，再用鞋带捆牢。

尼夏的伤势十分严重，大家乱哄哄地跑过去，把他围住。刚才那两个人不见了踪影。

苦于一时找不到别的办法，尼夏由尼玛背着，由旺钦扶着朝土匪的帐篷走去。其他人则把刚才绑成线团似的土匪腿脚上的绳子解开，也押送过去。

帐篷里有一个三脚蒙古炉子，上面坐着一只陶壶。旺钦也不管陶壶里的水是不是热的，拿起来就把壶嘴塞入尼夏的嘴，给他水喝。

尼夏把眼睛瞪圆，长长地呼出一口气，看着旺钦，什么也不说。旺钦难过得险些流出了眼泪,但又想真正的男子汉是不能流泪的,便忍住,坐在尼夏旁边说:"朋友,我忠诚的朋友,你不能死,你也不会死。"他又抓起陶壶柄,给尼夏倒了水。

部落长把手伸进炉灰里探了探,看有没余火,发现火灭了很久,连炉灰都已经凉了,便说:"你们赶紧生炉子吧。"大伙儿随之动了起来。有的掏炉灰,有的往炉子里加牛粪,有的用火镰擦出火种,炉子里顿时冒起了蓝色的烟。这使得大家信心倍增,尼夏的疼痛也仿佛减轻了一些:"你……们休息吧。我……我能……活。"他说着扫了大家一眼。

为了让火燃得旺一些,尼玛和拉嘎跪在地上,往炉子里吹气,使得烟雾越来越大,不一会儿,炉子里燃起了熊熊的火。

"喝点儿水。"旺钦又一次往尼夏嘴里灌水,把陶壶搁在炉子上。

部落长对尼玛和拉嘎吩咐道:"你们俩轮流到外面盯着,看那两个土匪是不是出现了,啊。我们大家都待在帐篷里,一不留神,就会闯大祸。"

顿珠和占堆翻看土匪的褡裢里有没有糌粑。可是连一点儿糌粑的痕迹也没有。于是,他们从土匪们杀掉的母牦牛的胸脯和肋骨中取出很多肉煮了起来。

尼夏的疼痛再次加剧。他双眼紧闭,嘴唇也变得惨白,喘着粗气道:"旺……旺钦友,你被……战神附身了,请你……用枪……给我灌顶。"

赞拉部落长马上把权子枪察仁南嘉递给旺钦。旺钦把枪接过来,用袖子揩一下,心想,我用枪假装给他灌顶,也不知道管不管用。但是不按他的要求做怎么行?他把枪在尼夏的头上碰三次,以示"灌顶"。

也不知道是特殊的心理作用还是别的什么原因,尼夏的意识变得清醒:"我有望活下去。"他说着朝那个绑在帐篷门里,刚才给自己捅刀子的土匪看了一眼。

尼玛和拉嘎按照部落长的吩咐,轮流到外面放哨,可是什么也没有看到。

炉子里的火烧得红红的。陶壶嘴里冒出热气来。

"给我点儿开水。"尼夏望了一眼陶壶。

占堆立马把陶壶从炉子上提下来,往一只野牦牛蹄子碗里倒上开水,吹吹气,让开水稍稍冷却一下,小心翼翼地把碗贴到尼夏嘴上,给他水喝。

过了片刻,肉煮熟了。大家围坐在炉子四周吃饭。尼夏头枕着旺钦的大腿,喝了少许水,又慢慢嚼起占堆递给他的肉。有时他还能低声地说几句话。大家都在想,这次最惨的是查巴赤松。尽管尼夏受了重伤,但看上去还能活下来。于是,大家的话也就多了起来。

"刚才那两个土匪跑哪儿去啦?"

"今晚要是不留点儿神,那两个混蛋肯定会反扑的。"

"他们俩只有刀子,没有枪。他们俩敢靠近我们吗?"

"给我水喝。"那个土匪要求道。

占堆说:"恶魔,你吃屎吧。"

"你想喝水的话,我给你喝。我的水是烧开的,好喝着呢。"顿珠把袍子的下摆撩起来,往他脸上撒尿,被部落长发现了。他阻止道:"别,别。哪能这么做!"

旺钦说:"有这么一句话:'敌人归顺后,待之胜亲儿。'给他开水喝。"

顿珠有些不情愿地用野牦牛蹄子盛水给那个土匪喝。

旺钦突然记起那几个土匪每人都有一支枪,便问那个土匪:"你们不是一人有一支枪吗?"

那个土匪朝旺钦看一眼,点点头:"嗯。"

一听到枪这个字眼,大家都兴奋起来:"在哪儿呢?枪放在哪儿了?"

"枪放在哪儿了?"

"枪。枪。"

大家都围在这个土匪四周,打听枪的下落。

顿珠盘问着,朝这个土匪的屁股踹了一脚。

这个土匪歪着脑袋,什么也不说。

"枪搁在什么地方,啊?"部落长问。

这个土匪仍旧什么也不说。

旺钦说:"别装出一副神气的样子。你现在落入我们的手里,没有人身自由。枪藏哪儿啦?老实交待。"

这个土匪看了看旺钦,又一次把脑袋歪向左边,什么也不说。

"一支枪……"占堆想起刚才打枪的那个土匪见火药用完了,就把枪扔到原地了。于是,他走出帐篷,跑了过去。

顿珠、尼玛和拉嘎三个人也想起了土匪把枪扔在原地的事儿,跟着占堆跑了出去。

占堆先出了门,也就先到达了扔枪的地方。他把枪举得高高的,"喔喔喔"地叫了起来,俨然打了胜仗。

"啊啧。"其他三个人落在占堆后面,没有抢到那支枪,就露出难过的神情,欣赏着占堆手里的那支枪,把手指头塞到嘴里。

尼玛抱着在刚才被他们击毙的土匪尸首附近找到一支枪的希望走了过去,发现那个土匪右手握着一把腰刀,死在草滩一处土坑的血泊中。他拿上土匪手里的腰刀和别在腰部的刀鞘,快速跑过来说:"你俩看呀。"

拉嘎和顿珠仍然站在原地,流露出遗憾之情:"啊啧,我什么也没有得到。"

"你们看。"占堆走进帐篷,双手举起藏式枪给其他人看。

大家挨个儿欣赏着夸道:"是把好枪。"

"给我看一下。"尼夏把手慢慢伸给占堆。

占堆把枪轻轻地递到尼夏手上说:"看吧,尼夏大叔。"

尼夏把枪抚摸几下道:"这把枪好。旺钦友,这枪怎么样?你来试一下。"

"呀,呀。"旺钦往枪里装上火药,"顿珠,把那块肩胛骨给我立起来,我要当靶子用。"

顿珠随即用锅底灰,在当火铲用的丢在土匪帐篷门口的母牦牛的肩胛骨中间画个圆圈,当靶子立在一处。

这时太阳已经落山,虽然看不太清那块肩胛骨,可旺钦把枪口从帐篷门里伸出去,打一枪道:"顿珠,把那块肩胛骨拿进来。"

那块肩胛骨完好无损地立在那里。顿珠估摸着可能没有打中。他把肩胛骨捡起来一看,子弹不偏不倚,击中了肩胛骨正中用锅灰画的圆圈,打出了一个小洞。顿珠把肩胛骨放到旺钦手里,一副非常惊讶的样子道:"这么准呢!"

"朋友,你看。"旺钦把肩胛骨拿给尼夏看。

尼夏使出全身力气,把肩胛骨接过来,指着上面的洞,提出了一个问题:"打掉肩胛骨,对生命有危险吗?①"

旺钦以为他产生幻觉了:"朋友,你说什么呢?肩胛骨与

---

① 打掉肩胛骨,对生命有危险吗:藏语中肩胛骨的开头字和性命的开头字为同音字。故之。译者注。

命脉没有关联。①"

"哎哟!"尼夏疼痛起来。

"朋友,朋友,肩胛骨与命脉没有关联。"为了安慰尼夏,旺钦一边说着,一边扶起尼夏的上半身,想尽一切办法给他喂水,嘴里还不停地念诵六字真言。

然而,尼夏疼痛难忍,把刚才喝的水和吃的肉像井喷似的全给吐了出来。大家觉得他有生命危险,一紧张,都连连念诵起六字真言,念叨着如何是好,向他围了过去。

"只要能喝,就是吐出来也没有关系。"赞拉部落长端水过来给他喝。可是他刚一喝进去就吐出来,一点儿用也没有,最终于午夜时分撒手人寰了。

"朋友、尼夏大叔、尼夏……"大家都以沉痛的心情哭喊着,抱住尼夏的尸体摇晃。可是死而复生这种奇迹只会发生在神话故事中,而不会出现在现实生活中。

刚刚断气的尼夏双目紧闭着,脸上没有丝毫悲喜或怨恨的表情。旺钦久久望着他,长叹一口气,扯起被子,盖住脸,念诵着"唵嘛呢叭咪吽",忍不住掉下眼泪。

过了一会儿,旺钦一个大步走到土匪跟前,把刀尖对准土匪的鼻尖,大吼一声:"该死的,你杀死了我的朋友,我要报仇。"

---

① 肩胛骨与命脉没有关联:藏语中肩胛骨的开头字和命脉的开头字为同音字。故之。译者注。

这个土匪连看都不看旺钦一眼:"我的朋友不也是你们杀死的吗?"

"哼,我们生活在自己的地盘上,直到现在除了你们,就没有人来欺负我们。你们到别处可以这么霸道,但在我们绒巴德萨行不通。"旺钦愤恨不已,举起腰刀,砍向土匪。

部落长阻止旺钦并用手指头戳着土匪的下巴道:"小伙子,你别嚣张。你现在在我们手里。"

这个土匪继续歪着脑袋,一句话也不说。

"部落长,跟这个坏蛋废那么多话有什么意思?"旺钦准备结果他。

部落长扯一扯旺钦的衣袖,把他带到帐篷外面:"他们的三支枪还没有找到。先装着劝导一下。不然直接把他杀了,就找不到那三支枪了。"

旺钦把刀子装入刀鞘,点点头,以示赞同。

回到帐篷里,部落长割几块肉给这个土匪吃:"小伙子,不要太狂妄。如果不吃得饱饱的,今晚你就会睡不着。"他还在割肉给土匪吃。

土匪忖道,我虽然没有听见刚才他们到外面说的话,可是从他把刀塞入刀鞘这一点,看得出他们不准备杀死自己。他们都是一些富于同情心的人?这回要是不机灵点儿,很难保住性命。他吃着肉,看着大家的脸说:"求求你们把绳子解开,我要撒个尿。"

部落长随即解开绳子,让尼玛和占堆跟他一起去。

解完手,重新回到帐篷,部落长不再绑他,而是让他跟他们一起坐在三脚蒙古炉子旁,明确表示只要他说实话就不杀他:"你们是哪里的?说实话吧。你的生死掌握在我们手中。你要是顽固不化,就会吃亏的。"

任何人,不论遇到什么样的困难和痛苦,即便在世上的时间只有一天,也愿意活着。想死的只有个别心理不健全的人。获得一次人生不容易。能够活在明亮的阳光和月光下是幸福的。相反,离开人世,经历狭窄的中阴之路,投胎为另一种生灵,是极大的痛苦,充满了艰辛。这是众所周知的事实。所以,这个土匪抱着活下去的一线希望说:"我们都来自不确定的地方。"

"什么叫作不确定的地方?"

"他们三个是藏军。"

"哦。你说他们是藏军,啊?"旺钦大吃一惊,打断土匪的话,站了起来。那个坐在炉子边吃喝的土匪稍微一惊,看着旺钦。

"呀。说下去。"部落长拍一下土匪的肩膀,并打个手势,示意旺钦坐下,"那些藏军是怎么到这里的?"

旺钦坐下来,想起今天连一指甲盖鼻烟也没有吸,便找出鼻烟壶,往左手大拇指指甲盖倒上一小撮鼻烟吸了一下,感觉到上颚靠里边甜滋滋的,同时鼻子最里边痒痒的,于是打了个响亮的喷嚏,弄得口水和鼻涕四处飞溅。

这个土匪用左手食指把大拇指边上围起来,伸给旺钦道:"给我一点儿鼻烟。"

旺钦有些不情愿地给他倒了一点儿鼻烟。

这个土匪消除一切疑虑和恐惧,好像他是跟他们一起来的追捕者,而不是敌人。他把右手大拇指和食指上的油渍在皮袍上擦干净,从左手大拇指指甲盖上取少许鼻烟,送至右边鼻孔,"咝儿"的一声吸进去,流出泪来,双眼变得模糊。一看这情形,就知道他鼻烟断顿已经很长时间了。

"后来怎么回事?说吧,说吧。"部落长拍了一下土匪的膝盖。

"呀,呀。"他还没有吸过瘾,便用食指和大拇指夹起比刚才多的鼻烟吸了起来。从嘴巴和鼻子飘出的灰蒙蒙的烟雾,把他的脸遮得模模糊糊的,一时看不清楚。

"是藏军。据他们说,几年前,他们与头发和胡子都呈红色或黄色的魔鬼打仗的时候,他们被打败了,被迫逃到这一带。他们虽然保住了性命,但怕别人笑话,就躲在北部,以打猎为生。起初,当他们上战场的时候,所有战士都宣誓说,'与其像狐狸夹着尾巴逃跑,不如像老虎微笑着战死',就是到了生死存亡的关头,也要以死相拼,因此,从战场上逃出来后,不敢到其他地方,特别是南方。这些是他们告诉我的。唵嘛呢叭咪吽。"

"头发和胡子都是红色和黄色的？"

"你是说跟魔鬼打仗啦？"

"魔鬼和人怎么打的仗？"

"扯淡。魔鬼跟人打仗，没有听说过。"

对此，大家都持震惊和怀疑的态度。

"哼，是这个人撒的谎。你们还信。没有听说过魔鬼跟人打仗。不要蒙人。"旺钦压根儿不相信，他用手指头戳一下土匪的鼻尖，"你还想欺骗我们呀！"说完，猛地从坐垫上站起身，走出帐篷，巡逻去了。

拉嘎在外头冻得两手相互搓着，把脖子缩进竖起的皮袍领口巡逻着。

旺钦对拉嘎说："你回帐篷里去，我来转一会儿。那个混账东西正在讲一个好听的故事。"

部落长说："呀，接着讲吧。你说有长着红色和黄色胡子、头发的魔鬼，是真的吗？"

"他们告诉我的，一点儿也没有骗你们。"为了证明自己所讲的是真事，这个土匪往右手大拇指上吐口唾沫，给他们看了一下，"他们中的一个人病死在逃亡途中。他们三个人走投无路，被迫逃到北部，以打猎为生。我也来到这里，就跟他们待在一起了。"说完，埋下头，长叹一口气道，"后来我太想念自己的老婆,就去找。可是她不在原先那个地方,没有找到。"

部落长问:"你的老婆不在原来的地方,没地方打听吗?"

"哪有地方问!我们离开家乡迁往北部时,她父亲突然去世了。她不愿继续走。我跟她发生争执后,把她扔在那儿了。可是过了几年,我太想她。我对自己的行为感到后悔。我去找过她。但是鸟飞无痕,她没在原来那个地方。"

听了这番话,占堆靠近这个土匪问道:"你老婆叫什么名字?"

这个土匪看一眼占堆答道:"沃玛吉。"

"啊?沃玛吉!"大家面面相觑。占堆立即跑出去,对旺钦说:"阿爸,阿爸,那个人是沃玛吉的男人。"

"啊?"旺钦不相信。他把眼睛睁得更大,望着占堆。

"这个……"占堆指着帐篷道,"是沃玛吉的男人。"

旺钦愕然道:"你在这儿待一会儿啊。"他把占堆留在那里盯梢,自己火急火燎地跑进帐篷:"廓日①,你叫什么名字?"

"我叫次角。"

"那……那么……那么……"旺钦更加吃惊,含含糊糊地说了几句什么,把部落长请到帐篷外面说,"这个人是我们的沃玛吉的男人。"

---

① 廓日:藏语,对男人的招呼声,相当于汉语的"喂"。译者注。

部落长说:"你说什么呢?沃玛吉的男人是刚刚死去的那个。再说,叫作沃玛吉的人有很多。我已故的奶奶也叫沃玛吉。"

旺钦一急,两手在膝盖上拍打着说:"他说的沃玛吉就是我们的沃玛吉。死者和沃玛吉的情况我给您讲过。"

部落长这才想起来:"对,对,对。那么,沃玛吉的男人是不是叫次角?"

"是叫次角。她自己跟我说过。"

部落长带着商量的口吻道:"那么,这个人是不是不杀的好?"

旺钦忖道,他是杀害我朋友的凶手。我不报朋友的仇,朋友会不会在中阴狭路上埋怨我,骂我是个无耻之徒?他曾经无情地抛下沃玛吉,一个人走了。要是沃玛吉见了他不但不高兴,反而因为他是杀害自己两个孩子的父亲的凶手,要跟他拼命怎么办?如果她能忘掉过去的冤仇,不管从衣食住行哪个方面看,次角回到她身边,她和两个孩子都会有个依靠。这岂不是一件好事吗?由于他找不到无可辩驳的理由,便问部落长:"你是想让他跟沃玛吉过吗?"

"我想,要是沃玛吉不答应,你为朋友报仇,把他杀了,也没有什么不可以的。"部落长果断地说。

他们回到帐篷里,蹲在炉子跟前,把两只手伸向炉子,烤着火,一时间两人都陷入沉默之中。过了一会儿,部落长像法官审讯罪犯似的问道:"廓日,次角,你刚才说你想妻子沃玛吉,是发自内心的吗?"

次角的两眼闪耀起希望之光。他望着部落长说:"是的,是真话。我曾经做得太过分,狠心地抛弃了她,可是后来非常后悔。要是能够重新和她在一起,就是吃不饱穿不暖,也无所谓。可是她不在原来那个地方,我找不到她,也就没有什么办法了。我太想她了,有时在梦中见到她。我没有骗人。我发誓。"他向赡部洲起誓。

部落长说:"你要是改掉以前的恶习,'坐比兔儿直,动比猫儿轻',讲规矩,我们就不杀你。你的老婆在我们部落……"

次角打断部落长的话,抓住他的手说:"求求您告诉我,这是真的吗?您这是骗我的吧?她现在好吗?"

"是的。她就是你说的那个沃玛吉。她很好。"

次角把额头贴到部落长的脚上,磕起头来:"我是个无耻的人,我要把我的下半生交给您。她再怎么诅咒我,怎么用恶毒的语言骂我,我都会容忍,以此除净过去的孽障。如果我不疼她爱她,我就不是人,而是狗。"

部落长说:"可是她有两个孩子。"

次角真诚地表示:"那我就当她家的终身奴隶。我曾经无情地抛弃了她。如果现在她有丈夫的话,我绝不会在他俩之间插一脚,破坏他们的家庭。我要当他们家的终身奴隶。"

"她的男人是他。"旺钦长长地叹一口气,用手指指了一下躺在帐篷里面的尼夏。

次角十分惊愕:"啊喀①,这个我怎么知道啊!"他后悔莫及,把头埋了下来。

所有在场的人都处于静默状态。

过了一会儿,次角答应并发誓道:"她要是给我一个赎罪的机会,直到死,我都会以慈悲心肠对待她们母子三人,绝不恶语相向,特别是对两个失去父亲的孩子,我会像亲生孩子一样疼爱。"

次角带他们去取那三支枪。因为子弹全打光了,土匪就把枪藏在了一处有着流水痕迹的断岸下面。

已是午夜时分。一轮椭圆形的月亮挂在离西边的山很近的地方。天空连拇指大点儿的云彩也没有。蔚蓝明净的天空中,银河宛若长途旅行的必经之路,尤为显眼。草原上没有比这顶帐篷更大的物体。躺在帐篷四周的牦牛群显得安详、恬静。看这个地方的外部环境,不要说发生械斗,恐怕连口角也不会发生,好一派太平盛世的景象。然而,两个死者的音容和平时的习性,清晰地浮现在他们所有人的心里,使得他们万分悲痛,特别是看见放在帐篷里的尼夏的尸体,便越发伤心、气愤。可是出于

---

① 啊喀:藏语,感叹词,表示惋惜。译者注。

世俗人公平的命运使然,杀害自己同伴的凶手却成为自己人,致使无法报仇雪恨。因此,人们对沃玛吉产生了怜悯之心。

次日,他们起床后,简单烧了茶,喝完茶,用一匹马驮尼夏的尸体,把帐篷等物品一件不落地驮在公牦牛身上,踏上回家的路途。他们当天就到了山顶。

途中把查巴赤松的尸体也用一匹马驮走了。他的尸体还没有被狗和狼糟蹋,和头天一样,脸上扣着帽子,仰躺着。

昨天那位老汉见他们追索成功——把牦牛群黑压压地赶过来,就出来接应。老汉请他们在他家至少住上三天。可是两匹马分别驮着两具尸体,不可能领受其他人的接待。老汉给他们的大拇指抹上酥油,这是英勇的标志。

老汉加入了绒巴德萨。他说:"我要把一切都献出来。"

离部落越近,他们心里就越感到恐慌。

查巴赤松是个孤儿,所以对他来说,只有同情者,而没有悲伤的人。他生前是个非常听话的人,叫他干啥就干啥。他的后事由部落长家办理。然而,那个叫作沃玛吉的苦命女人,当初被次角像丢掉狗屎一样,扔在没有人烟的荒野上,让她饱受人间地狱之苦;后来与尼夏在一起,有了孩子,过起了人羡己乐的生活;可是丈夫却死于仇敌之手,不用说,她承受着巨大的痛苦。

次角心想,我曾经无情地抛弃她,把她孤零零地扔在北部荒原。这次我又把她丈夫杀掉了。我成了她眼中的芒刺、心中的疖子。她见了我会把我看作是鬼,听到我的名字就会把我看成是妖怪,不可能跟我过日子。我再怎么忏悔,她也不会答应。

想到这里,他就停下来,毅然决然地对部落长说:"她见不到我,痛苦就会少一点儿。她见到我,痛苦、憎恶和怨恨会使她发疯的。不如你们把我杀了。"他解开皮袍大襟,做出让对方朝自己胸口开枪的姿势,"不要跟她说杀死他男人的是我,就说你们已经替她报了仇。"

听到次角说的话,看到他的举动,旺钦感到更加悲痛。他把刀子戳到地上,举起两个拳头,用划破天空的声音吼道:"救星辅佐者、护法疾驰者,您去哪里啦?您是不是瞎眼啦?我为什么要遭受这样的痛苦?格宁伦布神,我去的时候没人迎接,我回来的时候没人送行。灾祸降临到我头上,为什么就没有救星出现?"他恨不能一刀把次角从头顶至脚底砍成两半,为朋友报仇,但他只能乖乖地听部落长的话。

次角又一次解开皮袍大襟,大声吼叫道:"打死我吧,打死我吧。"

部落长走到次角跟前,朝他赤裸的胸脯砸一拳,说:"想开点儿。你不是沃玛吉的男人吗?再说,一个女人会有报仇的想法吗?她怎么知道你是杀害她男人的凶手呢?"

次角清楚地理解部落长说的意思,点点头,继续往前走。

到了山顶，全部落的人都在迎接他们回来。次角也曾"光临"过此地，因此他对这个部落十分熟悉。离部落越近，他们心里就越紧张。赞拉部落长和旺钦在为该如何跟沃玛吉说而犯愁。这种意外事故如同晴天霹雳，会使她感到难以忍受的痛苦。她会不会因此而遭遇出乎意料的灾祸？因种种原因，次角和沃玛吉之间出现了波折，但次角毕竟是她无可争辩的男人。两个孩子不会知道事情的复杂过程。沃玛吉再怎么痛苦，也没有理由产生一辈子都无法忘怀的悲伤。

看到部落长一行人及其牦牛群回来，家家户户都急着烧茶做饭。炊烟从帐篷顶上袅袅飘升，看似青龙腾空跃起。然而，也不知是没能马上生火还是……总之不知是什么原因，沃玛吉家的帐篷只飘出一缕细如马尾巴毛的烟。

沃玛吉一手牵一个孩子，跟其他留守的人一道前来迎接部落长一行人。可是她没有见着自己的男人尼夏的影子，却看见两匹马分别驮着两具尸体，禁不住掉下几滴泪珠。但她没有哭喊，而是用胳膊紧紧搂住两个孩子，说："这次你……你们走……走后……我一直……做噩梦。我想这是凶兆。这是我上辈子做什么坏事得到的果报吧？"

沃玛吉是个经受过各种痛苦考验的女人。因此，她心胸开阔。她只是哭泣，却没有闹腾，这使得他们心里的恐惧逐渐消除了。

次角感到极其惭愧。他把脑袋完全耷拉下来，站在一边。

部落长用手指指着次角，对沃玛吉说："他找了你很长时间。你们回家吧。"

沃玛吉把次角从头到脚打量一番，没有露出半点儿不满情绪，说一声"走"，带上两个孩子，与次角一起回家了。

这里没有一个僧尼。他们请来当地几个稍有点儿宗教知识的人，为两个死者举行简单的宗教仪式后，把两具尸体埋葬了。部落长、旺钦、顿珠和次角等各家在四十九天之内都不分昼夜地点灯，祈祷两个死者能够顺利走出中阴窄道。

雪嘎和鲁嘎虽然不是自己亲生的，但次角像对待亲生孩子一样疼爱这两个孩子。他对自己过去的所作所为进行忏悔，把好衣好饭都给沃玛吉享用，对她倍加呵护，从来没有为家务事跟她争吵过。

他本来是个杀人凶手，可他能够践行诺言。这让赞拉部落长和旺钦很满意。他们把枪还给了他，但是一丁点儿火药、一颗子弹也没有给他。平时他把枪挂在帐篷柱子上。

部落长把三支枪中最好的那支留给自己，把其余两支分别给了顿珠和占堆。即使骏马长出翅膀也不怕的小伙子有了枪，感到非常自豪。这两个人总是枪不离身，就差解手和提水也背枪了，而且时常装上火药，用白色牦牛粗毛把枪口堵住，以防灰尘掉入枪膛，如同即将前往战场的英雄，走到哪里，哪里就飘扬起红色翼旗。

"喔——秀秀。"

顿珠和占堆把牦牛群赶回了住处。他们枪上的红色翼旗猎猎飘扬。

山鸟回山,麻雀归巢。"呱呱"地叫着,整天价为觅食而奔波劳累的乌鸦也张开翅膀,三三两两地飞回到红岩城堡。金黄色的晚霞,像一幅绝世的油画,给西边的天地连接处以光耀。夕阳金灿灿的余晖,像野兽的犬牙似的散落在悬崖绝壁顶端。这个白天寂寥宁静的小小部落沸腾开来。女人们带着木桶和野牦牛犄角挤奶器,开始挤母牦牛奶;男人们嘴里喊着"确咧、确咧",按平时的顺序,把牦牛拴到拴牛地线上;羊倌们把白云似的绵羊群慢慢赶往居住地。

不论什么样的极端痛苦,都会随着时间的推移逐渐消遁。这是事物的规律。正因为如此,早晨和晚上能听到从畜圈里传出来"哈哈""嘿嘿"的笑声。

次角把自家的牦牛拴在拴牛地线上,左一个右一个地领着雪嘎和鲁嘎回家去。

扎西央恰说:"沃玛吉大姐,快看,这两个孩子的身材多么像次角大叔。"

沃玛吉说:"不像。怎么会像他呢?我看长得倒跟那个死去的一模一样。"

尼玛走过来,对扎西央恰说:"要是你肚子里的孩子以后不像占堆,像我的话……哈哈!"

"说什么呢?闭嘴。不要脸的。"

"哈哈哈!"

部落长一拨人一举铲除了搅得绒巴德萨不得安宁的土匪,而且还缴获了四支枪的美名传到附近其他部落,使得那些部落羡慕起绒巴德萨来。以前因为绒巴德萨弱小无能,被人嘲笑为老太太部落,成为别人欺负的对象。可是如今被人们称赞道:"骑士和马都立功了。"而"无敌八兄弟"听到此话后,非常恼怒,又无比害怕。

此前旺钦回老家时,凑巧碰见了珠塔,又知道他是"无敌八兄弟"之一,就吓唬他,让他用舌头舔枪口。尽管他的肉体没有遭受难以忍受的痛苦,但是他受到了极大的蔑视和侮辱。因此,他的哥哥阿塔和曲塔便说:"正像俗话所说,祸从天降。无缘无故欺负人的罪魁祸首是谁?会不会是被绒巴德萨灭掉的土匪?绒巴德萨的赞拉和我们之间没有输赢之分,哪怕用秤称,也不会有什么轻重之差。他们不会这么做。他们也没有枪。"他们到现在还不知道旺钦和尼夏两户人家到这里了。

"哼,如此轻视、欺负我们的是什么人?他就是阎罗王又怎么样?只要能够和他搏斗一场,就算五百年投不了胎,也不后悔。"很多天来,阿塔磨着刀子,狠狠教训起珠塔,瞪着他道,

"贱骨头，世上还有你这样卑贱的人吗？从今天起，我只能把像你这样一个忍受着连做梦都不会梦见的屈辱，舔人家枪口的下贱男人，认作我和曲塔的妹妹，而绝不认作兄弟。你把皮袍下摆接长一点儿，去干女人干的活儿，不要再干男人干的活儿。"

曲塔也效仿哥哥骂道："男人没有骨气便是女子，武器不锋利便是龙葵。还好人家没有叫你舔腚子，不然你会舔得美滋滋的。"

珠塔像耗子见了猫似的坐在门口，接受两个哥哥的训斥，如同鼓槌一般垂着脑袋。

两个哥哥的谩骂，就像一个优秀的说书人讲神话故事一般，没完没了。

"哼！'一百个好汉里面出一个下贱男人，一百个下贱男人里面出一个好汉。'这句话说得多么在理啊。我们八个生死兄弟中，你是个卑贱的男人，吃屎的死男人。'有恩不报，善良人越来越少；有仇不报，仇家越来越多。'"他俩用手指头指着珠塔的鼻子，用更大的声音骂道，"听见没有，下贱胚，啊？"

骂声把珠塔吓了一跳，他低埋着头，不敢正眼看两个哥哥，一副哀怜的样子。他说："我知道他在欺负我。以前我们八个虎崽样的兄弟过着让别人羡慕,自己快乐的日子。但是因为太任性，现在只剩下三个了。这是为什么？到现在都还不明白吗？不知道爱惜马尾巴毛一般脆弱的生命，只知道逞强……"

他想起了已故的兄弟们一个个倒在血泊中断气的情景。话还没说完,他就长长地叹一口气,重又缄默不语。

"哼!这……这……"大哥阿塔没有找到合适的话语,像屁股扎到针似的坐不住。他猛然从坐垫上站起来,两手叉腰,在帐篷里来回踱步。

曲塔也从坐垫上腾地站起来道:"不是不爱惜细如马尾巴毛的生命。可是还有比你忍受这种欺负更窝囊的吗?你是我们生死八兄弟的败类。你出的这种洋相留存在世界上的时间,会比你的寿命还要长。"他骂着,一时控制不住愤怒的情绪,朝炉灰砸了一拳,疼得很,但他装作不疼的样子,咬住了下嘴唇。

阿塔和曲塔认为让珠塔舔枪口的不是绒巴德萨的人,尤其是听说最近绒巴德萨的人摧毁了一支匪帮,缴获了四支枪。他们知道今后绒巴德萨将所向披靡,心下想道,现在要规规矩矩地待在自己的地盘上,做到"坐比兔儿直,动比猫儿轻"。

大家悄无声息地坐在那里,安静得连一粒羊粪蛋被风吹动的声音也能听得到。

赞拉部落长拥有四支枪中最漂亮的那支。他心想,这下别说是"无敌八兄弟",就是阎罗王也没有什么可怕的。今天我得试探试探他们。于是,他背起杈子枪察仁南嘉,骑上一匹黑亮如乌鸦的马,借口去打猎,直奔"无敌八兄弟"家所在地,在他们家前面状如赤狐后背的草滩上打尖,故意把一块肉露在褡裆口，背起枪，去打水。

"无敌八兄弟"发现一个背着枪的骑士在草滩上打尖，枪叉上的红布翼旗在迎风飘扬，便感到万分惊奇和恐惧。他们透过门缝窥视他。

一只乌鸦看见露在裆裆口的肉，就"呱呱"地叫着，盘旋着落到裆裆旁边吃起肉来。

赞拉部落长按事先准备好的那样，把枪拿下来，全神贯注地瞄准后开了一枪。随着一声枪响，那只乌鸦被打死了。"无敌八兄弟"从来没有听到过比雷声更大的声音。这个枪声比雷声还要大。他们对赞拉部落长的枪法感到无比惊奇，他们全都瞠目结舌，一时僵在那里。

在没有见到敌人之前，强烈谴责珠塔，势如发怒的野牦牛，豪言壮语似滔滔江河，然而，现在亲眼见到以前只是有所耳闻，却从未见过的枪，他们便吓得不敢出门，连尿都撒在帐篷里。珠塔的两个兄弟在想，虽然过去我们对武器没有什么概念，但自己的好几个兄弟死在枪弹之下。与这个声如雷霆，嘴冒青烟，能够远距离夺走生命的特殊武器较量，无异于以卵击石。

为了试探"无敌八兄弟"，赞拉部落长伴随着蓝色烟雾，在那里烧茶、吃东西，一直待到了日头偏西。可是"无敌八兄弟"却像遭到灭顶之灾似的，除了那顶破旧的帐篷，一个人影也没有。于是，他给马套上马鞍、辔头，跃上马背，扬鞭催马，唱着《强盗之歌》，踏上了回家的路。

阿塔、曲塔和珠塔三个人这才有点儿动静，都叹着气，像散了架似的瘫在坐榻上。

珠塔为自己当时出于无奈而忍受欺侮做出辩解道："枪这东西是不是很可怕？我要是不舔枪口，试图反击，我的性命能保住吗？"

两个哥哥像是被吓破了胆，瞪大双眼，连一句话也说不出来，刚才那个可怕的枪声似乎仍在耳边回响。

第二天，赞拉部落长穿一件绣有黄色小团龙纹的黑色缎面猞猁皮袍子，外面套一件豹皮镶边、狐狸皮领子的袍子，头戴一顶土灰色旧礼帽，脚蹬一双打了牦牛皮靴底补丁的旧蒙古靴子到旺钦家。

平时他没有如此盛装打扮的习惯，除非是参加新年欢宴，或者赛马等聚会。看到部落长不但穿了所有贵重服装，而且冬天也戴礼帽，旺钦就觉得今天他可能有什么重要事情。旺钦赶忙从坐垫上起来，把部落长迎进家门。

扎西央恰把一张皮垫子拿到外面抖了抖，把它铺在帐篷最里边，请部落长坐。

今天他穿上盛装，笑容满面地坐在帐篷最里边，看上去还真是个有福气的部落长。扎西央恰急忙往炉膛里添加几块牛粪，煮上几块肉，准备招待部落长。

从帐篷天窗透进来的一缕长方形阳光照到旺钦身上。他脱掉两只袖子，赤裸着上身。由于炉火旺盛，阳光强烈，他的脸变得油光发亮，而且从脖子上流下的几滴汗水，比赛似的直淌向他红里透黑、肌肉暴突的胸口。

部落长抚摸一下没有胡子的下巴问道："占堆不在吗？"

"他去饮牦牛了，估计快回来了。"扎西央恰说着，从门缝里朝远处看。

旺钦倒上一指甲盖鼻烟，右手抓着鼻烟壶欣赏着："部落长昨天去打猎了吗？"

部落长又一次抚摸一下没有胡子的下巴答道："是的。差点儿杀掉了三头脾气暴烈的野牦牛。"他接着说，"哈哈哈！我逗你玩。昨天我去试探'无敌八兄弟'，待在他们家前面的草滩上烧茶。他们不敢理睬。我还故意让一块肉露在褡裢口，开枪打死了落在上面的一只乌鸦。这可把他们吓得好像尿了一裤子尿，屙了一裤子屎。"说完，再一次"哈哈哈"地大笑起来。

旺钦把鼻烟壶放在面前，用大拇指和食指夹一点儿鼻烟，贴到右鼻孔边，"嗞儿"的一声吸进去，从两个鼻孔里喷出一缕如同冬季沙漠上的尘埃似的白灰。白灰把他的脸都遮得看不见，他开玩笑道："你不是说没去打猎吗？你去打猎，打了一只乌鸦哟。哈哈哈！"

旺钦心想，"无敌八兄弟"的锐气被我们打掉了，已经失去了反击之力。从此以后，部落长也许会打消复仇的念头。按理说，我们手里握着威猛如雷霆的枪，而对方只有腰刀，他们并不可怕。但他假装非常关心部落长的安全，说道："啊啧，你为什么不带我？你是不是把我早先时候发誓帮你报仇的事儿给忘了？我还以为你真的去打猎了呢。"他虽然嘴上这么说，但实际上不想跟自己无冤无仇的"无敌八兄弟"搏斗。

部落长说："昨天我只是试探一下他们，没有打算跟他们打，也就没有带帮手。也许他们没有认出我来。反正他们没有出现在我眼前。我和顿珠准备明天让你帮忙去报仇。等得太久就没有什么意思了。你要是有空……"

部落长的话弄得旺钦一筹莫展。他想，就算借口说明天有其他事情，或者找到永远不得空的借口，别人怎么可能相信？当初投靠这个部落时，我已经许下了诺言。一箭既发，不可收回；一言既出，驷马难追。他说："有空。你什么时候叫我动身，我就什么时候动身。"接着又想，去报仇时不能没有个勇敢的帮手，到时候我还得求别人，所以应该信守诺言，便装出一副非常满意的样子说，"我们都有枪，那些个吃屎的没有什么可怕的。"

"太好了，太好了。"部落长一脸高兴的样子。他思忖着，除非万不得已，不然面对面进行肉搏的应该是顿珠和我的事儿。于是，他派扎西央恰去叫顿珠。

部落长问旺钦道："你看我们是伏击好呢，还是面对面地进行搏斗好？"

"嗯……"旺钦没有马上回答。他想了想，那三个兄弟曾经以天下无敌手著称，可是现如今却变得胆怯、卑微。那天我回家乡时，凑巧与那个叫珠塔的邂逅，欺负他舔枪口，他无可奈何地舔了。男人见男人，能够忍受这种侮辱的少得很。如果明天准备以偷袭的方式报仇，三支枪干掉那三个兄弟根本不是个事儿，还不如面对面地打。这样他们一定会投降。我得想个办法让他们逃离死亡。这样一来，既不用无端杀人，又能够表达真心实意地帮助部落长和顿珠的心意，一石二鸟，我们各自的目的也就达到了。特别是我跟"无敌八兄弟"没有冤仇，杀掉他们有什么值得骄傲的？想到这里，旺钦对部落长说，"依我看，还是面对面地打吧。三个有枪的人搞偷袭，太丢人了。"

陶罐里的肉汁沸腾开来，溢出的肉汁滴到炉边的灰烬里，发出"呲儿、呲儿"的声响。金汁似的油星从陶罐里潜出来，使得本来就油亮的陶罐越发显得光亮。旺钦用两只袖子把陶罐从炉子上拿下来，掏出胁刀，用刀尖把肉一块块地挑起来，放在部落长面前："半生不熟的肉味道好，不太熟悉的朋友感情好。"

这些肉还真的是外熟内生。部落长面前口子破裂的盘子里的肉汁，一如河流般流了出来。

"肉不太好。不过你可不要客气哟。"旺钦拿起一块肥肉，放到部落长手上，开玩笑道，"凉茶好喝，自己不待凉；热肉好吃,长官不给。"

刚从陶罐里取出的肉和肉汁把部落长的手烫得受不了,他便说:"等一会儿,啊擦擦①。"他把那块大肥肉放下,生怕手上的油渍和肉汁把名贵的衣服弄脏,就两手伸开,双眼盯着那块肉的脂肪看,含含糊糊地念诵起六字真言。

顿珠和扎西央恰兄妹俩也过来了。顿珠背着那支与他形影不离的枪。

他喜出望外,嘴都合不拢,屁股还没有着地,就忙问:"部落长,说是明天就出发,这是真的吗?"

部落长答道:"是的,是的。坐吧。吃这个。这块肉太肥,我吃不了。"他把刚才旺钦特地给自己的那块肉递给他,拣一小块瘦一点儿的肉吃起来。

"吃大肥肉,需胆大的人。"顿珠开着玩笑,掏出胁刀,吃了起来。

"呀,呀。你要是个大胆的汉子,明天就别掉链子。"部落长逗着趣,从自己正在吃的肉上切下一片脂肪道,"呀(给),吃吧,胆大的汉子。"

有关部落长和顿珠带上旺钦做帮手,次日就去报仇的消息,像长了翅膀一样,传遍了这个小小的部落。次角和占堆闻讯后,

---

① 啊擦擦:哎哟哟,好疼呀。译者注。

争着赶到旺钦家请缨。

"我也要去。"

"带上我吧。我不会出洋相的。"

"必须带上我。"

"我去定了。"

"俗话说:'有一百个朋友也不算多,多一个敌人也算多。'必须带上我。"

次角说:"你们要是信得过我,就把我带上。我虽然不是不吝惜马尾巴毛一般脆弱的性命,但你们饶我不死,还把我当作自己人,给我枪,把我的妻子沃玛吉从痛苦的深渊里救了出来。为了报答你们的恩情,这次我一定要去。就是死,也没有任何可遗憾的。"

"我一定要去给你们帮忙。我胯下有马骑,身上有枪背。该是男儿和坐骑风光的时候。"占堆满怀信心,坚信他们会带上自己。

"我知道你们俩说的是心里话。我不是不相信你们,怕你们出丑。俗话说,杀虱子用不着动斧头(语近'杀鸡焉用宰牛刀')。我们五个人去对付只有刀子和古朵的三个人,其他部落的人肯定会笑话我们的。下次做旺钦父子俩的援兵时,我们都不得退缩、腿软。"

出于无奈,次角缩在一边待着。

"你们是说……也不带我？"占堆张着大嘴，刚才那股信心像水中的泡沫一样一下子消失了。

旺钦对部落长说的话十分满意，尤其是"下次做旺钦父子俩的援兵时，我们都不得退缩、腿软"这句话，令他非常感动。他想，我即使背负山一般大的罪孽，穿过比江河还要长的地狱，也要毫不犹豫地去搏斗，要像猛虎一样扑向敌人，紧要关头连八岁的小孩儿也不能放过。于是他说："是的。杀虱子不需要动用斧头。你们俩放心好了。"次角和占堆想去寻仇的念头还没有打消，两只手相互揉搓着，眼巴巴地望着旺钦和部落长。

旺钦知道他俩的心思，强调道："的确是这样。杀死虱子挥斧头，会遭到其他部落嘲笑的。"

占堆轻声说："那么，给我们俩派个帮手不行吗？"

"哈哈哈！"部落长大笑着，"这怎么能行？这次报仇是我和顿珠的事儿。如果让别人替自己去，就会像俗话所说的那样，落得个'名声长于寿命'的境地。旺钦友是个足智多谋的人，不能不带。"

部落长在"旺钦"的后面加了个"友"，使得旺钦更加感动，仿佛浑身都有了使不完的力气，激动得连话都说不出来。他带着一脸信任、自豪、喜悦和自信的神情，望着部落长。

他们聊起各种话题，待了很长时间。部落长和顿珠先离开旺钦家，回到各自的家，为第二天出发做准备。

次角不能跟他们一起参加复仇行动，就迈起懒散的步子回家去了。

次角走出旺钦家没一会儿，又被旺钦叫了回来："廓日，次角，快过来。"

"啊（哎）！"次角以为要带他去打"无敌八兄弟"，高兴地回应着，转身小跑着进了旺钦家的门。

"我们没有多少火药，需要省着点儿用。"旺钦给他五发子弹和一个速装火药角。从旺钦的角度讲，这无疑表明他对次角完全信任。从次角的角度讲，这是对他没能跟他们一起去打"无敌八兄弟"的慰藉和旺钦信任他的佐证。对此他感到无比激动。从他用双手恭恭敬敬地接受火药和子弹的样子看，那个速装火药角仿佛是举世无双的黑玉石瓶，而五颗子弹好比是罕见的五丸神药。

等到客人们都回各自的家后，占堆央求旺钦道："阿爸，你们就算不带次角，也应该带上我呀。"

"刚才你没有听到部落长说的'杀死虱子用不着挥斧头'吗？"扎西央恰说着，割一小块肉递给占堆。

"啊啧，你们女人懂什么？"占堆很不耐烦，没有接扎西央恰递过来的肉，朝旺钦靠了靠，"阿爸，要不你待在家里，我替你去。"

旺钦摇摇头，执意道："我早已发誓要帮部落长报仇。我不去怎么行？"

占堆固执地说："父子俩谁去都一样。我看没有什么区别。"

他再怎么摆出懂很多道理的样子也没用。旺钦说："你不要再闹别扭。不如把我的枪擦干净。"他把挂在帐篷最里边柱子上的枪取下来，从上到下好生欣赏一番后，递到占堆手上道，"把里外都擦干净啊。"

旺钦掏出鼻烟壶，往左手大拇指指甲盖上倒一撮鼻烟，用右手大拇指和食指取一点儿鼻烟，把手抬至鼻子边，将左手手指头顺次朝里面叠加，很有层次感地贴在胸口，看上去仿佛一尊战胜三烦恼的佛像。

占堆把枪的里里外外都擦了一遍。旺钦看了一会儿，"咝儿"的一声，将右手大拇指和食指举到鼻孔边，吸起了鼻烟。

扎西央恰问："明天需要带多少干粮？"

旺钦答道："不用带。"

扎西央恰说："不带干粮怎么……"

占堆把扎西央恰的话茬儿接过来："他们说要在'无敌八兄弟'那儿吃。"

"他们要是有够一辈子的衣食，自然就有够我们三个人吃一天的食物咧。"旺钦说完，就像喝干碗里的青稞酒一样，把左手指甲盖上的鼻烟全部送进右边的鼻孔吸干净，把头抬得高高的，打了个雷鸣般的喷嚏。这一喷嚏使得口水喷溅到火炉里，发出了"呲呲呲"的声音，把扎西央恰吓了一跳。

次日拂晓前，部落长家的佣人、次角和旺钦的儿子占堆等人把三匹马分别拴在部落长、顿珠和旺钦家的门口，套好马鞍、辔头，把马尾巴扎起来，往枪里装上火药和引火药，戴上耳套，做好出发前的准备。

部落长、旺钦和顿珠吃完早饭，太阳爬上山巅，大地变得金灿灿的。他们三人背起枪，骑上马，出发了。

部落里各家各户门前煨起桑烟。蓝色的烟雾弥漫开来。所有在家的人都祈祷他们三人取得胜利。

占堆和次角想一同前往作战的愿望无法实现，便像忠诚的卫士，端着枪，久久地伫立在自家门口，目送三位远行的骑士。

过去，"无敌八兄弟"对部落内外所有人都耍威风，弄得部落里没有一个人跟他们交往。不论他们到哪里，都没有人跟他们同行。现在也没有邻居，依然是独门独户。

这会儿三兄弟可能正在家里吃着喝着，聊着天，打发时间，牛羊等家畜散落在他们家前面的草滩上，没有一个人看管。从他们家帐篷里飘出来的袅袅升腾的炊烟看，这个没有女人的家庭无疑是个富裕户。

到了一个山垭，部落长一行三人下马，把马肚带和缚鞍带，以及各自的皮袍带重新系紧，取下枪口塞子①，用火镰擦火，点燃导火索，在头发上擦一下，骑上马，左手握住缰绳和枪，右手扬起鞭子，犹如同时射出的三支箭，毫不迟疑地冲向"无敌八兄弟"的家。

旺钦跑在前面，部落长和顿珠紧随其后。他们来到离帐篷很近的地方，"无敌八兄弟"仍忙于吃喝、聊天，一个人也见不着。

"叽嘿嘿！"

"叽嘿嘿！"

"叽嘿嘿！"

他们把马鞭插在腰间，两手端着枪，吼叫着把帐篷包围起来。

如同晴天霹雳，一阵突如其来的呐喊声惊得三兄弟张着嘴，瞪着眼，愣愣怔怔的，不知所措。

"叽嘿嘿！"直到这时还不见动静，旺钦就又吼了一声。

部落长吼叫道："廓日，'无敌八兄弟'，如果你们没有变成死尸，就出来吧。"

大家都知道来人是绒巴德萨的赞拉部落长，就握着腰刀走出了门。万万没想到的是，三个紧握杈子枪的骑士绕帐篷转起圈来。"无敌八兄弟"原地打着转，看着他们三人奔跑，却没有一点儿回应的勇气。

---

① 枪口塞子：用牦牛粗毛制作而成。译者注。

他们还在"叽嘿嘿、叽嘿嘿"地吼叫着绕帐篷跑着。

他们如此这般多次绕帐篷奔跑后,方才下马,将枪口对准"无敌八兄弟"。部落长往前迈一步道:"来吧。如果汉子是个骑士,就来吧。你们经常嘲笑和欺负的'老太太部落'的孩子长大成人了。来吧。"

一见可怕的枪口、冒着缕缕青烟的导火索,三兄弟便吓破了胆,把腰刀扔到他们面前,哀求道:"求求你们,饶了我们吧。我们对过去的所作所为进行忏悔。从今往后给你们当终身奴隶都可以。"

赞拉部落长和顿珠向前跨一步,嘲笑道:"嘿嘿,忘记亲友之仇,还算是男子汉吗?是不是不想为死去的亲戚报仇?"

阿塔和曲塔双膝跪地求饶道:"饶我们一条小命吧,饶我们一条小命。"

珠塔仍像一尊泥塑,一动不动地站着。部落长把枪口对准珠塔道:"你看上去像个男子汉。可是你的神经出了问题,不太好动了吧?我先给你调理调理,让你能够动起来。"他转而瞄向珠塔,吓唬道,"廓日,跪下。"他按住珠塔的脖颈,把他的额头也按到地上。

"绒巴……绒巴德萨的……首……首领……赞拉阁下……不怨您……都怪我们胡作非为。今天……您就放……放过我们吧。求求您。"珠塔哭喊着求饶。

旺钦把嘴贴到部落长耳边,建议道:"他们这样求饶,就是英雄好汉也会动慈悲心肠。让他们舔枪口,然后放过他们,怎么样?"

部落长沉吟片刻,长叹一口气。

"无敌八兄弟"虽然不知道旺钦对部落长说了些什么,但抱着逃脱死亡的希望,像老鼠见了猫一般,眼巴巴地望着部落长一行人。

部落长把枪放下来:"你们要是还想活在世上,看到明亮的日月,就从我们的胯下爬个来回吧。"

"啦嗦①,啦嗦。""无敌八兄弟"一个接一个地从部落长两腿中间爬了个来回。

"无敌八兄弟"遭受这一莫大的凌辱后,依然跪在地上。不过他们的面色比先前好多了。

部落长大声说:"哼,放过这三个魔鬼没那么容易。你们要是真想活在世上,就快舔我们的枪口吧。"

于是,部落长、顿珠和旺钦分别把枪口对准阿塔、曲塔和珠塔的嘴巴。

"无敌八兄弟"跪在地上,一脸畏惧地伸出舌头,舔起对准自己的枪口。

---

① 啦嗦:好的。译者注。

一个画面突然出现在部落长的脑海中：

"儿……儿子，赞拉……你要像抚养孩子一样，经营这个部落……为了我……不……为了……我和今天遇难的……所有乡亲们……报仇……要是不把'无敌八兄弟'消灭掉……你就不配做男人……必须要报仇……你在……在我微弱如马尾巴毛的气息……断绝前……你……你答不答应？要是不答应……我死后埋在地下……也不能瞑目……你答不答应？"

"阿爸，我答应。此仇不报，我誓不为人。"这句话总在他耳边回响。

"无敌八兄弟"仿佛得到稀世甘露一般，舔起了枪口。

"嗒！嗒！"

随着两声枪响，阿塔和曲塔仰面倒地，死了。

旺钦惊愕地瞪大眼睛望着部落长。

部落长拍一下旺钦的肩膀，说："没有办法。我用我活人的手握着先父失去生命的手答应过要报仇。我知道，英雄好汉也应该动一动慈悲心肠。不过,我在先父临终前答应过,没办法。"他有些不自在地埋下了头。

珠塔如同塑像，脸上没有悲喜、恐惧、怨恨、痛苦等任何表情，甚至好像连自己的两个兄弟被杀都不知道，仍旧舔着旺钦的枪口。

部落长说："杀了他，留下他一个人有什么用？"

旺钦把枪放下来："你们俩的仇已经报了。杀他有啥用？还不如让他给我们当佣人，放马看狗，怎么样？"

"'豢养狼崽难成看家狗。'那就饶了他吧。"部落长往枪里装着火药说。

旺钦出于怜悯，没有杀掉珠塔。可是珠塔却认为这不是什么怜悯，而是对他的侮辱和鄙夷，认为人家觉得他不值得一杀，故意羞辱自己。他走一截后又想，曾经犹如虎崽似的八个同胞兄弟，如今只剩下我一个人了。我虽活着，但成了众人嘲笑的对象。他不杀我，也是为了让我成为人们嘲笑的对象，而不是发慈悲。他跟我们连针头线脑大的纠葛也没有。可那天他无端地欺负我，让我舔枪口。这个人不会有什么慈悲心肠。这次不杀我，也是欺负我，让我成为人们嘲笑的对象。我一个人活着还有什么意思？想到这里，他突然捡起一块鸽子大的石头，一扔，砸中旺钦右脚胫骨，致使他疼痛难忍，仰面倒地。

"旺钦大叔。"顿珠立马把枪扔到地上，扶起旺钦。

部落长"嗒"的一枪，把珠塔送到异域去了。

"啊茹茹①。"旺钦由顿珠搀扶着，试图站起来，但是右脚不能着地，于是，由部落长和顿珠在两边扶着，慢慢走进了刚刚被他们送到西天的那三个兄弟的帐篷。帐篷里整齐地摞着驮

---

① 啊茹茹：哎哟哟，好痛啊。译者注。

牛的鞍子、衣物和装肉的口袋等物件，门口长方形扁石上码着倒有茶的碗和很多吃剩的肉。

部落长和顿珠用一件皮袍做靠背，把旺钦轻轻地放在坐垫上，让他的两条腿伸开。炉子里的余火红红的。顿珠像到了自己的家一样，往炉膛里添加着牛粪，在烧茶。

旺钦的两个脚面能够轻轻活动，可见骨头没有断裂成两截，但是骨折是毋庸置疑的了。部落长和顿珠把几根橛子劈成片状，准备给旺钦包扎。当他俩脱掉旺钦的鞋子时，发现他的胫骨上有一块直径跟茶碗差不多的瘀点，且从脚至膝盖都肿了。部落长用手指头轻轻地碰触着肿块，说："'过于怜悯，怨恨就断不了。'这句话多么有道理。对这种狼一样的人不值得同情。"

旺钦说："这可能是我前世欠下的债。脚没有断，不打紧。"

由顿珠协助，部落长把扁平的木片整齐地排列在旺钦小腿的前后左右，用粗牦牛毛一道又一道地扎紧绑好，进行包扎治疗。

旺钦的腿脚肿至膝盖处，虽然并非疼得难以忍受，但是无法行走。

部落长给顿珠一块肉，吩咐道："你赶紧吃饭，回去把占堆、次角、尼玛和拉嘎叫来。不这样，旺钦的脚受伤了，我们回不去。你只能说旺钦的脚被石头砸伤，走路不方便，而不能说伤情严重。"

顿珠吃着肉，略微想了想："我现在回去的话，快到半夜才能到家。现在快到中午了。不如到达娃家，路途近一些。"

"行，行。到达娃大叔家，把情况全都告诉他。请他派三个人帮忙。他一定会帮忙的。啊喷，我把这茬儿完全给忘了。"

顿珠立即背上枪，扬起鞭子直奔达娃家。

"谁是达娃？这个名字我听说过。"旺钦问部落长，掏出鼻烟壶，往左手大拇指指甲盖上倒鼻烟。

赞拉部落长有些不自然地笑一下："这个你当然听说过。你和……啊喷，他算是这个部落的部落长。不过，在'无敌八兄弟'的欺压下，他只能管自个儿家里的事儿，却没有权力管部落的事儿。他是我先父姨妈最小的孩子。你们到我们的夏季放牧点时，他到我家探亲。在普通人看来，他的面容残暴威严。那天叫他去协助顿珠和那个去世的（查巴赤松）。啊喷，不说这个了，叫人害臊。"部落长显得有些惭愧。

旺钦想起那时的情景："这下我想起来了，是那个脸圆得像猫，满脸胡子拉碴，眼睛充血的人吧？"

"是的，就是他。他知道今天我们把'无敌八兄弟'干掉了，会乐得发疯的。"部落长往炉子里添着牛粪说。

旺钦说："那天你们的三个骑士到我们那儿，叫我们很担心，以为是三个土匪。"

部落长说："听我们的放牧员说一户陌生人家来到我们的夏季放牧点时，以为又是像'无敌八兄弟'那样的暴徒，弄得我们也很担心。不过，我们能够生活在同一个部落，共同铲除所有外敌，美名传到其他部落，无疑是前世积德的结果。"

茶烧开了。部落长找出糌粑，给旺钦糌粑糊糊和肉吃，倒茶给他喝，像宠儿一样照顾他。

临近天黑时，部落长把牛羊赶回畜圈，给那两匹马盖上罩衣，迁移拴牧橛子。

此时，顿珠到了达娃家，一下马，顾不上寒暄，就兴致勃勃地说："达娃大叔，我们已经把'无敌八兄弟'除掉了，全都除掉了。"

"啊？什么？再说一遍。"达娃怀疑自己是不是听岔了，就把右耳贴向顿珠仔细一听，才知道自己没有听错，"男子汉，男子汉。我从来没有听到过这么好的消息。进来吧，进来。"他把顿珠手里的缰绳交给他的儿子贵楚，说，"把马迁到牧草好一点儿的地方。"他牵起顿珠的手，把他迎进家门，"呀，你们是怎么把他们杀掉的？只有部落长你们两个人吗？部落长派你来告诉我这个好消息啊？"他像个喜欢听古代故事的小孩儿，坐在顿珠跟前，听他说话。

顿珠说："还有旺钦帮忙。"

"旺钦是谁呀？"

"是前年加入我们部落的那个人。"

"哦，是那个有枪的人吗？"

"是的。"

"好汉们,这下可好了。话说'小人得志,焚毁佛法'。不把那些坏人除掉,谁都见不到阳光。"他说着摸了一下顿珠的枪,"那天我听到你们消灭一个匪帮,缴获很多枪支的好消息后,本想前去祝贺,可是怕被那三个仇敌('无敌八兄弟')发现,就没敢去。"

顿珠把他们如何杀掉"无敌八兄弟",旺钦的胫骨又是如何受伤的,以及自己的来意等从头至尾讲给了达娃。

翌日快到中午时,顿珠、达娃及其儿子贵楚和丹玛到了部落长和旺钦跟前。

有关杀掉"无敌八兄弟"的事情,昨晚顿珠从头到尾讲过一遍,可是达娃意犹未尽,还想听。他反复问道:"呀,大侄子,好汉们,你们是怎么杀死'无敌八兄弟'的?你们叫他们舔枪口的时候,他们是怎么做的?他们是不是很害怕?"

部落长把灭掉"无敌八兄弟"的过程从头到尾给他讲了一遍。

他们把帐篷、肉、酥油和奶渣等全都驮到牦牛背上,扔掉所有衣物,把旺钦抬到马背上,由达娃牵着马,其他人先走,贵楚和丹玛赶着牦牛跟在后面。

他们穿过南面一个垭口的时候,占堆和次角像见到阔别已久的父母一般,跑过去迎接。

近了,占堆发现父亲旺钦的马由一个圆脸、满脸胡子拉碴的男人牵着,旺钦的右脚膝盖以下缠着绵羊毛,变得比大腿还粗,由此知道他受了伤:"阿爸,阿爸,怎……怎么啦?"他哭喊着抱住旺钦。

旺钦拍拍占堆的肩膀,安慰道:"没事儿,没事儿。"

部落长搂住占堆,解释道:"他的胫骨被石头砸伤,差点儿断了,不过情况不严重。"

次角轻声说道:"昨天要是带我们两个多好。"他瞥了一眼占堆。

旺钦笑道:"哈哈!俗话说:'命中注定难扭转,额头皱纹抹不掉。'别说是你们两个,纵有上千人,也难避免。这是我上辈子欠下的债。"

占堆不相信"差点儿断了"这句话。他十分担心地说:"肯定断了。你们瞒着我。"他抚摸起旺钦包扎的脚。

"没有断。"尽管顿珠解释了,但他还是不相信。他问:"没有断,干吗要包扎?"

"真的没有断。女婿你不必担心。也许是骨折了。"顿珠解释多少都没用,反正他不相信,认为这些话不过是安慰他而已。要是把包在小腿外面的毡子解开,就知道父亲的脚变得究竟有多可怕,绝对断成两截了。他看了看用毡子包着的腿脚,发现连指甲大的血迹都没有渗到毡子外面。可是他怎么也不相信他们说的话,断定父亲的脚被敌人打断了。

到达部落后,绝大多数人都出来迎接他们,跟他们寒暄。之后大家都围拢到旺钦周围,关切地问询。

"脚怎么啦?"

"受伤了吗?"

"可能断了。包扎了。"

"是刀子砍的吗?"

"可能是用刀子砍的。他们没有枪。"

……

"你们说我的脚断了吗?没断,伤都没有伤着。这个毡靴好看吧?"旺钦开起玩笑,不做任何解释。

到了家门口,占堆、部落长、顿珠、次角和达娃等人或抓住旺钦的两只手,或小心翼翼地抬起他的右脚,把他从马背上抬下来,搀扶着送进了家门。

看到这一情形,沃玛吉以为旺钦受了重伤,用手撩起衣袍下摆,跑进旺钦家,得知除了右脚,没有受什么伤,便松了口气,问了几句没头没尾的话:"啊啧,脚……脚……"

"脚……脚……毡靴……我穿了毡靴。"旺钦学着沃玛吉,开起玩笑。可是没有一个人笑。

扎西央恰一看见旺钦粗大的脚,就吓得不敢往那儿看。她慌慌张张地围着炉灶转起来。之后,她拿起一个碗,倒入酥油和奶渣,捏出好吃的糌粑团,递到旺钦手里:"阿爸,吃吧。"

接着给在场的所有人倒茶。

部落长坐在旺钦旁边,把绳子一头松开,解开缠在腿上的毡子卷。怕用毡子裹着的伤口渗血,大家便围住他,直愣愣地看他的腿。

部落长把缠在旺钦脚上的绳子解下,慢慢打开毡子给大家看。他的小腿除了简单包扎外,什么伤口、血迹都没有。

占堆喜出望外:"腿好像真的没有断。刚才把我吓坏了。"

旺钦动一动脚面,说:"没断。要是断了,就动不了了。"

占堆把一块从旧皮袍上剪下来的皮子垫在旺钦脚下。

"今晚绵羊归圈后,叫琼波好好包扎一下。我不太会包扎。"说完,部落长跟达娃一起回自己家了。

部落长的妻子等家人双手端着"切玛"和青稞酒,早已站在家门口等候他。但是由于旺钦为自己受了伤,这令他很担心,所以现在才回家。他走进家门,顺便吃一块"切玛",把酒碗接过来,一饮而尽。

几个仆人用双手把头天准备好的等候肉和酪糕放在他面前。

达娃掏出镶银的胁刀不客气地吃起肉和酪糕来。因过去遭到"无敌八兄弟"的凌辱而积聚于心头的仇恨还没有消解,他便喊出死人的名字①道:"要是当即把珠塔杀掉,他就不会受伤。

---

① 喊出死人的名字:西藏多数地区避讳提及亡故者的名字。译者注。

不杀珠塔是他的失误。"

部落长说:"旺钦对'无敌八兄弟'过于怜悯了。"

达娃说:"'过于怜悯,怨恨就断不了。'这句话说得太有道理了。对那种狼一样的人,有什么值得同情的?"

旺钦的脚不再出现无法忍受的疼痛。他心想,这是我无端地欺负与自己没有任何冤仇的"无敌八兄弟"得到的报应。他甚至想,自己的脚被珠塔用石头砸伤是非常合情合理的。我欺负人家,让人家舔枪口,人家用石头砸我致伤,这都很合理。这两件事情即使用尺子量,也不会出现高低之差;用秤称,也不会出现偏差。想到这里,他得到了些许宽慰。他真心实意地想到这些,不怨恨珠塔,而且心想死于刀枪等兵器的人,过五百年才能投胎。于是他因珠塔的死动起了恻隐之心。

晚上,由贵楚和丹玛赶过来的"无敌八兄弟"的牛群和羊群到达部落后,人们跑到畜群里,谈论牦牛和绵羊的毛色、犄角形状和肥瘦情况。

部落长带着羊倌琼波来到旺钦家。这回他的齐腰的发辫用一根粗绵羊毛线扎着,看上去活像一把破旧的扫帚。

"羊倌大爷,牛羊腿脚断了你会很好地包扎。你把他的腿好好包扎一下。"部落长说着,在旺钦对面坐了下来。

羊倌琼波眨巴着陷入无数条弯弯曲曲的皱纹中的小眼睛,看旺钦脚上的肿块。他说着"肿块有点儿大",从怀兜里掏出牦牛舌头样的磨石,在肿块上抹一下,然后把昨天部落长和顿珠做的扁平长方形木条,井然有序而又松紧适度地绑在缠于腿上的一块氆氇上,说:"不要动。你骨折了。多喝点儿骨头汤,很快会好起来的,不碍事。"

从消灭"无敌八兄弟"后获得的财产和牛羊中分给次角五头牦牛和十只绵羊,其余平均分给部落长、旺钦和顿珠三家。

部落长说:"这顶帐篷我要了。我的佣人睡觉的帐篷因风吹雨淋,变得破旧不堪,需要换一顶新的。"

过了十多天,旺钦可以扶着帐篷进出家门。大家都为他快速痊愈而高兴。

羊倌琼波每天早上或者晚上都去看一次旺钦。

这天羊倌琼波眨着裂纹似的小眼睛,从帐篷缝隙往里瞅着:"旺钦大叔,怎么样?好些了吗?"

这时旺钦还躺着。他立即从被窝里探出头来,说:"好很多了。你进来吧。"

琼波慢慢走进去说:"怎么样?我看一下。"他把旺钦的被子往上掀开一点儿,解开包扎一看,已经消肿,跟平时没有什么区别,"现在解开包扎好。不过不要活动得太厉害。"

扎西央恰给琼波倒一碗茶,随后又给旺钦一碗茶和一碗骨头汤。

琼波说:"你要继续喝骨头汤。"

旺钦问："这么好的包扎技术是怎么学会的？"

琼波用比裂纹大不了多少的眼睛看着旺钦道："我从8岁起就一直放牧牛羊。有时牛羊的腿被古朵砸伤——因为牛羊是主人家的，腿被砸断后，生怕被主人发现，就马上进行包扎——我也就有这么点儿多年积累的经验而已。别的我什么也不懂。"

过了几个月，旺钦迈步时，脚稍微有些瘸。尽管基本上痊愈了，但是琼波叫他不要扔掉拐杖。旺钦听了琼波的话，走到哪里都拄着拐杖，右脚着地时，身体的重量靠拐杖支撑。

话说"春风吹来的时候，处处绿意盎然"。天气一天天转暖，河边绿油油的新草中，零散的花苞随处可见。这说明晚春和往常一样，悄然降临到绒巴草原。羊圈里早晚悠然地响起羊羔和母绵羊的叫声。中午和晚上挤母绵羊的奶；上午把母羊和羊羔分离出来，单独放牧；下午把羊羔和母绵羊合在一起放牧；晚上把所有羊羔都关进用牛粪搭建的圈舍里。妇女们忙着煮奶、搅乳。一派繁荣，人人忙碌的景象。

赞拉部落长家过去的私有夏季放牧点，自今年起变成了四户人家的夏季放牧点。他们陆续搬迁到夏季放牧点。四户人家间隔一定的距离。部落长家除了佣人，谁都不能去夏季放牧点。此为一俗。这次临行前，部落长嘱咐旺钦道："在夏季放牧点期间，不管发生什么事情，都由你来负责。"

四户人家的所有牲畜都在夏季放牧点的草场上。这使得夏季放牧点变得更加绮丽、热闹、喜庆。绒巴德萨的其他几户人家也迁徙到南、北、东三个草甸山背面,把那里作为夏季放牧点。这个曾经被称作老太太、遭人欺负的部落,从去年起把所有侵扰他们的外敌、土匪和耍威风、欺压他们的土霸王全都消灭后,部落内外所有人都迎来了在自己的领地安居乐业的美好时光。过去绒巴德萨部落与龙吉部落相连接,两个部落间招婿娶妻,一直保持着联姻关系,使得一半男人成为父亲和叔叔,一半女人成为母亲和姨妈,相互情意绵绵。然而,自打"无敌八兄弟"长大起,他们盘踞在边界地段,压迫欺侮自己部落的人,无法无天,将水草丰美的地方都据为己有,并把牲畜随意赶到邻近部落的草场吃草饮水,残酷欺压他人,致使这两个部落之间的通婚传统暂告中断。

现今部落里的人都过上了安宁幸福的生活。邻近部落的不少男女青年无限倾慕美名传遍四方的绒巴德萨青年,出现了很多以简便的婚宴,相互嫁娶男女,促成美好姻缘的家庭。

绒巴德萨的小伙子顿珠每天到山上放牧,与龙吉部落罗丹大叔的女儿珠措相识,并成为心心相印的恋人。

南面草甸山上有两群绵羊在悠闲地吃草,好似断了线的珍珠。这是绒巴德萨部落的小伙儿顿珠和龙吉部落的珠措的绵羊群。顿珠背着一刻也不离身的杈子枪,坐在一块磐石上。微风轻轻拂动着红色翼旗,在绿油油的草地上显得更加耀眼、鲜艳。

"啊啦啦莫啦啦日……"珠措哼起没有歌词的小曲,把古朵甩得脆响,以此跟顿珠打招呼。

"呀,唱了一支好听的歌。再唱一支吧。"顿珠跑到珠措跟前,直勾勾地看着她。珠措折断一根纳扎草,把根茎塞进嘴里嚼着,假装羞怯地埋下头,什么也不说。

"珠措。"顿珠放下枪,把枪叉立在地上,挪到珠措跟前,假装有话要跟她说。

"啊?"

"你为什么不开腔?"

"不为什么呀。"

"那就唱首歌吧。"

牧区的男女之间除了情歌没有什么可唱的。自古以来,牧区的青年男女通过情歌这一纽带,争取自由和幸福,繁衍后代,为人类的发展尽一份力。

珠措想了想,唱了一首情歌:

骏马在草滩上嘶鸣,
黄金花鞍落在家里。
只要金鞍情义不变,
骏马就会加速奔跑。

她刚一唱完,就羞涩地背对着顿珠坐了下来。

顿珠对了一首歌:

布谷在印度鸣叫,

雁子在门隅啁啾。

叫着走近咫尺间,

旃檀梢头来相聚。

唱毕,他就抱住珠措,亲起嘴……

如此这般,他俩彼此相爱,成了只可死别不可生离的情人。

把所有牲畜都赶到夏季放牧点后的一天,赞拉部落长骑上一匹乌鸦似的黑马,穿上一件半新不旧的氆氇袍子,脚蹬一双崭新的喜查彩靴,奔夏季放牧点而去。

天空湛蓝澄净。一丛丛洁白的云团,宛然绵延不绝的雪山,在四面地平线尽头飘动。阳光灿烂辉煌。草地上,蜜蜂歌唱着在天然花园里飞舞。生长在不断向下飞流的澄澈山涧边的色钦花、色琼花、沉香、奶瓶花、铃铛花、飞燕草等各种野花芬芳四溢。娇艳的蝴蝶仿佛在与野花竞相争妍,忽而飞旋,忽而享用花蕊,扇动翅膀。如此旖旎的自然风光令赞拉部落长心旷神怡、万分陶醉。他不由得下马,仰面躺在花丛中,两只手臂反剪,完全沉浸在欢乐之中。

黑马也在享用潺潺流淌的山涧边的青草和草籽。叮咚作响的小铃铛给这美丽的自然界以更大的活力。

部落长在山涧边把脸和手洗干净,舀一碗水,喝下,欣赏起远远近近的山川美景。夏之美女给予自然界以如此美丽的景色,使人们的身心获得无尽的愉悦。他心想,我把自己看作官员,常年待在家里,不论夏季放牧点还是冬季放牧点,一概不去。这纯粹是自讨苦吃,而不是什么享受。他不满足于那一片锦缎似的草甸、各色鲜花的芳香、小鸟飞旋着嗝啾的美妙声音、在天空中轻缓飘舞的洁白云朵,以及安详、自由、悠闲地徜徉在草甸上的畜群等色、声、香、味、触五妙欲无所不包的自然形成的夏之风景,时而仰躺着凝望天空,时而竖起耳朵聆听鸟叫声,时而趴在地上把鼻子贴着地面闻起花的芳香。

约莫午后时分,天上乌云翻卷,西边天地连接处电光闪烁,偶尔响起几声老牦牛哞叫似的缓慢而低沉的雷声,部落长一急,立即起身,扬鞭策马,疾驰而去。

啊喷,这是旺钦吗?是,是他。他的脚彻底痊愈了,不需要再挂拐杖,走路一点儿障碍也没有。看到这一情况,部落长无比欣喜,俨然父子相见,抱住旺钦连连贴面道:"这下好利索了,好利索了。没想到好得这么快。"他把旺钦从头到脚、从脚到头打量两次,脸上绽开喜悦的笑容,双手久久抱着他的肩膀。

旺钦也很高兴:"我的脚完全好了。本来就伤得不重。我想你会来的。今天早晨我还在睡的时候,一只知客鸟[①]不停鸣叫着,提醒我起床。我猜想今天会来什么样的客人,到我家的只有你一个。这鸟真灵验。"他们愉快地寒暄着,把马拴在帐篷绳上,卸下马鞍,然后把它们赶到草滩上。今天早晨的知客鸟叫得比其他知客鸟悦耳、响亮,叫的时间也长,一直叫到旺钦起床。他吩咐扎西央恰"把酸奶发酵得甜一点儿",并从藏羚羊颈皮口袋里抓一把茶叶熬上。

旺钦掀开酸奶盖子,给部落长盛一碗;又用新鲜母牦牛酥油打茶;然后把手洗一下,接少许好吃的糌粑油糕,捏成一坨一坨的,搁在部落长面前。

部落长恰在扎西央恰去放牧绵羊,占堆去放牧牦牛,只有旺钦一个人在家的时候过来了。因此,他们俩随意拉起了家常,谈论的话题面面俱到。做完一切接待部落长的事情,旺钦便坐在坐垫上,倒上一指甲盖鼻烟道:"最近小伙子顿珠与龙吉部落罗丹家的珠措姑娘,她叫……旺珠……珠拉……不是……珠措认识。现在他去放牧,有个漂亮的女孩给他搭伴哪。"

部落长说:"这是好事。顿珠也不小了。他父亲的仇也报了。他年纪不轻,该娶个媳妇了。"

西沉的太阳回过头来,依依不舍地亲吻起高低不平的犹如

---

[①] 知客鸟:仿造词。一些鸟在屋顶、帐篷周围不停地鸣叫,预示有客登门。如,喜鹊等。译者注。

野兽獠牙的山峰。山峰装作一副羞怯的样子，用金色的绸缎头巾裹住脑袋。金黄色的晚霞赋予辽阔无垠的草原以浪漫色彩。群群牛羊从四面八方被赶回畜圈。央嘎尔绵羊叫声悠悠，黑色牦牛叫声隆隆，牧人的歌声、狗的吠声，一时给人以这样一种感觉——在这个世界上，哪怕走到天涯海角，也难以找到比这更热闹、更美丽的景致。

晚上把牲畜赶回没有围墙的畜圈，干完拴牦牛、挤奶等所有日常家务，就吃晚饭。为了防敌防狼、行夫妻交欢之事，占堆和媳妇扛着被子到羊圈附近睡觉。

几天来，部落长悠闲自在、舒心快乐地往返于旺钦家与自家的夏季放牧点和次角家与顿珠家之间。他走到哪家，哪家就把他当作贵客伺候；又当成自家人，与他谈论各种事情。

起初他从家里来的时候，打算在夏季放牧点只住几天。可是他被夏季草原美景深深地迷住，到这里都四天了，还不准备回家。

趁这次部落长到夏季放牧点的机会，拉姆老太太让旺钦到龙吉部落罗丹大叔家说亲，给顿珠娶来了珠措姑娘。

那时牧区的婚宴和婚礼仪式极其简单，尤其是在夏季放牧点更加简单。除了铺在腼腆地紧挨在一起的这对新人屁股底下的一床旧红色氆氇边粗毛垫席和摆在新人面前的其他客人所没有的两碗融酥拌人参，再没有任何婚礼的特点。这是一场十分简单的婚礼。婚礼前一天，由次角和占堆帮忙，从绵羊群里精心挑选一只肥壮的公绵羊宰杀了，用新鲜肉、酸奶和奶汁招待客人。邻居们都以客人的身份到顿珠家，高高兴兴地聊起了天。

从这天起，这对相亲相爱的新人，在一个家庭里，开始品尝起生活的滋味。

这天正值藏历六月十五日。天空晴朗如镜，连指甲大的云朵也没有。皎洁的月亮跃出山巅。今天刚刚举行婚礼的这对新人在羊圈外边，用充满情欲的柔声细语，倾吐着心声。

一般来说，入夜后所有昆虫都回到各自的穴中隐蔽起来。然而，不知是出于嫉妒，跟两个新人媲美呢，还是因为害臊而飞走的，两只小蝴蝶在妩媚的月光下，盘旋着在空中飞翔。

啊，草原的夏季是如此短暂呀！绿色的草尖很快变成灰白色发辫。下午的风儿将帐篷四周吹得呼呼作响。牲畜膘肥体壮，一改春季的模样，都变得丰腴浑圆。牦牛的犄角宛若抹了酥油一般黝黑发亮。

秋季是牲畜交配繁殖的季节。为了"心上人"，那些早晚拴在拴牛地线上的体大如野牦牛的种牦牛，发出雷鸣般的吼叫声，顶起犄角，进行殊死搏斗，给挤母牦牛奶的人带来麻烦——常常险遭种牦牛的踩踏。

到了深秋，天渐渐变冷，湖泊和河流边缘结一层薄冰。山峦和原野变成黄澄澄一片。有时夜间草原上还降下薄薄的白霜。

夏季栖息在湖中的候鸟们忍受不住寒冷的袭击，雄前雌后地排成队，张开翅膀飞向南方。

迁到夏季放牧点的游牧部落逐步返回定居点。储存好酥油、奶渣，收齐羊毛、牦牛毛，秋季便是牧民最轻闲的季节。

这天次角带着两个双胞胎孩子到旺钦家。

旺钦不计前嫌，给次角倒茶、递鼻烟壶，从自己的坐垫旁抓一把用茶叶煮过的染成棕色的羊拐，分给两个孩子，说："这两个孩子挺听话。你们俩拿去玩吧。"他抚摸一下两个孩子的脸蛋，"真乖。双胞胎叫人晕头转向。我到现在都不能分辨出这两个孩子哪个是大的，哪个是小的。"

次角把鼻烟壶还给旺钦，指着两个孩子说："这个是大的，这个是小的。"

两个孩子得到羊拐后不胜欢喜，说着"这是我的马，这是你的绵羊"，玩了起来。

一开始，次角不知道话该从哪里说起，便轻声问道："旺钦大叔，你的脚完全好了吗？"

"彻底好了。跟以前一样。"旺钦把受过伤的脚往前一伸，动了动脚面，"一点儿也不疼，完全好了。"

次角说："现在不忙，天气也不算太冷……"

因为自己杀死了旺钦的好朋友尼夏，次角深感愧疚，不敢继续表示愿意为此毫不犹豫地充当旺钦的帮手。但是旺钦领会到后面一句话的意思,便接过话茬儿道:"是的。我也是这么想的。现在我们的武器也不算差。依我看,部落长对我们恩重如山。他没有必要跟我们一起受苦受难,他待在家里最好不过。他把枪借给我们就可以了。"他朝自己挂在帐篷柱子上的枪瞥了一眼。

次角非常满意地点点头:"是的。他没有必要跟我们一起去。为报答消灭'无敌八兄弟'之恩,那天达娃大叔发誓要派他的儿子丹玛和贵楚帮我们的忙。"

旺钦说:"那就好。我们本来就有资格带他的两个孩子。现在我们没有必要拖延时间。话说'未雨绸缪,防患于未然'。如果我们暂时被打败,需要逃跑,遇上下雪天,就容易被跟踪。现在正是时候。再拖延的话就有下雪的危险。"

由于需要安排进攻的时间,确定行走路线,旺钦差儿媳妇去请部落长。

"哈哈!两位大将军为什么不叫我呢?"部落长开着玩笑,迈开大步,走了进来。

"这不是请来了吗?"旺钦也开了个玩笑。

部落长说:"听扎西央恰说,你们俩已经安排好了。"

"部落长撒谎了。我没有这么说。"扎西央恰这么一辩解,逗得大家都笑了起来。

"等过了明天、后天,大后天是个良辰吉日,我们那天出发吧。再也没有磨磨蹭蹭的必要了。"这次他表现出名副其实的部落长的样子，果断地说，然后掰起手指头，"这次我、旺钦父子俩、次角和顿珠五个人去，再带上尼玛给我们烧茶。"

他这么一说，弄得旺钦和次角不知道该说什么。旺钦说："我看部落长您就没必要去了。"

"啊？你是说我没有必要去？为什么？"部落长惊讶地瞪大了一双眼睛。

"我们的意见是您待在家里掌管部落里的事务。您要是把枪借给我们的话，龙吉的达娃大叔答应派他的两个儿子帮忙。"旺钦做出解释，并从他这个不会说敬语的人嘴里蹦出来一个"待"的藏语敬词"朽"字。

部落长右手托起腮帮子想了想，用干脆而又略带愠怒的语气说："是不是说我要是不待在家里，太阳就不会照到绒巴德萨？我不待在家里，太阳照样会从东方升起来，从西边落下去。你们是不是说我要是不待在家里，绒巴德萨的人就不会吃饭、穿衣？长则一个月，短则半个月，我们就能回来。"

旺钦和次角不敢回复。一时间这顶窄小的帐篷里一点儿动静也没有，静得仿佛羊粪蛋被风吹动的声音都能听得到。

过了一会儿，旺钦低声道："你跟我们一起吃太多的苦，我心里过意不去，要不然……"

部落长接过旺钦的话茬儿道："吃点儿苦算什么？为了我

们,你不仅脚受伤了,而且……"他差点儿提起有关尼夏丧命的事儿,想到次角也在这里,不能提这事儿,沉吟片刻后继续说,"胯下有马骑,身上有枪背,不会有任何问题。这次怎么个走法,怎么个打法,由你谋划。今明两天做好准备。后天曙光一现,我们就起床,喝完早茶,在太阳升起来的时候出发。"

今天部落长与以往不同,果断地决定一切事情,且把仆人尼玛叫来,派他到龙吉,通知达娃大叔的儿子丹玛和贵楚明天到这里集中,自带马匹、干粮和刀矛等精良武器。

在接下来的两天,大家缝补靴底、皮袍,磨刀,擦枪,备好干粮等所有必需品,于第三天黎明时分起床,喝早茶。

"高兴得过头,意味着小伙儿要出战。"这句话说得多么在理啊。占堆、顿珠、丹玛和贵楚一反常态,起床后洗了一下脸和手。

当朝阳的光芒照耀整个天宇时,大家牵上各自的马,套好马鞍、辔头,到旺钦家门口集合。有枪的翼旗在早晨阳光的照耀下,显得更加鲜艳夺目。

在微风中猎猎飘扬的杈子枪的翼旗、用彩色布条编织的异彩纷呈的马尾巴、威风凛凛的马儿的奔跑欲望等给旺钦以无限欢喜。他的脸上绽开笑容,一股子战无不胜的勇气和信心,使得他有了用之不竭的力量。他说了声"呀,小伙子们,我们出发",一跃跨上马背。与此同时,其他人也骑上了马。

留在家里的人煨起遮天蔽日的桑烟,祝福出门寻仇的人长命百岁、免遭劫难、战胜仇敌。

扎西央恰和珠措为离别自己的男人而感到痛苦和担忧,她们的眼里噙满泪水,视线变得模糊,却强忍着没有流出来。

"叽叽喽喽,愿善神得胜!"

"在同等的马匹中,快出一段辔头;在同等的人里,高出一截头盔。"旺钦领着一拨人呼神唤龙,绕村子转三圈,像岭国①的勇士出征、降伏敌人一样,奔向南方。

到了南面的山口,大家才掉转头来,朝自己的部落望了望。这时留在家里的人都还站在门口目送他们。

为了能够使马匹保持体力,他们早晨天一亮就启程,不到中午就走到水草丰美的地方,在那里扎营,次日继续赶路。这天从营地眺望远处,看见昂然挺立在连绵群山的雾霭中的雪峰,一如束成白烟顶髻的威武之人。这无疑是央秋的救星辅佐者、护法疾驰者——神山格宁伦吉孜莫峰。此刻,旺钦父子俩喜出望外,仿佛回到了阔别多年的故乡。

这地方水草丰饶,而且能够拜谒神山格宁伦吉孜莫峰,他们便在此地住了一宿。

大伙儿卸下马鞍,把马拴在草地上,用袍子下摆装牛粪,堆放到一处。尼玛、丹玛和贵楚三个人立马把用火镰打出的火

---

① 岭国:著名史诗《格萨尔》中格萨尔统治的国家。

苗放进用牛粪窝起的圆圈中间，再往火苗上放一些细碎的牛粪，趴在地上吹气。一开始烟雾细如马尾巴毛，但后来越烧越旺，烟雾似青龙上天。向天空升腾的袅袅青烟给广袤的草原以生机。他们三个人依旧趴在地上往火堆里吹气，烟雾变小，火焰熊熊燃烧起来。

  他们离开家乡后，直到今天只喝到开水，没有喝到茶。旺钦心想，今天因为拜见了神山救星辅佐者，即使没有多少茶，也要烧茶喝。他像个把祖先留下的财富在一天之内挥霍一空的败家子，把茶袋翻个底朝天，把茶叶全部放入陶罐，连一片叶子也不留，烧了起来。

  火烧得很旺，陶罐里的暗红色茶烧得沸腾起来。伙夫尼玛说着"茶烧开了"，用两只袖口抓起炉子上的陶罐，把它端下来，给每个人的碗里倒上茶。旺钦父子俩面向格宁伦吉孜莫神，一起喊道：

  嚓嚓！
  救星辅佐者，
  护法疾驰者，
  敬给格宁神，
  去时救星护送，
  来时救星迎接。

比亲人太阳温暖,

对敌人胜过雷霆。

嚓嚓!

愿我的坐骑,

在众马之中快一步。

愿我的银盔,

在众人之中高出一头。

他把头道茶敬给格宁神,并反复祈祷能够在战场上获得胜利。其他人都喝起了茶。

大伙儿往自己的碗里放入糌粑和奶渣。伙夫马不停蹄地给大伙儿倒茶,然后往煮肉用的红铜锅里倒上水,开始煮肉。

肉煮好后,把冒着热气的肉一块块地取出来,均匀地分成八堆,用民间的一种叫作"放石子"的抓阄儿办法分肉,即一个人躲起来,其余人把自己捡来的石头或者牛粪、羊粪蛋、草茎等混放在一起,交给那个躲起来的人,由其放到肉上,每个人都得记住自己捡的抓阄儿用的道具是什么。

几天来,一滴茶也没有喝到。今天喝了四五碗酽茶,既让大伙儿解了渴,又让身体有了使不完的劲儿。

旺钦推测，从这里到央秋只有约一天的马站①。到了第二天的营地，茶足身暖后，他说："我看从这里到央秋很近。我要做到既不惊动鸡又能取蛋，所以暂时就待在这里，我和顿珠先去探探情况。"

"没有那么近吧？那次你到央秋，耽搁了很长时间。你不会是认错地方了吧？"部落长狐疑地问道。

旺钦答道："没错。那次我不熟悉地形，去的时候净走弯路。"

对于旺钦提出的这一办法，大家都表示同意。

旺钦和顿珠把枪交给丹玛和贵楚，带上半份路途干粮，化装成乞丐出发了。

他俩走了一天一夜，临近天黑的时候，到达那次旺钦隐蔽的乱石谷。他们吃了几块肉。因多日受到疲惫的折磨，两个人很快就进入了梦乡。

次日天刚蒙蒙亮，旺钦就醒了。可是他懒得起床，从被窝里欠起身，倒一指甲盖鼻烟，想美美地吸上一鼻子，便用食指和大拇指夹起一大撮鼻烟，举至右鼻孔，使劲一吸，也不知是鼻烟太多还是用力过猛，他打了个响亮的喷嚏，喷出唾沫星子，弄得贴在胸口的左手大拇指上的鼻烟，如同风吹灰尘一般，一扫而光，一点儿痕迹也不留。这时顿珠也醒来了。他伸了个懒腰，

---

① 马站：马一天可到达的路程。译者注。

说:"这个乱石谷挺暖和的。我一觉醒来天都已经亮了。"说着喊一声"啊若呀",再一次伸个懒腰,从被窝里坐了起来。

"我也没有冻着。"旺钦说着,把刚才打喷嚏时从鼻尖垂落的鼻涕擦一下,重又往左手大拇指指甲盖上倒少许鼻烟,准备吸。

这时太阳完全出来了。他们起床,走出乱石谷,见达塘部落的村庄仍坐落在原处。旺钦心想,为什么草滩上有很多马呢?朋友嘎洛家还在原来的放牧点,帐篷背面①的经幡在轻轻飘荡。那些人家烧茶的烟雾在袅袅升腾。位于沟头的赞贵家比嘎洛家大很多倍的经幡在风中飘舞。他们家也和其他家庭一样,烧茶的烟雾蓝幽幽地向空中飘飞。"我的终生伴侣央姆被迫与我分离,住在那顶破旧的帐篷里。"他难过得差点儿流出泪来。但他想起"好汉宁可流血,也不能流泪"这句老话,就咬紧牙关,忍住了眼泪。过了一会儿,他伸出手指指着一户人家,告诉顿珠:"看,那是我的朋友嘎洛家。那个是赞贵家。"

他俩各吃一块肉,以代早茶。

"你装作乞丐走吧。先假装到那几户人家要饭,然后就到嘎洛家。嘎洛是个跛子。除了他本人,别跟其他人说我来了。"旺钦派顿珠到村子里,他自己仍然躲在乱石谷里。

顿珠直奔一户人家,佯装要饭。那家有两条像老虎一样的

---

① 帐篷背面:即西面。牧民搭建的帐篷方位通常为坐西朝东。译者注。

狗,它们打雷似的叫着,向他扑来。如果拴狗绳被拽断,它们得以挣脱,绝对会要他的命。他壮一壮胆子,把手伸进怀里,抓住刀把儿,在远处连连喊道:"喂,主人家,赏些乞丐食,可积善缘。行行好,赏点儿剩饭剩茶。"但是招呼他的只有那两条狗。他想,长时间站在这里喊,非但要不到饭,自己反倒有可能被狗吃掉。于是,他就离开那里,到另外一家门口,跟刚才一样,在远处喊,结果要到了很多"乞丐食"。

他转而朝嘎洛家走去。起初欢迎他的是两条牛犊大的牧羊犬。狗叫了不大一会儿,一个女人拿着一碗吃剩的血肠出来,把血肠给了他。

他小声说道:"我是嘎洛的朋友。如果他在家,就请他出来一下。"

那个女人把他从头到脚好生打量一番,不解地说:"我没有听说过我家的老头子有个叫花子、游棍朋友。你是谁呀?"

他答道:"他来了就知道了。"

"你是没有名字的朋友吗?"她有些不友好地看着他,双眼闪烁着疑惑的神情。

顿珠向前迈一步说:"这个你管不着。"

"我是他老婆,怎么管不着?"她仍然盘问着。

"反正我没有说谎。你叫他出来见我一面吧。别的你别管。你一个女人别插手我们男人的事情好。"

"我家男人不在。"

"上哪儿啦？"顿珠着急得眼睛都瞪大了。

"这个你管不着。我们夫妻的事情你们流浪汉不管的好。"她用跟刚才顿珠说的差不多的话予以回击，嘴角挤出一丝诡异的笑。

"我要上你家看他在不在。"顿珠欲进家门，被她挡住并骂道："不要进来。你个要饭的真够嚣张的了。"

"我也没有见过像你这样好管闲事的女人。"

"这人是谁呀？"嘎洛看见自己的女人跟一个乞丐吵架，便跨出门，盯着顿珠走了过来。

顿珠见这个人腿瘸着，便知道是嘎洛："你过来，我有话跟你说。"

再怎么细瞧并回忆，嘎洛都想不起自己见过这个年轻人："我不认识你。你有什么事情？"

顿珠眼里流露出犹疑的神情，瞟一眼女人，说了一句暗语："你忘了你的腿是怎么断的吗？"

嘎洛马上跑到顿珠跟前，轻声问道："你……你是朋友旺钦的同伴呀？"

顿珠点一下头，脸上露出笑容。

嘎洛对自己的妻子说："不把嘴巴闭成屁眼儿似的，会招致灾祸的。"他用手指头戳一下妻子的鼻尖，打发她回家，瞪眼道,"快烧茶。"

"如果是你的朋友,干吗还要瞒着我?"他的妻子发起牢骚,不情愿地回家去。

"闭嘴。"嘎洛瞪她一眼,走近顿珠低声问道,"旺钦友现在是不是躲在那个乱石谷?"

"是的。"

"他还好吗?"

"还好。"

"你们一共有几个人?"

"八个人。"

嘎洛把顿珠手上的乞丐食喂给狗,返回到家里取来一汤库糌粑油团和几块煮绵羊肉给顿珠:"你现在就回去,晚上能回到那儿。"说完,他便急匆匆地回到家里。

旺钦和顿珠吃着嘎洛捎来的糌粑油团和肉,在乱石谷等候着,哪儿也不能去,像囚犯一样躲藏着。无所事事的等候,是多么郁闷、多么难熬啊!

旺钦心想,嘎洛友什么时候来?他有什么好消息告诉我呢?其实他知道嘎洛天黑以后才过来,可是由于时间难以打发,便走出乱石谷口,抬起头,不停地朝村落看。

顿珠吃饱喝足后,仰面躺下,望着天空,俨然为办成一件大事而感到心满意足。他想起了家里的母亲和新近迎娶的妻子。

现在她们俩在忙什么呢？可能在想念我，正在谈论有关我的话题。母亲一定在用粗糙的手撩开帐篷门，望着我们行走的方向，挂念着我，等候我返回家里；紧接着又想到，也许珠措从母亲身体左边或者右边的门缝远远地望着，等候着我回家。他慢慢合上眼，假装入睡，缩回两只脚，身子侧向右边。

日薄西山，仿佛一枚金币立在沙堆上，金光闪闪。大山的影子渐渐远去。太阳慢慢向天空隐没。金黄的晚霞涂满西边的天际，使得无边无际的天空被分割成两半——一半黄色，一半蓝色。一抹夕阳的余晖高出其他山峰，闪耀着金色的光芒，然而，才一碗茶的工夫便消逝殆尽，大地被黑色大幕笼罩，天空布满星光。

旺钦和顿珠把事先准备好的牛粪堆成鸟窝状，用火镰打出火苗，再将一些细碎的牛粪撒在上面，两人都趴在地上，往火苗上吹气。一会儿工夫，便燃起了红红的火焰。

他俩面对面坐着。摆在每人面前的一块扁平石片上的煮肉被火烤热，融化的脂肪油浸润着石片。

顿珠拿起自己面前的肉吃起来："大叔，吃肉吧。"

旺钦把自己面前的肉翻个个儿，说："我先吸个鼻烟。"他从怀里掏出鼻烟壶，在膝盖上连敲三下，倒到右手大拇指指甲盖上。

一个吃肉。

一个吸鼻烟。

一轮月亮从东方升起,将黑漆漆的世界涂抹成白茫茫一片。旺钦掏出胁刀,拿起自己面前那块肉吃起来。

顿珠往炉膛里添几块牛粪,砸开肩胛骨,用刀尖把骨髓挑出来吃。

听到从不远处传来的"嗞嗞"的口哨声,他们异口同声地说"朋友到了"。他们走出乱石谷一看,发现嘎洛一瘸一拐地走了过来,他们便上前迎接。

嘎洛和旺钦像久别重逢的亲人抱成了一团。

嘎洛抚摸着旺钦的脸颊问道:"你还好吗?"

旺钦既高兴又激动,抽噎着答道:"我很……好……朋……友,你好吗?"

"我健健康康的。走,到我家去。"

"你家方便吗?"旺钦问。

嘎洛收拾起他们俩摊在地上的东西答道:"不用担心,赶紧走吧。"

旺钦急于知道央姆的境况:"央姆好吗?"

嘎洛回答道:"央姆好。到家里说。我们走。"

他们离开乱石谷去嘎洛家。

到家时嘎洛的两个孩子都已经入睡。妻子坐在灶边纺线。好吃的土巴在灶上的一口大陶锅里沸腾着,肉、脂肪和萝卜的香气扑鼻而来。灶边放着一陶罐茶。这些土巴和茶显然是为旺钦和顿珠准备的。

嘎洛的妻子问两位客人:"你们俩有碗吗?"

"有。"他们俩从怀兜里掏出碗,放在面前。

"喝碗热茶,可以暖身子。"嘎洛的女人给两位客人倒茶,接着盛两碗土巴给他们俩。

旺钦问道:"好友,草滩上有很多马,都是谁家的?"

嘎洛说:"先好好吃饭、喝茶。你们很多天没有喝到茶,一定口渴了。吃饱喝足了,我们再聊。给我也盛碗土巴。"

旺钦和顿珠肚子并不饿,只是口渴了。可是因为从来没有吃过这么好吃的土巴,所以他们每人都吃了两碗。

嘎洛从怀兜里掏出鼻烟壶,往左手大拇指指甲盖上倒少量鼻烟,把鼻烟壶递给旺钦:"你们都有马骑吗?"

"有马,每人都有一匹马。"旺钦答完又一次问道,"央姆还好吗?"

"健健康康的。去年她还生了一个男孩。"嘎洛给旺钦讲了一些往事。

央姆为了得到挣脱魔爪的机会,为了完全消除赞贵喀消的疑虑,继续装出对他有深厚感情的样子:在赞贵喀消外出时假装担心,流出眼泪;待他从外面回家时,到很远的地方迎接他,说:"你每出一次远门,我心里就变得空落落的。"诸如此类,净说些好听的话。

事实上，赞贵喀消每出一次远门，她的身心就获得一些自由和幸福。

过去赞贵喀消需要外出时，他便含蓄地委托自己信赖的人暗中观察央姆的行为举止。那些人佯装帮她烧火打水，予以监督。央姆得知这一情况后，假装非常守规矩，关心赞贵喀消，在他即将回来前，就忙着煮肉、做酥油酪糕，等候他的归来。因而，赞贵喀消充分相信她，不再提防她。

有一天，赞贵喀消接到邀请他出席外地一富裕人家婚宴的通知。由于他喜好骰子、打牌和酒，他就穿上豹皮镶边袍子，戴上狐皮帽，骑上一匹枣骝马赴宴。

临行前，央姆装得非常关心他，叮咛道："少喝点儿酒，喝醉了不好，也别跟人发生口角。"

赞贵喀消答应道："呀，呀。我不喝那么多酒。你不要担心啊。"他心想，还真不能喝得太多，她这样关心我，我当然得听她的话。

婚礼宴席上坐着很多认识的和不认识的宾客。他威严地坐在他们中间。可是一见他丑陋的相貌，就令大人们恶心，令小孩儿害怕。女人们窃窃私语，嘲笑他，弄得他恼羞成怒，一碗接一碗地喝了很多青稞酒。喝醉后，跟坐在旁边的一个富人的宠儿发生了争执。他说:"我赞贵是赞①的儿子。你这样看不起我,知道这个叫什么吗?"他掏出腰刀,训斥着准备要人家的命,"今天,'牦牛犊跟野牦牛比试顶角,死的是牦牛犊,而不是野牦牛'(语近'以卵击石',译者注)。"所幸当时席间有很多人,那位公子哥儿被客人们拦住了:"'酒醉口失言,睡熟腚失控',不要这样。"

那个被骄纵的宠儿怒不可遏:"雾起于大海,无海不起雾(语近'无风不起浪',译者注)。狐狸尾巴不捏显得蓬松,一捏就可细瞧像啥(语近'是骡子是马拉出来溜溜',译者注)。"他扑到赞贵身上,掏出了腰刀。

"不要这样,不要这样。"在场的所有人都围上来拉架,血战勉强被阻止。

翌日,那个宠儿带上两个小喽啰,埋伏在赞贵喀消返乡必经的路上。他们一人拿一把刀,说:"你这个昨天说大话的豁嘴,知道我是谁吗?要是有胆量,你就来呀。"

赞贵把刀连同刀鞘一起拔出来,心想着今天很不走运,人数悬殊太大,便说:"对不起,昨天我喝醉了。"他把刀交给那个被宠坏的富家子弟,希望饶自己一命。

那个娇生惯养的公子哥儿把赞贵的腰刀一扔:"哈哈!懦

---

① 赞:藏语,意为妖精。译者注。

夫就是这么个德行。酒对胆小鬼特管用啊。哈哈！你从我们胯下来回爬三次，我们就饶你不死。"他们摆出让他钻裤裆的样子。

同是男儿身，一个屈从另一个，从胯下钻进钻出，虽无不可忍受的肌肤之痛，但没有比这更为不可容忍的蔑视和凌辱。赞贵以更加令人恶心的神情，试图保住性命："少爷，可别这么说。我都认输了，还有什么不行的？从今往后，我们井水不犯河水，各过各的日子，就不会出现纠纷和官司。以后少爷到我们放牧点，需要我做什么，请尽管吩咐。"

那个宠儿更加气势汹汹地抓住赞贵的衣服，右手将刀尖对准他的鼻子说："廓日，豁嘴，你要是不知道这个叫啥，我就告诉你吧，这个叫作刀尖。身为富家子弟，我一个身穿绸缎、吃大米红糖的人，杀死一个豁嘴老乞丐，比踩死地上的小虫子还容易。我问你，钻不钻我们的裤裆？脆如马尾巴的小命还要不要？"那个宠儿把刀尖抵住他的上唇说，"把这地方割开，是不是变得更加威武？"他用刀尖使劲一划，在赞拉上唇右边拉开一道口子，一股鲜血顿时流了出来。

"啊——"赞贵忍受不了残酷的折磨，发出震天响地的吼叫声，扑到那个宠儿身上，扯住他的发辫狠狠一拽，右脚朝他肚子上一踹，弄得他仰面倒地，眼冒金星。见状，他的两个小喽啰似猛虎跳崖，毫不犹豫地扑到赞贵身上。赞贵掏出怀刀，后退一步。在他前面那个小喽啰举起刀子向他砍过来。他随即将怀刀横着捅过去，随着一声金属的撞击声，把对方的刀子挡开了。此时，另一个小喽啰将一把长刀刺向他的胸口。他迅速后退着，用怀刀勉强挡住了对方的刀。

那个被娇惯的公子哥儿醒转过来，咬牙切齿地用腰刀支撑着身体站起来，怒视着赞贵，用袖口揩一下从两个鼻孔流出来的血，双腿颤巍巍地喘着粗气道："今……今天……要是放过……这条老狗，就不要喊我的名字。你们俩……你们俩也……不配做男人。"他又擦掉一把血，指着赞贵说，"你这条老狗，从今天起，再也别想活在这个世界上。"

赞贵心里燃烧起愤怒的火焰，心想，反正今天不能指望活着回家，"与其像狐狸夹着尾巴逃跑，不如像老虎微笑着战死"。他便把下半个脸上的鲜血揩一下，说："你们人多尸体多，我人少尸体少。从今往后，你们三个休想再见到父母的尊容，也别想得到明媚阳光的温暖。"他看一眼刚才交给对方的腰刀，镶嵌着松耳石和珊瑚的汉银刀鞘横在沙地上，刀子一半被压在沙子下面。这使得他有了一种自己落入敌人之手后，亡灵在中阴游荡时所看到的悲惨景象一般的感觉。他想，我现在还没有丢掉性命，仍活在世上，在我死之前将刀子连同刀鞘扔掉，压在沙子下面，这是一件很不吉利的事情。于是乎，他就朝自己的刀子跳了过去。这时，一个小喽啰把刀子刺向他。虽然他把那把刀子给挡了回去，可是他的右耳被割，垂向肩膀，要不是那一点点行将脱落的皮子,早就离开它原来的部位了。他做好了死而不是活着的准备,将怀刀使劲一戳,戳进那小喽啰的胸口。那小喽啰哀叫一声,倒在了地上。

那个公子哥儿把刀子朝赞贵喀消左侧捅过去。他除了同归于尽,别的什么也不想。因此,他没有阻挡朝自己捅过来的刀子,而是把刀子使劲刺向对方,由此在他的右手被对方砍过来的刀子从肩膀与手臂连接处砍断的同时,对方肚子被划开,露出肠子,倒在了地上。他的身体也失去平衡,晕乎乎的,没了知觉。

过了一会儿,一阵狂风让他苏醒过来。他见自己被一个小喽啰的尸体压着。我刚才怎么了?压在我身上的是什么人的尸体?我是不是睡着了?他想着长叹一口气,发现自己的刀子插在一个小喽啰的胸口,刀柄还紧紧攥在自己的右手上。他想,我还没有死,躺在尸体下面真晦气。他使劲挺起身,把身上的尸体推到了左边。

他感觉身体左侧沉沉的,仿佛被一块很重的磐石压着。他全然没想起自己的左臂被人砍断这档事儿。

他慢慢地环顾四周,看见自己那匹枣骝马像丢了魂似的低着头,站在尸体中间。一种自己能够活着回到家里的信心和自己一个人战胜三个仇敌的自豪感,使他全身充满力量,像是毫发未损、安然无恙。他猛然从地上站起来,朝坐骑走去,一个翻身,跃上马背。当他用左手去抓辔头时,感觉无法动弹。这是怎么啦？他一看，才发现自己的左臂连同皮袍袖子不知去向，这才想起是被那个娇生惯养的公子哥儿砍断的。他找寻那条被砍断的手臂。没承想，那条手臂被那个公子哥儿枕在脑袋下面。这一情形令他悲痛欲绝，这才感觉到疼痛难忍，险些从马背上摔落下来。

半截腰刀被压在沙子下面，这令他感到不曾有过的巨大悲哀，使得两颗泪珠赛跑似的分别从两只眼睛里滑落，溶进下半张脸的鲜血之中。一滴血滴到马鞍上。这才让他记起了上唇被割的事儿，有了疼痛的感觉。他举起右手揩拭下半张脸的血时，觉得有一样东西从肩膀上耷拉下来，一瞧，发现右耳血淋淋地悬在肩膀上。他气呼呼地抬起头，"哈哈哈"地朝天空大笑着，紧咬下唇，一把扯掉垂悬于肩膀上的耳朵，把它扔了出去。那只耳朵掉在绿油油的草丛中，宛然盛开在绿叶中的一朵红花。他直愣愣地盯着耳朵看了一会儿，叹口气，再次"哈哈哈"地仰天大笑。

这时，两只乌鸦"呱呱"叫着飞过来，在他头顶上转一圈，再落到地上，用喙把那只失去主人的耳朵叼起来，互相争抢着飞走了。他歪着脑袋，望着远去的那两只乌鸦，嘴角堆出一丝笑，俨然佛祖以身饲虎，又像是在为把自己的耳朵施舍给两只饱受饥饿折磨的乌鸦而感到自豪。

过了一会儿，他又一次像苏醒过来似的，双目变得炯炯有神,长叹一口气,为自己尚未断气就看到耳朵被乌鸦吃掉而深感悲哀。他为刚才扔掉耳朵懊悔,心想不该把耳朵扔掉,便朝那两只乌鸦啐了几口:"呸呸呸!"

他压一下马镫,奔回家的路而去,身后划下一道红线。他的双眼变得模糊,脑袋渐渐垂下去,手上的缰绳也脱落了。

次日早晨,央姆出门时,发现那匹枣骝马站在门口,低头看着自己,头好像抬不起来。她心里一慌,往马背上一瞧,发现赞贵喀消断了一只手臂的尸体不偏不倚、稳稳当当地驮在马背上,脑袋耷拉着,血往地上滴着。

"阿妈妈!"她从来没有见过尸体,便失声叫了起来,随后跑出去,把情况告诉左邻右舍。邻居们惊恐不已,想到一个女人处理不了尸体,不帮忙哪行,便七手八脚地帮她把赞贵喀消的尸体下葬了。

对于央姆来说,这一出乎意料的事情,促使她实现了盼望已久的愿望,心里一点儿也不觉得痛苦。但是出于对死者的同情,她在七七四十九天之内不停地供灯,以作祭奠。

讲到这里,旺钦悔恨交加,吼叫道:"这个恶棍已经被除掉了,我来晚了。"

嘎洛劝道:"不要喊,不要喊。"

旺钦问:"那么,央姆现在是孤身一人吧?"

嘎洛倒一指甲盖鼻烟说:"那些戍边军还没有撤走,他们过几天才走。这段时间好友你就在这里等着吧。现在可能不需要打斗了。今年戍边军把我们的武器全部收缴了。据说,今年猴子妖魔军来到扎什伦布一带了。他们说要去反击猴子妖魔军,还说如果部落里有人前往支援,就奖励一百个大洋。"

"这里也来了戍边军吗?"旺钦问道。

嘎洛答道:"来了。去年就到这里来了。那些人是找好友你的。"

他们是怎么知道的?旺钦心里直犯嘀咕:"那会儿我们把藏兵全部歼灭了。他们是怎么知道的?"他惊讶地自言自语道。

以前被央秋部落消灭的那些藏军,是驻扎在朵热夏的戍边军。那年次公如本带的那些戍边军没有去朵热夏,而是待在央秋。他们以为谎称他们来了,朵热夏一带就会变得安全,但是被央秋歼灭了,没能如期返回,便以为可能发生了重大事件,藏军派出两个班的兵力到朵热夏一带。那些戍边军到朵热夏以后,询问当地人,得到的回答是,每年都有一个班的戍边军到那里,可是今年没有来。因此,对于民兵来说,次公如本带来的那个班已然销声匿迹,无法追查根底。

以前与赞贵喀消同流合污的那些土匪,在其他地方抢劫、打猎了几年,回去后购买火药,于藏历七月份抵达甲姆囊。内务总管兵营在草原上搭建帐篷,饮酒吃肉,举办军训、比武、惩处罪犯等活动。士兵们进行跑马射击、摔跤、赛马、唱歌跳舞等各种活动；把那些因偷盗、抢劫和杀人而锒铛入狱的罪犯的衣服扒光进行宣判，并按罪行大小打鞭子。

查巴代本①坐在软席上，品尝着酒肉，瞪起眼，命令道："狠狠地抽（鞭子）。"有时他以各种下流动作挑逗跟前的漂亮姑娘。

规定项目结束后，喜欢唱歌跳舞、跑马射箭的富家子弟举行各种民间活动。

他们在路的右边插上牦牛或绵羊的肩胛骨，进行跑射比赛。然而，在藏军士兵和乡民骑马者中没有一个能够射中靶子的。

此时，土匪们稳稳地骑着马，在头顶挥动着枪，展示各种技艺，把那些靶子一个接一个地打掉，弄得查巴代本万分惊讶，手里的酒碗也掉落到地上，仿佛两眼失去闭合的功能，看得出神。

赛马娱乐之时，他想知道那些不修边幅的如同流浪汉的马术表演者是从哪儿来的，以前朵热夏一带的戍边军是不是被他们歼灭的。如果能够查明这件事情，那可是功绩卓著。于是他把自己的士兵叫到跟前，悄声耳语了几句。

那个小士兵跑到土匪跟前招招手，说："代本老爷请你们过去。"

土匪们十分警觉地握着枪，大步跟在那个小士兵身后，走到代本跟前，异口同声地唱道：

---

① 代本：原西藏地方政府藏军军职。清乾隆末年，确定每一代本辖兵五百名。后有扩充。译者注。（据《藏汉大辞典》）

白片石当帐篷太久，

不知每顶帐篷拴绳。

以蓝天做首领太久，

不知尊重上面头人。

唱毕，说道："有什么事儿？想玩男人的游戏就好好玩。不然我们要走了。"

一听歌词，代本就知道他们是到处游荡的土匪，便焦急地说："你……你们不必过虑。我……我们交个朋友可以吗？"

土匪们更加骄横地唱道：

强盗我没有帐篷住，

白片石是强盗的帐篷。

强盗我没有伙伴，

杈子枪是强盗的伙伴。

强盗我没有伙伴，

骏马是强盗的伙伴。

强盗我没有首领，

蓝天是强盗的首领。

在场的人们见这些放荡不羁的人不但不给上级官员献哈

达,还唱起歌,把枪口对准了官员,而且枪的导火索冒着青烟,便不敢靠近他们,后退着在远处看他们。有的心想,今天可以看到一场精彩的节目,连代本大人也吓得话都说得结结巴巴的,这些个亡命徒是从哪里来的呢?

人们在围观他们。

代本强逼着自己堆出一脸令人作呕的微笑,训斥侍从们道:"你们这些饭桶,还不快给他们敬酒。"

侍从们哆哆嗦嗦地给每个土匪端了一碗青稞酒。

土匪们左手握着枪,右手接过酒碗,走到代本等老爷们跟前问道:"没有下毒吧?"他们把酒碗使劲磕在桌子上。碗里的青稞酒溅到了老爷们的绸缎袍子上。

代本心想,要是马上就能够消灭这些恶人该多好!这帮人不但不尊重我这个大代本,还把酒碗摔在桌子上,如此不把人放在眼里。他气得火冒三丈,却装出一副并未生气的样子说:"没有下毒。哪能那么做!你们要是不相信就请看。"他把所有碗底剩的酒挨个儿喝掉,吩咐侍从们重新斟满。

土匪们这才放心地端起酒碗,把酒喝干,态度也变得温和些,问:"头人,有什么事情说吧。"

"我们交个朋友可以吗?你们的骑术各个都很了得。"代本站起来,奉承着,把他们请到自己旁边的软席上坐。

土匪们傲慢地盘腿坐在软席上喊:"倒酒。"

代本的那个侍从给每个仆人一个嘴巴，训斥道："你们都死光了吗？不懂得款待客人的饭桶。"

仆人们立即把袖子搭到肩上，吐出舌头，说声"啦嗦"，恭恭敬敬地给大家倒酒，用双手把酒碗高高举起，敬上，把装有肉和酥油酪糕等食品的盘子端到土匪们面前，说："请用，请用。"

代本打个手势，示意卫兵们把枪支集中放在一边，不得张扬、示威。卫兵们把枪支堆放在一边，跑到草滩上。

土匪们把导火索的火苗熄灭，把枪放在各自面前，吃起肉，喝起酒。

代本说："从今天起我们都是朋友。好好吃肉，不用客气。"事实上，他对这帮下流的流浪汉的做派打心眼里感到厌恶，但为讨得他们的欢心，对身旁的其他老爷说："你们看看，人家牧民心胸多么开阔！各个都是性情耿直、爽快之人。"

其他老爷们也附和着夸道："是的，是的，难得啊。"

土匪们只顾着吃肉喝酒，并没有理睬他们说的话。

酒足饭饱后，他们把手掌上的油擦到脸上，又喝了一碗酒，对代本说："要是没有别的事情，我们就走了。"

代本等人对他们表示挽留："别急，我们有话要问你们。几年前从我们这里派到朵热夏的十二个戍边军战士下落不明，直到今天活不见人，死不见尸。如果你们看见或者听说他们的下落了,就请告诉我们一声。我们会重赏的,特别是你们要是替那些戍边军报了仇,会赏给你们很多财产。"

匪首次仁知道说的是那个被赞贵喀消害得背井离乡的旺钦,就说:"哦,旺钦……"意识到自己说漏嘴了,他就马上停止,心想,我和旺钦之间没有任何纠葛,没有必要伤害他,于是接着说道,"不知道,我们没听说过。"

狡猾的查巴代本心想,他知道这事儿,只是没有把话说完而已:"呀,呀,这个不知道也没有关系。他们已经死了。要是没有死,哪天会回来的。今天我们不如好好乐一乐。"他说着让侍从们给土匪倒酒。

仆人们生怕挨耳光,频频给土匪倒酒。这些土匪全都是嗜酒好肉之徒,最终在日头偏西时都喝醉了,有的睡着了,有的在呕吐,还有的用充满情欲的目光望着侍女们,将自己的武器丢到一边不管。

代本一下令抓住这些土匪,士兵们就像狼扑向绵羊群似的跑过去,把那六个土匪捆成线球似的。

查巴代本离开软席,把左手背在身后,右手捋着胡须,来回踱着步,傲慢地笑道:"哈哈哈!蜂蝇到处乱飞,手脚会被松脂粘住;狐狸到处乱跑,手脚会被网罟套住。哈哈哈!"他戳着土匪的鼻尖,说,"酒肉吃够了吧?还要酒吗?哈哈!英雄难过美人关,莽汉命丧美酒杯。"

匪首次仁酒醒后,气得快要爆炸。他怒视着代本,连连骂道:"你们这些狡猾的老狗,不配坐在英雄好汉中,你这个除了欺哄诈骗,什么也不会的人,跟胆小的狐狸有什么区别?"

"只有勇气和智谋二者相结合,才能降伏敌人。懂吗?勇气和智谋二者,二者。"代本伸出两根手指,望着天空哈哈大笑,又对土匪们怒目而视,"真是英雄。自己丢掉自己的性命真可怜,欠缺方法和智慧真可怜。有眼跳进陷阱里,下辈子稍微机灵点儿吧。"说完,撸起袖子,喝一碗酒,十分惬意地说,"啊,真好喝。"

土匪们使出浑身力气挣扎,也不过是徒劳无功。这时太阳隐没到西山背后,大地渐渐笼罩在黑色天幕之下。无数颗星星点缀着天空。

代本背着两手,狂傲地走来走去,说起各种讥讽的话:"哼,可怜。有什么遗嘱,就闷在肚子里吧;有崇拜的上师,就放在心上;有屎尿,就拉到裤子里吧。傻瓜们,今晚睡个好觉吧。"说完,命令一个班的兵力看守土匪,然后与其他老爷们一道,在绘有彩虹的大帐篷里喝酒吃肉,玩起骰子。

牌桌上摞着一层层银两。这些个老爷们的双面绒衬衣又白又干净,一庹见长的衣袖在把手举向空中时滑到肩膀上,戴在左耳上的索齐①来回晃荡着。

第二天吃过早饭，代本等贵族老爷们在软席上就座。士兵们把那些土匪双手反绑，戴上脚镣，带到老爷们的座位前，让他们双膝跪地，还摁住他们的颈部。

法官尼玛多钦双手叉腰宣判道："这帮土匪是扰乱地方秩序的罪魁祸首、毒瘤。这次他们到这里杀人越货，但没能得逞，被绳之以法。"

那些当兵的把土匪的衣服扒光，让他们趴在地上，六个手持皮鞭的士兵撸起袖子走过来，用皮鞭抽打他们的屁股。

士兵们把用几股皮绳编成的比8岁孩子的胳膊还粗的鞭子，闪电似的向空中举起，使出所有力气抽打，土匪屁股上的鞭痕越来越多，犹如黑蛇在游动。

那些坐在软席上的老爷们嘴角露出一丝微笑，捋着胡须，堆出各种愉悦、兴奋的表情。

有些围观的乡民说着"这些气数已尽的流浪汉真可怜"，露出恐惧与同情的神情。有的说着气话："惩罚这帮弄得老百姓不得安宁的土匪是应该的。也不知这些暴徒杀了多少人哪。这回就要得到报应了。"很多人对自己身旁的孩子说："看看，以后不好好听父母的话，就是这个下场。"以此进行看得见摸得着

---

① 索齐：原西藏地方政府俗官所戴长耳坠。译者注。

的现场教育和生动的训导劝诫。孩子们几乎不敢直视鞭刑,扯着父母的衣角往后退缩着,想要离开那里。少女们一见鞭子就被吓倒,一见裸体就被臊得跑到其他地方。老人们不停地捻着手中的佛珠,念诵起六字真言。

乡民们惊讶于土匪咬紧牙关,没有一个呻吟、哀号的。他们摇着头,纷纷"夸赞"这些人"真不愧是亡命徒"。

给每个土匪打五十鞭子后,他们的屁股失去肉体颜色,变成了铁青色,左右两个屁股蛋肿成了原先的一倍。

代本和法官从软座榻上下来,走到六个土匪面前,走来走去的,摆出鞭打的模样吓唬道:"盖①,杀我们士兵的浑蛋……什么……旺什么……你们明明知道却不说,得到的就是这个下场。"

匪首次仁用牙齿咬住下嘴唇,瞪着代本和法官,反抗道:"你们诬陷无罪的人,想杀就杀吧。我什么也不知道。你们为什么给无罪如皑皑雪山的人扣上黑如乌鸦尾翼的帽子?"

"不要莽撞,不要狂傲,你现在还年轻。话说'人为寿命短暂而犯愁,菩萨为寿命太长而苦恼'。有必要把本来就短暂的寿命变得更加短暂吗?现在讲出来还不算晚。你的寿命长短还掌握在你自己手中。小伙子别犯傻,听老人我的话。"法官企图

---

① 盖:藏语,语气词。原意为对尊长的招呼声,即"喏";后演变成拉萨及其周边地区藏族对男人带有蔑视性的招呼声,类似"喂"。译者注。

以狡黠的花言巧语欺骗他们,可是连一句有用的话也没能从他们嘴里抠出来。

代本盛怒之下大声说:"这些恶人全都是杀害我们戍边军的凶手。要把他们带到拉萨,送到玛基康严惩。"

士兵们揪住土匪们的头发,把他们拖走了。

这时,一个名叫聂喀的二十出头的土匪央求道:"不要杀我,我说……说……求求……不要杀我。"

法官觉得大功告成,打个手势,示意不要把他带走。

其他土匪固执地后退着骂道:"呸,呸!咒你个胆小鬼吐血暴死。"

那个二十啷当岁的土匪为自己的行为感到极度悲哀。他把额头贴到地上,号啕大哭。

代本和法官觉得已达到目的,满意地坐在软座榻上,每人喝一碗酒,捋一捋胡子:"要好好保护这个漂亮的小土匪,他是我们的宝贝哦。"

士兵们解开捆绑他的绳子,给他穿上衣服,把他带到另一顶帐篷里,让他享用丰盛的饮食,给他臀部的肿块擦麝香、敷蛋清,进行治疗。

这个小土匪毫不隐瞒地把事情的缘由和盘托出,说从两年前开始,由他带人不分春夏秋冬守候在这个部落。央姆是他抓住旺钦的套索。他就等着旺钦返回这里。

嘎洛说:"好友你在这儿住些日子。等那些当兵的走了以后,就可以和央姆团圆。"

旺钦还不相信,问道:"我听说他们要去打仗,这是真的吗?"

嘎洛说:"是真的。五天前有三个当兵的前来通报此事,要求全体士兵都开赴战场,跟猴子妖魔军作战,哪怕打得男人全死光,只剩下女人,也不能投降。这是噶厦政府的命令。这话我也听到了。'高兴得过头,意味着小伙儿要出战。'这句话真的说对了。所有当兵的都要当得有所值,投胎男儿身都要投得有所值,绞断肚脐要绞得有所值。有人把魔爪伸向雪域圣地,我们不应战,谁应战?与其像那个叫旺钦的仅仅为蝇头小利窝在这里,还不如与外敌战斗。诸如此类,他们说了很多大话。"

旺钦问:"草滩上的马是那些当兵的吗?"

嘎洛答道:"是,是他们的。"

旺钦说:"那么,你们部落有没有跟他们一起去打仗的?"

嘎洛说:"有。六个如虎的小伙子答应跟他们一起上前线。如果他们真是佛教的敌人,我要是年轻点儿,就坚决要去战斗。"他的腿脚明明是被旺钦打成瘸子的,但他闭口不提腿脚的毛病,而是借口年龄偏大。旺钦知道他说的意思,便点点头,什么也没有说。

正打盹儿的顿珠把眼睛睁大,以商量的口吻对旺钦说:"如果真是这样,我是不是也要去?"

旺钦说:"不征求部落长的意见哪行!"

嘎洛说:"这样的话,我的朋友,你们怎么跟部落长讲?你就不要去了。"

旺钦问道:"那个叫聂喀的现在是不是跟戍边军在一起?"

那个叫聂喀的小土匪把所有情况都告诉了他们,并把他们领到这里来了。嘎洛生怕旺钦气得忍不住跟他搏斗,惹出事端,弄得两败俱伤,就谎称:"他很快得到报应,到这儿一个多月后,死于食物中毒。"

旺钦既恼怒又痛苦地自言自语道:"罪有应得。我跟那些土匪之间连针头大的纠葛也没有,可他们却伙同赞贵喀消,把我们央秋扫荡得不成样子。"

"好友你别伤心。过两天,你、央姆和占堆三个人就可以团圆了。"嘎洛安慰道。

"没有比'幸福无常似富人的宠儿,苦难无常如乞丐的孤儿'这句老话说得更有道理了。"旺钦低着头说。

次日,六个民兵背起在部落里收缴的枪支,有的还扛着长矛,佩戴朴刀,离开部落,跟戍边军一起向南部开拔。俗话说"一朝被蛇咬,十年怕井绳",戍边军和民兵翻越部落南面的草甸山,走了很久,但旺钦和顿珠还不敢出来,躲在帐篷和院墙之间,从院墙石缝里朝南山看。

嘎洛有一种很奇怪的感觉,觉得他们会因为落下什么东西而让一个人折回到部落。过度警惕,导致心里产生各种奇妙幻觉。其实没有一个戍边军或者民兵回到部落。他带着无法消除的幻觉,给旺钦和顿珠送去一陶壶茶、一汤库糌粑团。

日头偏西时,嘎洛说:"旺钦友,我把央姆带过来。"

"不用带过来,我自己过去就行了。"旺钦猛然站起身,准备走,却被嘎洛拦住:"你别去,我去把她带过来。我看你今天不露面的好。俗话说:'白天莫多走,座座山头是眼睛;夜间莫多言,帐篷附近全是耳朵。'"他提醒旺钦还要警惕,不能麻痹大意,就一瘸一拐地走了。

旺钦对嘎洛说的话非常满意,心想,麻痹大意就有招致灾祸的危险。如果发生什么突发事件,就会闯祸。我的心肝宝贝央姆离开我这么多年都挺过来了,不差这短短的喝一壶茶的工夫。他给自己和顿珠各倒一碗茶,把一坨糌粑团丢进嘴里,把汤库放在顿珠跟前说:"吃糌粑团吧。这糌粑团好吃得很。"

嘎洛到央姆的帐篷附近时,那条拴在灶灰旁的黑黄色狗"嗷嗷嗷"地朝他吼叫。他想这条狗体形高大,万一挣断铁链,别说我这个瘸腿老汉,就是如虎的小伙子,也会被吃得连一根毛发都不剩。他也就不敢走进去,捡块石头站在那里。

走到离央姆家帐篷不远处时,次仁老汉从帐篷里走出来,看了看,走到嘎洛跟前开玩笑道:"呀,嘎洛,今天那些个饭桶走了,大白天的你就想钻她的被窝呀?也是的啊,要是白天不去,夜间绝对会被这条狗吃掉的。"

"廓日,不要开这种恶心的玩笑。你一个嘴里的牙齿、屁股上的肉都掉完的老头儿,还想钻别的女人的被窝,这不是找乐,而是找死。没准儿是你自己想钻她的被窝哩。你别嫉妒我。我到她家有话说。"嘎洛也逗他。

次仁继续开玩笑道:"有什么要说的话?哦,是不是叫人家今晚不要放狗?"

"哪有比你想得多的!你这个嘴脏得跟狗一样的老头儿。"嘎洛朝次仁的胸脯轻轻砸了一拳。

"啊惹惹,你要是管不住自己,让那个叫旺钦什么的知道了,有你好受的。哈哈哈!"次仁还在逗他。

为了试探次仁,嘎洛说:"我不知道是不是有个叫旺钦的要来。她可是受罪了。那些当兵的什么时候回来?"

"好像不回来了吧。今天他们接到上前线的命令,大家都高兴得很。还真是'当官的命令,奴才的性命'。他们不敢违抗上级的命令,就待在这里打发日子。可他们的心思不在这儿。那天他们买了我的两只公绵羊。他们说,从此以后用不着守一个女人,有了跟敌人搏斗的机会。这个不幸的女人获得自由了。那个叫旺钦还是什么的如果没有死,回来的话还好些。唵嘛呢叭咪吽!这个女人遭了很多罪。"这回次仁老汉没有开玩笑,而是讲了实话。

嘎洛想，不用再害怕。他喊道："喂，央姆大姐，过来一下。旺钦来了。"

次仁以为是误会了，便问道："啊？你是说旺钦来啦？"

嘎洛没有回答，而是继续喊央姆。

央姆也以为自己听岔了，立即走到帐篷门口，支起耳朵听。

"喂，旺钦来了，快过来。"嘎洛第三次喊她。

"那个叫旺钦什么的要是真来了是好事。这个女人吃了很多苦头。"没有人回答次仁的话，他便自言自语地回家去了。

央姆知道自己没有听错，便抱着孩子，将信将疑地走到他跟前，说不出一句话，瞪大眼睛看着，像是在问，你说的是实话吗？

看表情，嘎洛说的不像是玩笑话、骗人的话。可是她心想，旺钦可能没有来。他来的话，要么带很多人马，要么夜间悄悄地过来。这次肯定来了一个跟他们父子俩有关系的人。想到这里，她快速奔嘎洛家而去。

嘎洛瘸着腿，紧赶慢赶地跟在央姆后头追了过去，但没有撵上央姆："央姆，等等，一起走。"

央姆稍稍放慢脚步，与嘎洛并肩而行："那人是谁？"

嘎洛反问道："你说的是哪个人？"

央姆看一眼嘎洛说："你说的是哪个人？说来了一个人的

不是你吗？"她仍以为来者不是旺钦。

嘎洛惊愕地停下步子，看着央姆严肃地说："我说的是旺钦来了。旺钦，旺钦，你的男人旺钦。"

"你说的是真的吗？"央姆心里擦出一丝信任的火花，又问了一次。

"啊喷，走吧。我说了你不相信。"嘎洛扯一下央姆的袖子，示意她快些走。

央姆心想，嘎洛没有理由骗我，可能是他来了。与此同时，她又想到，不提有关儿子的事情，旺钦又偷偷摸摸地过来，我儿子是不是出什么事了？她担心地问道："那么，我儿子呢？"

"你儿子占堆好好的。走吧。"

听到嘎洛提起儿子，央姆放心了一些，就加快了步伐。

旺钦和顿珠也在帐篷里。嘎洛瘸着腿跑到前面，掀开帐篷门。旺钦猛地站起身，喊道："央——姆。"

央姆喜出望外，竟然把抱在怀里的孩子给忘了，抱住旺钦："旺——钦。"

抱在怀里的孩子掉到门口的地上，忍不住屁股的疼痛，"嗯"地哭开了，嘎洛便马上把孩子抱了起来。

旺钦和央姆一个站在门里，一个站在门外抱在一起。

过了一会儿，央姆离开旺钦的胸口，在帐篷内外找占堆，却没有找到，便哭喊着抓住旺钦的双肩摇晃道："儿……儿……

我的儿子……在哪里?"

"儿子好好的,你不要哭。我还有好消息告诉你。"旺钦拉起央姆的手。央姆这才跨过门槛,走进帐篷。

旺钦仔细端详着央姆的脸颊,说:"我给我们的儿子占堆娶了个媳妇。前两天我和顿珠到这里打探情况。顿珠和其他一些人躲在一个地方。"

那个孩子在炉灶旁爬着挪步,喊起"阿妈、阿妈",还望着旺钦微笑着。旺钦抚摸了一下孩子的脸蛋。

当晚旺钦和央姆睡在里面,其他男女放牧员住进另一顶帐篷。顿珠继续住在嘎洛家。

旺钦和央姆遭遇分离之灾,致使多年来谁也见不到谁,谁也听不到谁的声音,直到今天伴随着痛苦与怨恨、希望与信念,以及各种幻想走了过来。今天希望与信念变成现实,忧愁和恩怨烟消云散。他们互相有着说不完的心里话。她便让孩子睡在皮袍里,取来一怀兜肥美的母牦牛肉煮起来,用比拳头大的母牦牛酥油打一陶壶茶,给旺钦倒了一碗。

旺钦把他和儿子占堆背井离乡,历经艰难,以及投靠绒巴德萨等情况一五一十地讲给了她。这使得央姆忽而伤心得潸然泪下,忽而长叹一口气。得知儿子占堆娶了一个叫作扎西央恰的媳妇,她感到万分欣喜,心想,我的心肝宝贝一定长成大人了,并为此而流下高兴的眼泪。

他俩聊到半夜,喝了五六陶罐茶。

第二天,顿珠来到旺钦家,把早茶喝了个痛快,带上半份干粮去接部落长及所有民兵。

这些天来,央姆给自己的儿子和旺钦的帮手、部落长等人做等候酥油酪糕,煮等候肉,并从积存多年的熟羊羔皮中,选出两百多张连指甲大的黑点也没有的皮子,着手给旺钦父子俩和儿媳扎西央恰缝制皮袍。喝完早茶,嘎洛、次仁和旺钦三个人一起裁剪、缝制,忙活起来。

这期间,央姆用融酥面疙瘩、煮肉、猫耳朵、肉包子和酥油茶等招待他们;三天之内做了两件紫色提花缎面男式羊羔皮袍子和一件豆绿色哔叽呢面女式羊羔皮袍子。

央姆去打水的工夫,嘎洛对旺钦开玩笑道:"赞贵喀消给你们留下了不少遗产啊。"

次仁老人是有名的口齿伶俐、幽默风趣的人。他接住嘎洛的话茬儿说:"是的。不光有很多缎子和哔叽呢,而且还留下了一个鼻涕虫。"逗得他们三个人都笑了起来。

旺钦看一眼孩子,自言自语道:"没有比人的一生更奇妙、更不公平的。有时是你死我活的仇敌,有时却变成仇敌儿孙的养父,在一个家庭里,用一口锅吃饭,在同一个炉灶上烤火。"他用一块羊羔皮边角料擦拭从那个孩子鼻孔里流出来的鼻涕。

他们把三件羊羔皮袍子挂在帐篷绳索上刷毛的时候,旺钦说:"我没有想到那个豁嘴有这么多缎子和哔叽呢。"

次仁说:"很多都是从朵康①茶帮和其他商贩手里买来的,有的可能是从其他部落抢劫而来的。"

嘎洛说:"现在央姆戴在脖子上的那些珊瑚,是按每颗两只绵羊的价格从一个康巴商人手里买来的。"

听到这些,旺钦心里很不是滋味。他想,把我们融酥一样宁静的部落变成血海一般的是赞贵喀消,他的财产哪怕是一根细绵羊毛线我也不想用。他攥住羊羔皮袍两头,险些把它撕成碎片。但转念一想,自己与心爱的伴侣央姆遭到狂风般的命运的劫难,最终得以团圆,所以这次我得依着她。特别是对那个冤孽鼻涕虫来讲,子承父业是当地人的习俗。如果不给他留些份子,业果上讲不通。于是,他挑选出五六张白色羊羔皮,给那个孩子也做了一件袍子。

旺钦从顿珠走的那天开始算,正好过了五天。他说:"央姆,我的宝贝,他们明天到。今天你把头洗干净,我也要洗头。"他说着,解开因长时间未洗而粘成一坨的头发,把它洗干净,编成辫子,系上一根红色丝线。

央姆解开辫子,把头洗干净,戴上一对海螺花纹、镶嵌珊瑚的典童②、嵌有松耳石、珍珠的发套和孜鲁等头饰。

---

① 朵康:安多和康区的总称。译者注。(据《藏汉大辞典》)
② 典童:藏语,藏族女性发饰,为已婚标志。

第二天，旺钦夫妇俩起了个大早，把帐篷内外打扫干净，把食物准备妥当。旺钦穿上前两天新做的紫色提花缎面羊羔皮袍子。央姆穿上獭皮镶边，领子和边子镶有白色猞猁皮的羊羔皮袍子，系汉银腰带，左边挂一把汉银三珠胁刀①，右边挂一枚汉银火镰，前面戴一个黄铜奶钩。

在牧区，除了赛马娱乐、欢度新年和迎娶新娘（招婿）外，很少有如此盛装打扮的时候。今天是他们一家三口团聚的日子，其意义远远超过赛马和过新年。

央姆和旺钦轮流到门口，眺望北方。

央姆想见自己儿子的心情难以抑制，她问："我的儿子长多大了？"

打旺钦与央姆相见后，这个问题不是第一次提出来，而是几乎每天都提十余次。可是旺钦总是不厌其烦地回答："长大了，长得几乎跟我一样高。"

约莫午后时分，央姆看见绒巴德萨的人出现在北面的山上，兴奋之情无法抑制，便赶忙跑回家里通报道："旺钦，你看，他们到了。"说完又跑到门口，目不转睛地望着那个方向，自言自语着，双眼噙满泪水，"我的儿子，我的儿子。"

"你看。"旺钦把自己的右手搭在央姆肩上，用左手食指指

---

① 三珠胁刀：刀鞘上镶有三颗珠宝的胁刀。

着前方道,"你看见从前面数第三个骑枣骝马的人了吗?"

"看见了。那个是我的儿子吗?"央姆心头翻涌起兴奋的浪涛,像小孩儿似的手舞足蹈。

"走在最前面的是部落长。第二个是次角。"旺钦仍然指着前方,一个一个地介绍道,"第四个是顿珠……"

可是央姆没有心思听,依旧手舞足蹈,独自念叨道:"我的儿子,我的儿子,我的儿子占堆。"

旺钦的伙伴们跳下马背,牵着马走过来,到了山脚下,重新骑上马走来,红色翼旗在风中猎猎飘扬,旺钦两口子跑上前去迎接他们。

为了在陌生部落的人面前显示威风,他们由赞拉部落长领头,排着队走过来。

占堆见自己阔别已久的母亲前来迎接,喜出望外,扬起鞭子,喊着"阿妈",从马背上跳下来,扔掉缰绳辔索,跑过去,抱住了母亲。

"儿子,我的儿子,我的心肝。"央姆禁不住流下悲喜交加的热泪,泪水浸湿了占堆的后颈。央姆望着儿子的脸颊,抚摸着,把他紧紧抱在怀里,一句话也说不出来;过了一会儿,再次将儿子自上而下、自下而上仔细打量数遍,把他揽到怀里,抚摸起他的头。

"你们辛苦了。"旺钦问候着,把部落长一行人都领到家里,把所有马都拴在帐篷绳索上，卸下货，取下马鞍。

嘎洛家和次仁家的大大小小很多人都聚在那里，有的帮着取下马鞍，有的帮着卸货。女人们把鼻子藏到袖筒里，看着这些男人，忽而窃窃私语，忽而用肩膀互相推搡。

央姆和占堆母子俩仍旧抱在一起。

央姆揩拭眼泪，抚摸儿子的脸颊："儿子，阿妈的儿子，你没有得病吧？"

占堆抽噎道："阿妈，我……我没有……得病。阿妈……你身体没……没事吧？"

"阿妈没病没灾的，很健康。阿妈的儿子，我们回家吧。"央姆拉着占堆的手回家。还没有进家门，她就把搭在帐篷绳索上的紫色提花缎面羊羔皮袍子取下来，让占堆穿上，"阿妈给你做了一件新羊羔皮袍子，你穿上吧。"

占堆脱掉那件灰白的皮袍，换上新羊羔皮袍，央姆帮他系上腰带。进了家门，她把等候酥油酪糕和等候肉摆在每位客人面前的长条石桌上，把早已准备好的酥油茶用黄铜瓢摇一摇，给客人们的碗里倒上，趁一切空闲时间坐在占堆身旁，给他一块块肉、一坨坨糌粑团："阿妈的儿子，喝茶，吃肉。"

旺钦和央姆忙不迭地接待起客人。多日来，旺钦的伙伴们夜宿荒山野地，吃了很多苦，也没有吃上一顿像样的饭菜。因此，他们一边吃，一边谈笑风生，好一派欢乐的景象。

吃饱喝足后，部落长"啊"地长叹一口气，双手背在身后，说："旺钦友，从我们那儿到这里并不太远啊。"

"不远。我第一次来的时候不认识路，走了很多弯路。"旺钦掏出以前部落长赠给他的镶银犄角鼻烟壶，在脚尖上磕三下，往左手大拇指指甲盖上倒少许鼻烟，随后把鼻烟壶递给了次角。

部落长问道："旺钦友，你们家就安在这里吗？我们要搬到绒巴德萨。"

旺钦思忖道，老话说得好，"人老怀故乡，鸟老念旧巢"。现在随着年龄的增长，开始思念起故乡，连做梦也梦见自己的故乡。我们要是搬迁到央秋，那里只有废弃的老放牧地。住在达塘吧，会让我们加入他们的部落，这完全是明摆着吃亏。倒是绒巴德萨看重自己，我曾经投靠这个部落，应该继续投靠他们，便说："部落长，并不是自己的家乡不好，可是我还有很多仇敌，所以我们没有离开绒巴德萨的想法。扎西央恰也不愿离开自己的出生地。"他看了一眼自己的妻子和儿子。

旺钦的话对于部落长可谓入耳入心，他十分高兴地说："对，对。你考虑得不错。这个地方你没有难舍难分的重要亲友，加上你对我们软弱无能的绒巴德萨很有用处。所以我要留你当我的大臣。我想，我们在这儿待些日子再搬走。"他扫视一下大家，没有把话完全说死。

旺钦把左手大拇指指甲盖贴到右边鼻孔，"嗞儿"一声把鼻烟吸干净,说:"我们可以在这儿舒舒服服地待上十几天,然后把放牧地从这里迁到别处。"

大家随意地聊起天,谈论各种话题。然而,有关赞贵喀消的事情,在大家的脑海中连大体轮廓都不曾出现,也没有一个人提及他的情况。他就像远古时期发生的故事中的某个人物。

回到这里的第四天中午,东北方向的大坝上刮起漫天大风,如同一条黑蛇腾空而来,弄得当地男女老少所有人都跑到门口,愕然地用手遮挡着阳光远眺。一些视力好的年轻人数了数,说有1400匹,有的说有1422匹,有的说有1430匹。这么多的骑士,实在是太神奇了。往常打此经过的多麦①的朝圣者和汉、蒙古、霍尔三方的往返商人、旅客很多,但是大规模的上师和官员的行辕可没有这么多人,也没有列队行进的习惯。

一些长者谈论起零碎的逸闻传说,诸如叫作准噶尔的强大妖魔军开赴西藏,蹂躏13万户的百姓,摧毁大部分寺庙。他们的腿脚像茅草一样在颤抖,面色发灰,仿佛失去了活着的希望:"现在又来了一支毁灭世界的妖魔军。"

女人们丧失言语的勇气,变得怯生生的;很多孩子将棍棒当马骑,"呜呜"地喊叫着,跟在那个大行辕似的列队后面跑来跑去。

---

① 多麦:①今昌都地区别称。②今青海湖西南和黄河流域一带。译者注。

近了，看到那些骑士大部分佩带着杈子枪、长矛和朴刀等武器，大家更加害怕，所有女人和孩子都躲在男人后面："该怎么办？"

"阿爸，带上我吧。"

"阿妈，我……"

……

大家嚷嚷开来。

他们觉得不论是生是死，只能与来犯之敌进行殊死搏斗。于是，部落长、旺钦、占堆、顿珠和次角五个人往枪里装上火药和子弹，点燃导火索，在畜圈和土坑里分头隐蔽。他们明知对方会把自己打得片甲不留，但还是决心战斗到底。他们让女人、孩子和老人们到畜圈里躲起来，没有枪支的青年们拿起刀子和长矛准备投入战斗。

那些珠串似的庞大的骑士团到达草滩中心地带后，都下了马，有的搭帐篷，有的去捡牛粪，并不打算实施抢劫。对此，大家感到疑惑不解。

一个人赤手空拳地直接朝他们走来，摆了摆手。他们更加警惕地吹起导火索，做好随时开枪的准备。

"啊啦啦姆啦啦日……"来者毫无警觉地将两只手背在后面，哼起没有歌词的小调，直直地朝他们走来。

那人离他们很近，衣服和身材都看得很清楚——帽檐四角朝天的旧礼帽下面,垂悬着红色丝线辫端穗子;身着羊羔皮袍子,外套一件黑色布楚①氆氇袍子,皮袍的白毛从衣服边子、领子和袖口露了出来。

他站在草丛中喊道:"喂,你们不用怕。"他看见一些人隐蔽在坑里。

赞拉部落长和旺钦从坑里站起来问道:"你到这里干什么?你要什么?要牛粪吗?"

那个人扫了一眼在场的人,脸上露出笑容,说:"我奉千户长的命令,到这里打听一下你们的枪卖不卖。"

部落长没听明白他说的话,便问道:"啊?你说什么?你们是哪里的?"

"我们是霍尔三十九族部落的民兵。这次去反击黄头发妖魔军。"那个人转过身,瞟一眼兵营,"请看,我们这么多士兵都是为保卫佛教而自愿来的。我们没有多少枪支,要在途中购买。刚才我们发现你们有枪,所以千户长多嘎②派我到这儿,问你们卖不卖枪。要是你们不打算卖,也不勉强。"那个人说明了来意。

得知那个人的来意后,大家把他上上下下仔细打量一番,对他产生了钦慕之情。这些年轻人心里在想,要是自己也能得

---

① 布楚:上乘氆氇之一。译者注。
② 多嘎:系第二次抗英战争时期三十九族地区的千户长,是战功显赫的真实的历史人物。

到跟这个千人队伍一起上前线的机会该多好啊!

部落长朝帐篷指一指说:"那么,请到家里吧。"

那人摇摇头,说:"不了。谢谢。你们的枪卖不卖?如果不想卖,我就不勉强。"他看着部落长、旺钦、次角、占堆和顿珠等五个人手上的枪,开玩笑道,"为什么还不熄灭导火索?我不会杀你们的。"

他们这才记起忘了熄灭导火索。熄灭导火索后,旺钦问:"我们去见你们的千户长,行吗?"

"行,走吧。我们一起去。"那人领着他们前往兵营。

走到用各种颜色的布装点的白帐篷门口,那人掀开帐篷门,说:"千户长,他们来了。"

帐篷里坐着一个40岁左右的人。他面颊发紫,两腮和上嘴唇长着稀疏的胡子。他头戴一顶插着三根翎羽的狐皮帽(估计是效仿清朝官员帽子的孔雀花翎)。

见他们来了,他便招呼道:"你们辛苦了。进来,进来。"

他们恭恭敬敬地把袖子从肩膀上扯到胸前,戴了帽子的摘下帽子,拿在手上;没戴帽子,头发绾在头顶的,把发辫解开,拉到胸前,走进帐篷,吐着舌头,蹲在帐篷门边,什么话也不说。他们如此谦恭,俨然犯了什么严重罪行,在向法官求饶。

千户长多嘎脱掉帽子,搁在近旁道:"不必这样。坐吧,坐吧。蛮荒之地没有主仆之分。我们同为牧民的儿子。有这么好的枪,却如此谦卑,会使战神损伤元气。坐吧。"他招呼他们坐下,唤仆人道,"茶烧开了吗?茶烧开了就给他们倒茶。"

千户长多嘎把部落长的枪拿在手上,仔细看数遍,详细讲述道:"是把好枪。你们不愿卖,我们也不勉强。本来这次与黄头发妖魔军战斗,保卫佛教,是我们大家的义务。你们也许听说了,那些佛敌现在已经到达江孜一带,正在施行抢夺寺庙和百姓的财产、奸污妇女、屠杀儿童等过去连做梦也不曾梦见的暴行。所以不仅是政府军,就连寺庙僧尼也拿起武器,在与黄头发妖魔军战斗。塔工①和纳仓②的部队也已经抵达前线。在雪域佛教生死存亡的关头,我们是出于无法忍受的气愤自愿而来的。"

赞拉部落长说:"我们绒巴德萨是个软弱无能的小部落。曾经被其他部落戏称为'老太太部落',受尽了凌辱。刚刚听到千户长讲的这些话,心里非常气愤,我们决定把枪支全部捐给你们。"他率先用双手把枪高高举起,如同给上师献哈达似的放在千户长多嘎面前。

旺钦、次角和顿珠也把枪举得高高的,像拜见上师时献哈达一般,放在千户长面前。

见占堆仍然端着枪,旺钦就扯了扯他的衣角,示意他把枪

---

① 塔工:今西藏藏族自治区山南市塔波和林芝市工布两地的简称。译者注。
② 纳仓:①今那曲市尼玛县和申扎县一带。当年纳仓组织了叫作"马鞍神兵"的五百名骑兵奔赴战场,功勋卓著。②申扎县旧名。译者注。

交给千户长。

占堆说："我要跟你们一起去。"

听到这话，大家都惊愕不已，直愣愣地看着他。

占堆用比刚才大的声音重复道："我要跟你们一起去。"

千户长多嘎非常高兴："好汉！好汉！你投胎为男子汉，值了。"他竖起大拇指夸赞占堆，"谢谢，谢谢！等我们打完仗回来，我们在此欢聚一堂，赛马射箭，唱歌跳舞，把你们的枪全都归还给你们。"他向捐献枪支的人表示感谢,转头对占堆说，"明天太阳出来后，你到这里集合。"

这时顿珠也提出："我也要去。"

部落长劝阻道："你不能去。还不知道你阿妈同不同意呢。所以我无法让你去。占堆他阿爸就在这里,让不让去他自己知道。如果我让你上战场，可你阿妈要是不同意，我该怎么跟她说？"他没有让顿珠去。

回到部落，一讲起有关这个庞大的驮队是降伏佛敌黄头发妖魔军的霍尔三十九族千人部队，占堆要跟他们一道上前线的消息，小伙子们都非常羡慕，双手来回搓揉着，手舞足蹈："要是我也能去该有多好，我也想去。"

央姆曾经与心脏般的儿子占堆暂时离别，饱受思念的痛苦，但终究得以活着相见，这次他又要上战场，使得她伤心的泪水噗噜噜地夺眶而出。然而，知道这是占堆自愿参加的，特别是这是大家共同的事情,她非但没有阻止,还开始准备途中的干粮,从较好的泉眼取来水,帮他把头洗干净,叮嘱道:"儿子,阿妈的儿子,你可不能在可恶的敌人面前出洋相哟。当然,我还是希望你能够活着回来。阿妈等你。"

"你们长则三年,短则一年就能回来。到那时,我给你的大拇指抹上母牦牛的白酥油,让你担任绒巴德萨的军官。"一方面为了表示吉祥祝福,另一方面为了安慰央姆,部落长说了这些话。他相信占堆能够活着回来,并真的想到时候让占堆出任军官。

"儿子,阿爸我在敌人面前没有退缩过,也没有欺负过弱者。男子汉应该是智勇双全的。"旺钦说了句富有深刻内涵的话。

没有比"高兴得过头,意味着小伙儿要出战"这句话更有道理的。占堆显得更加自豪。他说:"明年的今天,儿子占堆会让人称赞,说他和他的坐骑都立功了。我们会满载着美誉而归的。你们都放心吧。"他转而对顿珠说,"顿珠哥,请你帮我把枪擦干净。"

占堆洗完头,就跟父母一起到能够望见神山格宁伦吉孜莫峰顶的一座山头煨桑,面朝戴着白雪宝冠的格宁伦吉孜莫峰,一起念诵道:

嗦嗦!

格宁伦吉孜莫,
远行时护送我的神山,
归来时迎接我的神山!
愿我的银盔,
在众人之中高出一头;
愿我的坐骑,
在众马之中快一步。
救星辅佐者,
护法疾驰者,
嗦嗦!
祈愿药师佛赐福,
人能避开疾病,
牲畜远离灾害,
祈愿财神爷赐福!

如此这般,他们反复祈祷祝福。

次日,他们一家人一大早就起床,烧早茶。喝过早茶,占堆穿上紫色提花缎面羊羔皮袍子,头戴狐皮帽,脚蹬部落长的蒙古靴,背起杈子枪。临行前,央姆把自己的佛珠在他脖子上甩了甩,把脸贴了又贴,叮咛道:"阿妈的儿子,愿你远离疾病,能够健健康康地回来。"

占堆把那个同母异父的孩子抱起来，贴贴脸，说："你等着我啊。"

占堆跟乡亲们道别，骑上那匹枣骝马，奔兵营而去。

在场的所有人热泪盈眶，眼睛变得模糊。然而，他们仍然站在门口，祈祷着目送占堆远去。

千户长多嘎领着千名骑兵列队，像一条长长的黑蛇向南进发。

一到南面那座草甸山上，占堆就把马头掉转过来，脱下帽子，面朝神山格宁伦吉孜莫，祈祷自己这次出征顺利，大获全胜，重新与父母亲戚和乡里乡亲相聚；祝福留守的父母亲戚健康长寿。然后，他掉转马头，跟随如同高举喷焰宝刀的帝释天军队的霍尔三十九族军，奔赴抗英战场前线。